ZETA

Título original: *Ut og stjaele hester*
Traducción: Cristina Gómez Baggethum
1.ª edición: enero 2010

© Forlaget Oktober A/S, 2005
© Ediciones B, S. A., 2010
   para el sello Zeta Bolsillo
   Bailén, 84 - 08009 Barcelona (España)
   www.edicionesb.com

Printed in Spain
ISBN: 978-84-9872-349-6
Depósito legal: B. 41.522-2009

Impreso por LIBERDÚPLEX, S.L.U.
Ctra. BV 2249 Km 7,4 Polígono Torrentfondo
08791 - Sant Llorenç d'Hortons (Barcelona)

Salir a robar caballos

PER PETTERSON

ZETA

A Trond T.

I

1

Principios de noviembre. Son las nueve. Los paros carboneros se estrellan contra la ventana. Unas veces salen volando, aturdidos por el choque, otras caen y quedan tendidos sobre la nieve reciente, pugnando por echar a volar de nuevo. No sé qué tendré yo que quieran ellos. Miro por la ventana hacia el bosque. Una luz roja brilla sobre los árboles que bordean el lago. Empieza a correr el aire. Veo la forma del viento sobre el agua.

Ahora vivo aquí, en una casa pequeña junto a un lago, en el extremo oriental del país. Un río desemboca en el lago. Es un riachuelo que en pleno verano lleva poca agua, pero que en primavera y en otoño baja impetuoso, y hasta hay truchas. Yo mismo he pescado algunas. La desembocadura está a pocos cientos de metros de aquí. Cuando los abedules han perdido el follaje, alcanzo a atisbarla por la ventana de la cocina. Como ahora en noviembre. Junto al río hay una cabaña, y cuando salgo a la escalera veo si tiene las luces encendidas o no. Allí vive un hombre mayor que yo. Al menos, ésa es la impresión que da. Pero quizá sea porque no soy consciente de mi propio aspecto, o porque la vida ha sido más dura con él que conmigo. Eso no debo descartarlo. Tiene un perro, un pastor escocés.

En lo alto de un palo, en medio del patio, he instalado

una bandeja para los pájaros. Por las mañanas, cuando llega la luz, me siento a la mesa de la cocina con una taza de café y los miro acercarse batiendo las alas. He avistado hasta ocho especies diferentes sobre la bandeja. Más que en cualquier otro lugar donde he vivido, pero sólo el paro carbonero vuela hasta la ventana. He vivido en muchos sitios. Ahora vivo aquí. Cuando llega la luz llevo ya varias horas despierto. He encendido la estufa. Me he paseado por la casa, he leído el periódico de ayer, he fregado los platos, también de ayer, que no eran muchos. He escuchado la BBC. Dejo la radio puesta durante la mayor parte del día. Escucho las noticias, no consigo liberarme de esa costumbre, pero ya no sé cómo interpretarlas. Dicen que sesenta y siete años no son muchos, al menos en nuestros días, y a mí tampoco me lo parecen, me siento en forma. Pero cuando escucho las noticias, ya no pasan a ocupar el mismo lugar en mi vida. No cambian mi visión del mundo como antes. Quizás el problema esté en las noticias, en el modo en que las cuentan, quizá den demasiada información. La ventaja del World Service de la BBC, que se emite por la mañana temprano, es que en él todo suena distinto, ni siquiera se menciona Noruega, y me mantiene al tanto de las relaciones entre países como Jamaica, Pakistán, India y Birmania en un deporte como el *cricket*; un juego que nunca he visto ni veré practicar, si de mí depende. Pero me he dado cuenta de que a Inglaterra, la Madre Patria, siempre le pegan palizas. Algo es algo.

Yo también tengo un perro. Es hembra, y se llama *Lyra*. No sabría decir de qué raza es. Tampoco importa demasiado. Ya hemos salido a dar uno de nuestros paseos habituales, con la linterna, por el sendero que rodea el lago, cuya fina película de hielo se extiende hasta las mimbreras secas y de color amarillo otoño que se yerguen rígidas en la orilla; la nieve caía silenciosa y copiosamente contra el fondo oscuro del cielo, provocando que *Lyra* estornudara de gusto. Ahora está tendida junto a la estufa, dormida. Ya no nieva. A medida que avance el día, todo se derretirá. Lo sé porque me he fijado en el termómetro. La columna roja asciende con el sol.

Llevo toda la vida anhelando estar solo en un sitio como éste. Incluso en los mejores momentos, que no han sido pocos. Eso puedo afirmarlo. Lo de que no han sido pocos, me refiero. He tenido suerte. Pero incluso en esas ocasiones, por ejemplo en medio de un abrazo, cuando alguien me susurraba al oído las palabras que estaba deseando escuchar, me invadía un repentino anhelo de estar en un lugar donde no reinara más que el silencio absoluto. Aunque pasara años sin pensar en ello, no por ello dejaba de anhelarlo. Y aquí estoy ahora, y es casi exactamente como me lo había imaginado.

Dentro de menos de dos meses se acaba el milenio. En el pueblo al que pertenece mi casa lo festejarán con fuegos artificiales. Yo no voy a ir. Pienso quedarme aquí en la casa, con *Lyra*, quizá me acerque al lago para comprobar si el hielo aguanta, preveo diez grados bajo cero y claro de luna, y luego encenderé la estufa y me emborracharé como corresponde con una botella que guardo en el armario, y en el viejo tocadiscos pondré un disco para oír la voz de Billie Holiday cantar casi en un susurro, como cuando aquella vez, en los años cincuenta, la escuché en el Colosseum de Oslo, casi quemada, pero mágica a pesar de todo. Cuando se acabe el disco, me acostaré y dormiré tan profundamente como se puede dormir sin estar muerto, y despertaré a un nuevo milenio sin permitir que signifique nada para mí. Aguardo esa mañana con ilusión.

Entre tanto, dedico mi tiempo a arreglar este sitio. No es poco lo que hay que hacer, lo conseguí barato. Para ser franco, estaba dispuesto a ofrecer bastante más por la casa y el terreno, pero no tuve mucha competencia. Ahora ya entiendo por qué, claro, pero no pasa nada. De todos modos estoy contento. Intento encargarme yo mismo de casi todo, aunque podría pagar perfectamente a un carpintero; no estoy sin blanca, ni mucho menos, pero entonces el trabajo progresaría a un ritmo demasiado rápido. Quiero tardar el tiempo que sea necesario. En estos momentos el tiempo es importante para mí, me digo. No el hecho de que transcurra veloz o lentamente, sino la propia naturaleza del tiempo, esa sustancia en la que vivo y que lleno de cosas físicas y de actividades con las que la compartimento, para tenerla siempre clara y que no desaparezca cuando yo me descuide.

Esta noche ha ocurrido algo. Estaba en la alcoba contigua a la cocina, acostado en la cama provisional de madera que he instalado bajo la ventana, y me había quedado dormido, pasaban de las doce, y fuera había caído la noche, negra como el carbón y fría. Lo noté al salir una última vez a orinar detrás de la casa. Me permito esa libertad. Sobre todo porque por ahora aquí sólo hay una letrina aislada de la casa. De todos modos, nadie me ve. Hacia el este el bosque crece muy tupido.

Me despertó un sonido penetrante y agudo que se repetía a intervalos cortos y luego se interrumpía, para después volver a empezar. Me incorporé en la cama, entreabrí la ventana y eché un vistazo al exterior. A través de la oscuridad vislumbré el resplandor amarillo de una linterna en el sendero que discurre junto al río. No me cabía duda de que quien sostenía la linterna era también el autor del ruido que estaba oyendo, pero no entendía qué tipo de ruido era ni cómo lo producía aquel hombre. Si es que se trataba de un hombre. Luego el haz de luz vagó errático de derecha a izquierda, como desanimado, y por un instante distinguí el rostro arrugado de mi vecino. Éste llevaba en la boca algo que recordaba a un puro, y cuando el ruido sonó otra vez, comprendí que era un silbato para perros, aunque en realidad nunca antes había visto uno. Y él comenzó a llamar al perro; *Poker*, gritaba. *Poker*, así se llamaba el perro, anda, ven, pequeño, gritaba, y yo me eché en la cama y cerré los ojos, pero sabía que ya no conciliaría de nuevo el sueño.

A decir verdad, lo único que quería era dormir. Me he vuelto muy quisquilloso respecto a mis horas de sueño, que si bien ya no son tantas como antes, me resultan necesarias de un modo completamente distinto. Una noche malgastada proyecta su sombra sobre varios días seguidos, me pone irritable y me deja atontado. No me sobra tiempo para esas cosas. Tengo que concentrarme. De todos modos, volví a incorporarme en la cama, posé los pies en el suelo y encontré a ciegas la ropa que había colgado en el respaldo de la silla. Estaba tan fría al tacto que se me aceleró la respiración cuando me la puse. Después atravesé la cocina, llegué al recibidor y me enfundé la vieja chaqueta de paño, agarré la linterna del estante y salí a la escalera. Me envolvía una oscuridad impenetrable. Abrí de nuevo la puerta, metí la mano y pulsé el interruptor de la luz exterior. Así estaba mejor. La pared pintada de rojo del almacén arrojaba un brillo cálido sobre el césped.

He tenido suerte, pensé. Puedo salir en plena noche a ayudar a un vecino que está buscando a su perro, y no tardaré más de un par de días en recuperarme por completo. Encendí la linterna y eché a andar por el camino que desciende desde el patio hasta donde él se encontraba todavía, de pie en la suave pendiente, moviendo la linterna de modo que el haz luminoso se arrastraba lentamente describiendo un círculo que recorría la linde del bosque, cruzaba el camino, proseguía a lo largo de la margen del río y volvía al punto de partida. *Poker*, gritaba, *Poker*, y luego tocaba el silbato, y el pitido de frecuencia alta y desagradable rompía el silencio de la noche, y el rostro de él, su cuerpo, estaban ocultos en la sombra. Yo no lo conocía, apenas habíamos intercambiado algunas palabras en las ocasiones en que caminaba por delante de su cabaña al pasear a *Lyra*, casi siempre de madrugada, y de pronto me entraron ganas de regresar a casa y olvidarlo todo; al fin y al cabo, qué ayuda podría prestarle yo, pero seguro que él ya había reparado en la luz de mi linterna, era demasiado tarde, y de todos modos había algo en esa silueta solitaria que yo apenas intuía en la penumbra. El hombre no habría debido salir solo de ese modo. No estaba bien.

—Hola —lo llamé en voz baja, por respeto al silencio. Él se volvió y por un momento no vi nada, porque me enfocó con la linterna directamente a la cara, y cuando se dio cuenta la bajó. Permanecí quieto por unos segundos para recuperar la visión nocturna, luego me acerqué a él y allí nos quedamos los dos, alumbrando el paisaje que nos rodeaba con los respectivos haces de luz que proyectábamos a la altura de la cadera, y nada ofrecía el mismo aspecto que durante el día. Me he acostumbrado a la oscuridad. No soy capaz de recordar si alguna vez la he temido, aunque estoy seguro de que sí, pero ahora la siento como algo natural, seguro y sobre todo abarcable, por muchas cosas que encubra en realidad. Esto no significa nada. Nada es equiparable a la elasticidad y la libertad de la que goza el cuerpo en ella, sin límites superiores ni distancias acotadas, pues en la oscuridad no hay nada de eso. No es más que un espacio inmenso en que moverse.

—Ha vuelto a escaparse —dijo mi vecino—. *Poker*. El perro, vamos. Lo hace de vez en cuando. Hombre, luego siempre regresa. Pero cuesta dormir cuando uno no sabe dónde está. Y ahora hay lobos en el monte. Por otro lado, tampoco me animo a cerrar la puerta con llave.

Parecía un poco avergonzado. Supongo que yo también lo habría estado, si hubiera perdido a mi perro, y no sé qué habría hecho si hubiese sido *Lyra* la que se hubiera escapado, no sé si hubiese salido solo a buscarla a aquellas horas.

—¿Sabes que dicen que el pastor escocés es el perro más inteligente del planeta? —dijo.

—Eso he oído —dije.

—Ese *Poker* es más listo que yo, y lo sabe. —Mi vecino negó con la cabeza—. Ahora es él el que manda, me temo.

—Supongo que eso no está bien —dije.

—No —dijo él.

Caí en la cuenta de que nunca nos habíamos presentado como es debido, así que le tendí la mano, la iluminé con la linterna para que él la viera y dije:

—Trond Sander. —Esto lo aturdió. Pasaron un par de segundos antes de que se cambiara la linterna a la mano izquierda y me estrechara la derecha.

—Lars —dijo—. Lars Haug. Con ge.

—Encantado —dije, y en la negrura de la noche esta fórmula sonó tan extraña y peregrina como cuando mi padre, hace muchos, muchos años, dijo «Mi más sentido pésame» en un entierro en medio del boscaje con jota, y según la pronuncié me arrepentí, pero aparentemente Lars Haug no le concedió mayor importancia. Quizás aquello le pareciera simplemente lo apropiado, quizá pensara que la situación no era más chocante que cualquier otra en la que dos hombres adultos se presentan el uno al otro en el monte.

Imperaba la quietud en torno a nosotros. Los últimos días y noches el viento y la lluvia habían azotado los pinos y abetos, produciendo un murmullo constante, pero ahora el bosque estaba completamente en calma, no se movía ni una sombra, y nosotros, mi vecino y yo, guardábamos silencio contemplando fijamente la oscuridad, cuando de pronto me asaltó la certeza de que había algo detrás de mí. Una repentina sensación de frío me recorrió el espinazo, y Lars Haug también la notó; dirigió el haz de la linterna hacia algún punto situado un par de metros a mi espalda, me di la vuelta, y allí estaba *Poker*, completamente agarrotado y alerta. Ya lo he comprobado otras veces: también los perros experimentan y demuestran sentimientos de culpa y, como a la mayoría de nosotros, aquello no le gustaba nada al animal, sobre todo cuando el amo se puso a hablarle en un tono casi infantil que casaba mal con el rostro arrugado y curtido de un hombre que sin duda ya habría tenido que afrontar muchos contratiempos y manejar situaciones difíciles, situaciones complicadas, contra viento y marea, con resistencia y tesón; me percaté de todo ello durante el apretón de manos.

—Aaay, ¿dónde has estado, *Poker*? Perro tonto, ¿has

desobedecido a tu papá? Muy mal, niño travieso, muy mal, no debes portarte así. —Se acercó al perro, y éste emitió por lo bajo un gruñido que le salió de lo más profundo de la garganta, con las orejas gachas. Lars Haug se detuvo bruscamente. Bajó la linterna hasta enfocar el suelo, y las manchas blancas en la piel del perro comenzaron a cobrar forma ante mis ojos, mientras que las negras se fundían con la noche, confiriéndole al perro una apariencia extrañamente desordenada y asimétrica, al tiempo que los ruidos guturales y graves procedentes de algún punto algo más indeterminado se prolongaban, y mi vecino dijo:

»No sería la primera vez que mato un perro de un tiro. En aquella ocasión me prometí que nunca lo volvería a hacer, pero ahora no sé.

El hombre no estaba muy ufano, eso saltaba a la vista, no sabía qué paso dar a continuación, y de pronto me inspiró una enorme lástima. La compasión surgió como una ola de no sé dónde, de algún lugar que se encontraba allí fuera en la oscuridad, donde quizás había ocurrido algo en algún momento completamente distinto, o de un episodio de mi propia vida que ya hacía mucho que había olvidado, y aquello me violentó y me inquietó. Carraspeé y, con una voz que no controlaba del todo, le dije:

—¿Qué tipo de perro era ese que tuviste que matar? —No creo que este detalle me interesara especialmente, pero sentía la necesidad de decir algo para reprimir el súbito temblor de mi pecho.

—Un pastor alemán. Pero no era mío. Sucedió en la granja en la que crecí. Mi madre fue la primera que lo vio. El animal corría por la orilla del bosque, a la caza de unos corzos; dos machos medio crecidos y aterrorizados que ya habíamos visto varios días por la ventana, pastaban en la maleza, al borde de la dehesa del norte. Nunca se separaban, tampoco entonces, y el pastor alemán los estaba persiguiendo, los rodeaba, intentaba morderles los jarretes y, después de un tiempo, los corzos estaban agotados, no tenían escapatoria, y mi madre ya no pudo soportarlo más, llamó al jefe de policía para preguntarle qué podía hacer, y él le dijo: «Pues tendrás que pegarles un tiro.»

»"Eso es una tarea para ti, Lars —dijo ella al colgar—, ¿crees que lo conseguirás?" No me hacía ninguna gracia, todo hay que decirlo; casi nunca tocaba aquella escopeta, pero aquellos corcinos me daban demasiada pena, y tampoco era cosa de pedirle a ella que lo hiciera, y no había nadie más en casa. Mi hermano mayor estaba en alta mar, y mi padrastro andaba por el bosque talando árboles para un granjero de la localidad, como solía hacer en aquella época del año. Así que agarré la escopeta y salí y atravesé los cultivos en dirección al bosque. Cuando llegué no veía al perro por ningún lado. Me quedé quieto, escuchando. Era otoño, y a mediodía el aire estaba completamente limpio, todo se encontraba tan en calma que casi era desagradable. Me volví y dirigí la vista por encima de las eras hacia la casa, donde sabía que mi madre me estaría observando por la ventana, sin perderse uno solo de mis movimientos. No me iba a librar de ésa. Miré de nuevo al frente, hacia un sendero que se internaba en el bosque, y, de pronto, advertí que los dos corzos venían corriendo hacia mí. Hinqué la rodilla en el suelo y levanté la escopeta y me apoyé la culata contra la mejilla, y las grandes crías estaban tan aterrorizadas que ni me vieron, o quizá ya no les quedaban fuerzas para enfrentarse a un enemigo más. No variaron su rumbo un milímetro, sino que se abalanzaron directamente hacia mí y pasaron volando a pocas pulgadas de mi hombro, oí su respiración y vi que les brillaba el blanco de los ojos, abiertos como platos.

Lars Haug se interrumpió por un momento, alzó la linterna y alumbró a *Poker*, que no se había apartado de su sitio, detrás de mí. No me volví, pero oí al perro gruñir suavemente. Era un ruido intranquilizador, y el hombre que se hallaba ante mí se mordió el labio y se pasó los dedos de la mano izquierda por la frente en un gesto vacilante antes de proseguir:

—Treinta metros atrás venía el pastor alemán. Era una bestia enorme. Abrí fuego inmediatamente. Estoy seguro de que le di, pero mantuvo la misma dirección y la misma velocidad como si nada, quizás un espasmo le sacudió el cuerpo, no estoy seguro, joder, así que disparé otra vez y se vino abajo, pero se levantó y siguió corriendo. Me desesperé completamente, apreté el gatillo una vez más, tenía al perro ya a pocos metros de mí, y entonces cayó de bruces y, con las patas alzadas, se deslizó hasta la punta de mi bota. Pero no estaba muerto. Yacía ahí con las patas inutilizadas, mirándome de frente y, de pronto, me dio lástima, lo reconozco, así que me incliné sobre él para hacerle una última caricia en la cabeza, y en ese momento me gruñó y trató de pegarme un mordisco en la mano. Me eché hacia atrás de un salto y me puse furioso y le descerrajé dos tiros más, que le atravesaron el cráneo de lado a lado.

Lars Haug estaba de pie, con el rostro apenas visible entre las sombras, y la linterna colgaba cansina de su mano, proyectando sólo un pequeño círculo amarillo en el suelo. Agujas de pino. Guijarros. Dos piñas. *Poker* estaba completamente inmóvil y en silencio, y me pregunté si los perros son capaces de contener la respiración.

—Me cago en la ostia —dije yo.

—Yo acababa de cumplir dieciocho años —dijo—. Hace mucho tiempo de eso, pero no se me olvidará nunca.

—Entonces entiendo perfectamente que no quieras volver a matar un perro —dije.

—Ya veremos —dijo Lars Haug—. Bueno, ahora supongo que más vale que me lleve al perro a casa. Es tarde. Ven, *Poker* —dijo, en un tono repentinamente tajante y autoritario, y empezó a alejarse por el camino. A pocos metros de distancia, *Poker* lo seguía obedientemente. Al llegar al puentecillo, Lars Haug se detuvo y me saludó agitando la linterna.

—Gracias por la compañía —dijo en voz alta a través de la oscuridad. Yo le devolví el saludo con mi linterna, giré sobre mis talones y ascendí por la suave pendiente hacia la casa, abrí la puerta y entré en el recibidor iluminado. Por alguna razón cerré la puerta con llave, por primera vez desde que me mudé aquí. No me gustó hacer eso, pero lo hice de todos modos. Me desvestí y me tumbé en la cama bajo el edredón y me quedé mirando fijamente el techo mientras esperaba a que llegara el calor. Me sentía un poco ridículo. Luego cerré los ojos. En algún momento, mientras dormía, empezó a nevar, y estoy seguro de que en sueños me percaté de que el tiempo cambiaba y se enfriaba; era consciente de que me asusta el invierno y también la nieve, cuando se acumula en grandes cantidades, y de que me había metido en una situación imposible al mudarme aquí. Así que me puse a soñar empecinadamente con el verano, y al despertar todavía me rondaba por la cabeza. Podría haber soñado con cualquier verano, pero no fue así, me vino a la mente un verano muy especial, y todavía pienso en él aquí, sentado a la mesa de la cocina, mientras miro la luz extenderse sobre los árboles que bordean el lago. Nada presenta el mismo aspecto que anoche, y no se me ocurre una sola razón que justifique el haber cerrado la puerta con llave. Estoy cansado, pero no tanto como me temía. Aguantaré hasta el atardecer, lo noto. Me levanto de la mesa un poco entumecido, esta espalda no es lo que era, y *Lyra*, junto a la chimenea, yergue la cabeza y posa la vista en mí. ¿Saldremos de nuevo? No, no vamos a salir, todavía no. Suficiente tengo con el recuerdo de aquel verano que de pronto empieza a acosarme. Hacía muchos años que no me acosaba.

2

Íbamos a salir a robar caballos. Así lo anunció él, allí de pie ante la puerta de la cabaña en la que pasé aquel verano con mi padre. Yo tenía quince años. Fue en 1948, a principios de julio. Los alemanes habían abandonado el país tres años antes, pero, hasta donde recuerdo, ya no hablábamos de ellos. Por lo menos mi padre no tocaba el tema. Nunca mencionaba la guerra.

Jon se pasaba por casa con frecuencia, a cualquier hora del día o de la noche, para invitarme a ir con él: a cazar liebres, a atravesar el bosque bajo la pálida luz de la luna y subir a lo alto de la loma en medio de una quietud sepulcral, a pescar truchas al río, a hacer equilibrios sobre los troncos que despedían un brillo amarillento y que continuaban pasando ante nuestra cabaña, arrastrados por la corriente, mucho tiempo después de la limpieza final efectuada tras la tala. Era peligroso, pero yo siempre accedía y nunca le comentaba a mi padre una palabra sobre ello. Desde la ventana de la cocina se abarcaba un tramo del río, pero no era allí donde ejecutábamos nuestros números circenses. Siempre empezábamos más abajo, casi a un kilómetro de distancia, y algunas veces los troncos nos llevaban tan deprisa y tan lejos que tardábamos una hora en regresar a pie a través del bosque una vez que conseguíamos llegar a tierra, empapados y temblorosos.

Jon no quería estar con nadie más que conmigo. Tenía dos hermanos más jóvenes, los gemelos Lars y Odd, pero él y yo andábamos por la misma edad. No sé con quién se juntaría el resto del año, cuando yo estaba en Oslo. Nunca me hablaba de eso, y yo nunca le hablaba de mi vida en la ciudad.

No llamaba a la puerta, simplemente se acercaba de manera silenciosa por el sendero que subía del río, donde dejaba su pequeña barca amarrada junto a la orilla, y se plantaba delante de la puerta esperando a que yo me diese cuenta de que estaba allí. Rara vez tardaba mucho. Incluso por la mañana temprano, cuando yo todavía dormía, de pronto me invadía cierta inquietud en lo más profundo del sueño, como si tuviera que ir al baño y luchara por despertar antes de que fuera demasiado tarde; cuando entonces abría los ojos y comprendía que no se trataba de eso, iba directo a la puerta, la abría, y allí estaba él. Con una ligera sonrisa y los párpados entornados, como siempre.

—¿Te vienes? —dijo en aquella ocasión—. Vamos a salir a robar caballos.

Resultó que «nosotros» éramos sólo él y yo, como de costumbre, y si yo no lo hubiera acompañado se habría quedado solo y toda la diversión se habría perdido. Además, era difícil robar caballos solo. Imposible, de hecho.

—¿Llevas mucho rato aquí? —dije.

—Acabo de llegar.

Siempre contestaba lo mismo, y yo nunca sabía si era verdad. Me encontraba de pie bajo el dintel, en calzoncillos, y eché un vistazo al exterior por encima de su hombro. Capas de niebla flotaban sobre el río, y ya había clareado, hacía un poco de fresco. Al cabo de pocos minutos subiría la temperatura, pero en aquellos momentos noté que se me ponía la carne de gallina en los muslos y la tripa. A pesar de todo, permanecí quieto contemplando el río, que surgía suave y centelleante del meandro bajo la bruma, un poco más arriba, y discurría por delante de la cabaña. Me lo sabía de memoria. Llevaba todo el invierno soñando con él.

—¿Y qué caballos? —dije.

—Los de Barkald. Andan sueltos por la dehesa del bosque, detrás de la granja.

—Ya lo sé. Pasa, me voy a vestir.

—Me quedo aquí —dijo.

Nunca entraba en casa, quizá por mi padre. Jamás le dirigía la palabra a mi padre. No lo saludaba. Cuando se cruzaban en la tienda, Jon bajaba la vista al suelo, callado. Entonces mi padre se detenía y se volvía hacia él y preguntaba, mirándolo fijamente:

—¿Ése no era Jon?

—Sí —decía yo.

—¿Qué le pasa? —decía mi padre cada vez, como preocupado, y yo respondía cada vez:

—No sé.

Y la verdad es que no lo sabía, y nunca se me pasó por la cabeza averiguarlo. Ahora Jon estaba allí, sobre el umbral, una simple losa, con la mirada puesta allá abajo, en el río, mientras yo quitaba la ropa del respaldo de una de las sillas labradas a partir de un solo tronco y me la ponía a toda prisa. No me gustaba que él tuviera que esperar ahí fuera, aunque pudiera verme todo el rato a través de la puerta abierta.

Es obvio que habría debido advertir que había algo especial en aquella mañana de julio, en la niebla que velaba el río y, quizás, en la bruma que envolvía la loma, algo en la luz blanca del cielo, algo en el modo en que Jon decía lo que tenía que decir o en el modo en que se movía o se quedaba ahí tieso como un palo sobre la losa. Pero yo sólo contaba quince años, y lo único que noté fue que él no había traído consigo la escopeta que llevaba habitualmente por si aparecía alguna liebre, cosa que tampoco me pareció tan extraña, ya que el arma no habría hecho más que estorbar a la hora de robar los caballos. Después de todo, no íbamos a dispararles. Por lo que podía apreciar, Jon estaba como siempre: tranquilo y resuelto a un tiempo, con los ojos entornados, concentrado en lo que íbamos a hacer, sin la menor muestra de impaciencia. Esto me venía bien, porque no era ningún secreto que, comparado con él, yo suponía un lastre para la mayor parte de nuestras correrías. Él tenía años de entrenamiento a sus espaldas. Lo único que se me daba realmente bien era cabalgar sobre un tronco río abajo, poseía un sentido del equilibrio innato, un don natural, en opinión de Jon, aunque no lo expresaba exactamente en estos términos.

Él me había enseñado a que me importara una mierda el riesgo, de él aprendí que si me lanzaba y no me lo pensaba tanto como para frenarme, sería capaz de lograr muchas cosas que nunca habría soñado.

—Vale. Preparados, listos, ya —dije.

Descendimos juntos por el sendero hasta el río. Era temprano. El sol asomaba por encima de la loma con su abanico de luz, tintando todo cuanto lo rodeaba de un color completamente nuevo, y la niebla que pendía sobre el agua se disipó poco a poco hasta desaparecer por completo. Al instante sentí que el calor penetraba a través del jersey, cerré los ojos y seguí caminando sin dar un solo traspié hasta que llegamos a la ribera. Allí abrí los párpados, bajé con dificultad por las rocas que el agua había alisado y me senté cerca de la popa de la pequeña barca. Jon la impulsó desde la orilla, subió a bordo de un salto, empuñó los remos y con paladas cortas y enérgicas cruzó la corriente de agua en diagonal, luego dejó la embarcación a la deriva durante un rato y continuó remando hasta que alcanzamos la otra orilla, unos cincuenta metros más abajo. Lo bastante lejos como para que la barca no estuviera a la vista de la cabaña.

A continuación ascendimos por la pequeña pendiente, Jon primero y yo detrás, y caminamos a lo largo de la cerca de alambre de espino que delimitaba el prado. La hierba, bajo un fino manto de bruma, estaba muy crecida, y pronto la segarían y la colocarían en vallas para que se secara al sol y sirviera de forraje. Era como avanzar con el agua hasta las caderas, pero sin resistencia, como en un sueño. Yo soñaba a menudo con el agua, me llevaba bien con el agua.

La dehesa era propiedad de Barkald, y Jon y yo habíamos recorrido esta ruta a menudo; subíamos entre los prados hasta el camino que conducía a la tienda para comprar revistas o caramelos u otras chucherías para las que nos llegara el dinero, con las monedas de un céntimo, de dos y en contadas ocasiones de cinco repiqueteándonos en los bolsillos a cada paso que dábamos, o nos encaminábamos en la dirección contraria, hacia casa de Jon, donde su madre siempre nos saludaba calurosamente cuando entrábamos por la puerta, como si yo fuera el príncipe heredero del país o algo por el estilo, mientras su padre se sumergía en la lectura del periódico local o se iba al pajar a realizar alguna tarea de pronto inaplazable. Había algo ahí que yo no comprendía. Pero no me preocupaba. Por mí el hombre podía quedarse en el granero. Me importaba una mierda. Pasado el verano, de todos modos, me marcharía a casa.

La granja de Barkald estaba al otro lado del camino, detrás de unos campos que lindaban con el bosque, perpendiculares al pajar, en los que cada año él alternaba el cultivo de avena y cebada, y mantenía a los cuatro caballos sueltos en un gran terreno situado en medio de la espesura y cercado con dos hileras de alambre de espino tendidas entre árboles. Todo aquel bosque, que ocupaba una amplia extensión, le pertenecía. Barkald era el mayor terrateniente de la zona. Ninguno de nosotros soportaba a aquel hombre, aunque no estoy completamente seguro de por qué. Nunca nos había hecho nada, ni nos había dedicado una sola mala palabra, que yo supiera. Pero tenía una granja grande, y Jon era hijo de un pequeño granjero. A lo largo del río que surca este valle, a pocos kilómetros de la frontera de Suecia, las granjas de casi todo el mundo eran pequeñas, y la mayoría de la gente vivía aún de lo que producía en ellas y de la leche que entregaba a la central lechera, y, cuando llegaba la temporada de tala, de la madera de los árboles del bosque. Del bosque de Barkald, entre otros, y de aquel cuyo propietario era un maldito ricachón de Bærum; miles y miles de hectáreas hacia el norte y hacia el oeste. Dinero no había mucho, al menos por lo que se veía. Quizá Barkald tuviera lo suyo, pero el padre de Jon no tenía nada, y mi padre no tenía nada en absoluto, que yo supiera. Así que los medios por los que consiguió arañar el dinero para comprar la cabaña en la que nos alojamos aquel verano siguen siendo un misterio para mí. A decir verdad, yo no siempre tenía muy claro cómo se ganaba la vida mi padre —la suya y la mía, entre otras, porque eso cambiaba con frecuencia—, pero su trabajo requería

gran variedad de herramientas, así como máquinas pequeñas, y a veces mucha planificación y cálculos lápiz en mano
y viajes a todo tipo de sitios del país en los que yo nunca
había estado y cuyo aspecto me costaba imaginar; pero mi
padre ya no estaba en la nómina de nadie. A menudo recibía muchos encargos, otras veces menos, pero en todo
caso reunió el dinero suficiente y, cuando el año anterior
llegamos allí por primera vez, se puso a deambular mirándolo todo, sonriéndose y acariciando los árboles, y luego
se sentó sobre una gran roca a la orilla del río, a contemplar el agua, con la barbilla en la mano, como si todos los
objetos fueran viejos conocidos. Pero supongo que no
podían serlo.

Jon y yo dejamos el sendero que cruzaba el prado y
bajamos hasta el camino, y aunque habíamos estado por
aquí en muchas ocasiones, ahora el lugar parecía distinto.
Íbamos a salir a robar caballos y sabíamos que se nos
notaba. Éramos unos delincuentes. Eso cambia a la gente,
cambia algo en su mirada y los hace andar de una manera
particular, por más que se esfuercen en disimularlo. Y robar caballos es el peor delito de todos. Conocíamos la ley
que rige al oeste del río Pecos, habíamos leído los tebeos
de vaqueros, claro, y aunque quizás habría resultado más
exacto decir que estábamos al este del Pecos, nos hallábamos tan al este que igualmente podía decirse lo contrario, porque eso dependía de la dirección en la que
decidieras ver el mundo, claro, y el caso es que contra esa
ley no valían las súplicas. Si te pillaban, te subían directamente a un árbol con una soga al cuello; notabas el tacto
del cáñamo basto contra la suave piel, alguien le daba un
manotazo al caballo en la grupa y éste salía disparado de
debajo de tus piernas y tú arrancabas a correr en el aire
como si te fuese la vida en ello, precisamente mientras esa

vida te pasaba por delante de los ojos en imágenes cada vez más apagadas hasta que las imágenes se vaciaban de ti y de todo lo que habías presenciado, se llenaban de niebla, y al final se ennegrecían. Sólo quince años, era lo último que pensabas, no ha sido mucho, y todo por un caballo, y ya era demasiado tarde. La casa de Barkald yacía pesada y gris junto a la linde del bosque, más amenazadora que nunca. Las ventanas estaban oscuras a aquellas horas de la mañana, pero quizás él se hallaba ahí dentro, escrutando el camino con la vista, y se había fijado en el modo en que caminábamos y ahora lo sabía todo.

Pero ya habíamos llegado demasiado lejos para retroceder. Bajamos unos doscientos metros por el camino de gravilla con las piernas bastante agarrotadas hasta que la casa desapareció tras una curva, luego subimos por un sendero que atravesaba otro prado que también pertenecía a Barkald y nos adentramos en el bosque. Al principio reinaba la oscuridad entre los apiñados troncos de los abetos bajo los que no se daba otra vegetación que un musgo verde profundo a ras de suelo que formaba una gran manta mullida porque la luz nunca llegaba hasta allí abajo, y nosotros caminábamos uno detrás del otro por el sendero, sintiendo cómo cedía el musgo bajo nuestros pies. Jon iba delante y yo detrás, con nuestras deportivas de suelas desgastadas. Luego nos desviamos de manera que empezamos a describir un círculo, siempre hacia la derecha, y el espacio despejado sobre nuestras cabezas se ensanchaba lentamente hasta que de pronto el sol relumbró en la doble hilera de alambre de espino, y ya habíamos llegado. Ante nosotros se extendía un terreno en el que lo habían talado todo menos los pinos silvestres y los abedules, que se alzaban extrañamente altos y solitarios sin nada que les cubriera las espaldas, y algunos de ellos no habían resistido los embates del viento del norte y yacían derribados cuan largos eran, con las raíces al aire. Sin embargo, entre los tocones la hierba crecía jugosa y tupida, y tras unos arbustos, un poco más allá, avistamos a los caballos, colocados de tal modo que sólo les veíamos el trasero y las colas que meneaban para espantarse las moscas y los tábanos. Percibíamos el olor de sus excrementos, del musgo humedecido, y también el aroma penetrante y omniabarcante de aquello que nos superaba a nosotros mismos y a cualquier cosa que pudiéramos concebir; del bosque que seguía y seguía hacia el norte, que cruzaba Suecia y pasaba a Finlandia, y continuaba más allá hasta Siberia, un bosque en el que podías pasar semanas perdido sin que nadie te encontrara, aunque te buscaran cien personas, pero no debía de ser tan terrible, pensaba yo, perderse ahí, aunque no sabía si lo pensaba muy en serio.

Jon se agachó y se deslizó entre los dos alambres, empujando el inferior hacia abajo con la mano, y yo me tumbé y rodé por el suelo, y ambos conseguimos pasar al otro lado sin un solo desgarrón en el pantalón o en el jersey. Nos pusimos de pie con cuidado y avanzamos por entre la hierba en dirección a los caballos.

—Ese abedul de ahí —dijo Jon, señalando—, ve y trepa hasta arriba.

A poca distancia de los caballos había un gran abedul solitario de ramas robustas; la más baja estaba a más de tres metros del suelo. Me acerqué al abedul despacio, pero sin vacilar. Los caballos irguieron la cabeza y la giraron hacia mí, pero se quedaron quietos, masticando, sin mover ni un casco. Jon comenzó a rodearlos desde el otro lado. Me quité las deportivas de dos patadas, coloqué los dos brazos en torno al abedul y encontré un punto de apoyo en la corteza agrietada; primero me impulsé con un pie, luego levanté el otro y coloqué la planta contra el tronco, y así fui trepando lentamente como un chimpancé hasta que conseguí asirme a la rama con la mano izquierda, izarme ligeramente y agarrarme también con la derecha, despegando los pies del rudo tronco, de manera que me quedé suspendido por unos instantes antes de auparme y sentarme en la rama, con los pies colgando. En aquellos tiempos sabía hacer esas cosas.

—Muy bien —le dije a Jon, en alto pero sin gritar—. Listo.

Él estaba en cuclillas, enfrente de los caballos, hablándoles en voz baja, y ellos estaban completamente tranquilos, con la cabeza vuelta hacia él y las orejas rígidas hacia delante, escuchando lo que casi era un susurro. Naturalmente, yo, desde mi sitio en la rama, no distinguía bien sus palabras, pero cuando él oyó mi «muy bien», se incorporó de un salto y gritó:

—¡Hoi! —Y extendió los brazos, y los caballos se dieron la vuelta y echaron a correr en dirección contraria. No muy deprisa, pero tampoco despacio, y dos torcieron a la izquierda y dos se encaminaron derechos a mi abedul.

—Estate preparado —gritó Jon, y elevó tres dedos como en el saludo de los jóvenes exploradores.

—Siempre preparado —grité a mi vez, me incliné hasta apoyar la tripa sobre la rama, manteniendo el equilibrio con las manos y agitando las piernas como unas tijeras en el aire. Notaba en el pecho una leve vibración que subía por el árbol, causada por el golpeteo de los cascos contra la tierra, y un temblor que procedía de un sitio completamente distinto, de mi interior, que me nacía en la tripa y se asentaba en las caderas. Pero no podía hacer nada al respecto, y no pensé más en ello. Estaba preparado.

Y entonces llegaron los caballos. Oí su respiración jadeante, la vibración del árbol se hizo más fuerte y el ruido de los cascos me retumbaba en la cabeza, y en cuanto vislumbré el morro del más próximo, que estaba casi a mis pies, me dejé caer desde la rama con las piernas abiertas rígidamente hacia los lados y aterricé un poco demasiado cerca de la nuca del animal, de manera que me golpeé la entrepierna con sus huesos, lo que me provocó arcadas que me subieron hasta la garganta. Parecía tan fácil cuando el Zorro lo hacía en las películas..., pero a mí se me saltaron las lágrimas y tuve que luchar contra las náuseas mientras intentaba agarrarme firmemente a la crin con ambas manos, y me eché hacia delante y apreté los labios con fuerza. El caballo agitaba la cabeza como un loco y, sin dejar de castigarme la entrepierna con el lomo, se lanzó a galopar, y el otro caballo lo imitó, y juntos pasamos zumbando entre los tocones. Jon gritó «¡yihaa!» detrás de mí, y yo también quería gritar en señal de triunfo, pero no lo conseguí, el vómito acumulado en la garganta me impedía respirar, y entonces abrí la boca y lo eché todo sobre el cuello que tenía debajo. Ahora olía un poco a vómito y mucho a caballo, y ya no oía la voz de Jon. Me pitaban los oídos, el golpeteo de los cascos sonaba cada vez más distante, y el lomo del caballo martilleaba mi cuerpo como los latidos del corazón, y de pronto cayó en torno a mí un silencio que predominaba sobre todo, y a través de ese silencio escuché las voces de los pájaros. Oí con toda claridad al mirlo negro posado sobre la punta de un abeto, reconocí el inconfundible canto de la alondra desde lo alto y el de varias otras aves que no sabía nombrar, y todo resultaba tan extraño, como en una película muda a la que hubieran superpuesto otro sonido, y me encontraba en dos sitios al mismo tiempo y nada me dolía.

—¡Yihaa! —grité, y oí perfectamente mi voz, pero fue como si proviniera de otro sitio, del amplio espacio en el que cantaban las aves, un chillido de pájaro desde el interior de aquel silencio, y por un momento fui completamente feliz. El pecho se me hinchó como el fuelle de un acordeón, y cada vez que respiraba sonaban notas. Y entonces algo relució entre los árboles delante de mí, era el alambre de espino, habíamos atravesado toda la dehesa a galope y nos aproximábamos a toda velocidad a la valla del otro lado, y el lomo del caballo empezó otra vez a golpearme violentamente la entrepierna, y yo me aferré y pensé: ahora vamos a saltar. Pero no saltamos. A poca distancia del alambre de espino, los dos caballos se revolvieron, y debido a las leyes de la física salí despedido del lomo en línea recta, pataleando en el aire, hasta el otro lado de la valla. Sentí que el alambre de espino me desgarraba la manga del jersey y luego un dolor agudo, y después yacía tumbado sobre las matas, sin aliento a consecuencia del batacazo.

Creo que pasé unos segundos desmayado, porque recuerdo que abrí los ojos como si hubiera vuelto a nacer; nada de lo que veía me resultaba familiar, tenía la mente en blanco, vacía de pensamientos, todo estaba completamente limpio, el cielo azul transparente, y yo no sabía ni cómo me llamaba ni notaba siquiera el cuerpo. Me puse a flotar por ahí, sin nombre, contemplando el mundo por primera vez, y me pareció extrañamente luminoso y cristalinamente bello, luego oí un relincho y el redoble de unos cascos, y entonces todo retornó a mí como un bumerán y me impactó de lleno en la frente, y pensé: joder, me he quedado inválido. Bajé la mirada a mis pies desnudos, que asomaban entre las matas, como si no estuviesen unidos a mí.

Seguía tendido completamente quieto cuando vi a Jon acercarse a la valla montado sobre el caballo, conduciéndolo con una cuerda que éste llevaba alrededor del morro. Tiró de ella y el animal se detuvo, con un flanco prácticamente pegado a la alambrada. Jon me miró desde arriba.

—¿Qué haces ahí tirado? —dijo.

—Estoy inválido —dije yo

—No lo creo —dijo él.

—Pues nada —dije. Me miré otra vez los pies. Y luego me levanté. Me dolían la espalda y un costado, pero no se me había estropeado nada por dentro. La sangre manaba a chorros por un corte en el antebrazo y traspasaba el jersey, que en ese mismo sitio tenía un gran desgarrón, pero eso era todo. Me arranqué lo que quedaba de la manga y me lo até alrededor del brazo usando el muslo como apoyo. La herida escocía una barbaridad. Jon seguía impasible, a horcajadas sobre el caballo. Entonces advertí que llevaba mis zapatillas de deporte en una mano.

—¿Vas a volver a subirte? —dijo.

—No lo creo —dije yo—, me duele el culo. —Aunque no era exactamente ahí donde más me dolía, pero me dio la impresión de que Jon esbozaba una sonrisa, si bien no estaba del todo seguro porque el sol me daba directamente en la cara. Se bajó del caballo, soltó la cuerda y con un movimiento de la mano despidió al caballo, que estaba más que dispuesto a marcharse.

Jon salió cruzando la valla del mismo modo en que había entrado, con ligereza, sin sufrir un solo rasguño. Vino hasta mí y dejó caer las zapatillas de deporte sobre las matas.

—¿Puedes caminar? —preguntó.

—Creo que sí —dije yo. Me calcé las zapatillas, pero no me até los cordones, para no agacharme, y luego nos internamos en el bosque. Jon delante y yo detrás, con la entrepierna dolorida y la espalda rígida, arrastrando un poco una pierna y con un brazo encogido contra el cuerpo, y conforme avanzábamos entre los árboles, pensé que quizá me faltarían fuerzas para recorrer todo el camino de regreso. Y luego me acordé de mi padre, que hacía una semana me había pedido que cortara la hierba de detrás de la casa. Estaba demasiado alta, y pronto se torcería hacia abajo y se solidificaría formando una estera marchita a través de la que nada podría crecer. Él me había recomendado que usara la guadaña corta, más fácil de manejar para un principiante. Fui a buscar la herramienta al cobertizo y puse manos a la obra con todo mi empeño, imitando los movimientos que le había visto hacer a él cuando segaba, y trabajé hasta acabar empapado en sudor, y en realidad no me desenvolvía tan mal, a pesar de que la guadaña era un utensilio que no estaba acostumbrado a utilizar. Pero junto a la cabaña había una gran extensión infestada de ortigas altas y compactas, de modo que empecé a segar la hierba que las rodeaba, evitándolas, y entonces apareció mi padre por detrás de la cabaña y se quedó de pie, observándome. Mantenía la cabeza ladeada mientras se restregaba la barbilla con la mano, y yo me enderecé y esperé a que dijera lo que tenía que decir.

—¿Por qué no cortas las ortigas? —dijo.

Bajé la vista hacia el corto mango de la guadaña y luego la dirigí hacia las altas ortigas.

—Duele —dije. Entonces me miró con una media sonrisa y sacudió ligeramente la cabeza.

—Tú eres quien decide cuándo te duele —dijo, y de pronto se puso serio y se acercó a la pared de la cabaña y agarró las plantas urticantes con las manos desnudas y comenzó a arrancarlas tranquilamente, una detrás de otra, y a tirarlas en un montón, y no cesó hasta que no quedó ni una. Nada en su rostro indicaba que le doliera, y al seguir a Jon por el sendero, me sentí un poco avergonzado, me erguí y apreté el paso y traté de caminar con absoluta normalidad, y unos pocos metros más adelante me preguntaba por qué no lo había hecho desde el principio.

—¿Adónde vamos? —dije.

—Quiero enseñarte algo —dijo él—. No está muy lejos.

El sol ya había subido mucho, hacía calor entre los árboles, olía a calor, y de todas partes del bosque surgían sonidos: de alas que batían, de ramas que se doblaban y tallos que se partían, el chillido de un gavilán y el último suspiro de una liebre y un golpecito sordo cada vez que una abeja topaba con una flor. Oía a las hormigas corretear entre las matas, y el sendero por el que íbamos ascendía con la ladera; aspiré profundamente por la nariz y pensé que, tomara mi vida el rumbo que tomase, y por muy lejos que me marchara, siempre recordaría aquel lugar tal y como era en ese momento, y lo añoraría. Al volverme, oteé todo el valle a través de un enrejado de pinos y abetos, vi el río que serpenteaba y centelleaba allí abajo, vi el tejado color rojo ladrillo de la serrería de Barkald un poco más al sur, en la ribera, y varias granjas pequeñas en medio de las manchas verdes que bordeaban la fina raya de agua. Conocía a las familias que vivían allí, sabía cuántas personas habitaban en cada casa y, aunque no divisaba nuestra cabaña en la orilla opuesta, podía señalar exactamente detrás de qué árbol estaba, y empecé a preguntarme si mi padre seguiría dormido o andaría por ahí buscándome y preguntándose, no muy alarmado, dónde me habría metido, si regresaría pronto a casa, si quizá debía empezar a preparar el desayuno, y de pronto caí en la cuenta del hambre que tenía.

—Aquí es —dijo Jon—, ahí.

Apuntó con el dedo un gran abeto un poco apartado del sendero. Nos quedamos quietos.

—Es grande —dije.

—No es eso —dijo Jon—. Ven.

Se acercó al abeto y comenzó a trepar por él. No le costó mucho, las ramas más bajas, largas y fuertes colgaban pesadamente hacia el suelo y eran fáciles de alcanzar, y en un santiamén Jon se hallaba varios metros por encima de mí, y me dispuse a seguirlo. Él subía con rapidez, pero al cabo de unos diez metros se detuvo y esperó sentado hasta que llegué a su altura, y había sitio más que suficiente para sentarnos el uno al lado del otro sobre sendas ramas gruesas. Jon señaló un punto de la suya, más alejado del tronco, donde la rama se dividía en dos. De la bifurcación colgaba un nido, tan hondo como un cuenco, un poco menos que un cucurucho de papel. Yo había visto muchos nidos, pero nunca uno tan pequeño, tan liviano, tan perfectamente modelado en musgo y plumas. Más que colgar, flotaba.

—Es de un reyezuelo —dijo Jon, en voz baja—. Su segunda nidada.

Se inclinó hacia delante, alargó el brazo hacia el nido,

introdujo tres dedos en la abertura cubierta de plumas y sacó un huevo tan minúsculo que me quedé absorto mirándolo. Jon, que sostenía el huevo en equilibrio sobre la punta de los dedos, me lo tendió para que lo estudiara más de cerca, y yo me estaba mareando al verlo y pensar que, unas pocas semanas después, aquel huevo diminuto y ovalado se transformaría en un pájaro vivo y alado que podría lanzarse desde las ramas más altas y caer en picado sin estrellarse contra el suelo, pues, con destreza y voluntad, sería capaz de elevarse y anular la ley de la gravedad. Y lo comenté en alto:

—Joder —dije—, es curioso que algo tan pequeñajo vaya a estar vivo y a salir volando, así sin más. —Y quizá no me expresé demasiado bien ni supe reflejar la vertiginosa y volátil sensación que me embargaba. Pero en ese momento sucedió algo que escapó por completo a mi comprensión: cuando alcé la vista, reparé en que el rostro de Jon estaba tenso y totalmente blanco. Nunca sabré si fueron las pocas palabras que pronuncié o el huevo que sostenía él, pero el caso es que algo ocasionó que se alterara repentinamente y me mirase directamente a la cara como si no me conociera de nada, por una vez sin entornar los ojos, y con las pupilas dilatadas y negras. Entonces abrió la mano y soltó el huevo. Éste cayó a lo largo del tronco, yo lo seguí con la mirada y lo vi chocar con una de las ramas de más abajo y quebrarse y deshacerse en pedacitos de color claro que descendían lentamente, girando en todas direcciones como copos de nieve ingrávidos, hasta desaparecer. Al menos, así es como lo recuerdo, y entonces no conseguía evocar otro momento de mi vida en que hubiera sentido tal desesperanza. Me volví de nuevo hacia Jon, que, echado hacia delante, arrancó el nido de la bifurcación de la rama con una mano, lo levantó ante sí con el brazo estirado y lo trituró a pocos centímetros de mis ojos. Quise decir algo, pero no conseguía articular palabra. El semblante de Jon era una máscara, blanca como la tiza, con la boca abierta, una boca de la que salían ruidos que me provocaban escalofríos en la espalda, jamás había oído cosa igual; ruidos guturales como de un animal que nunca había visto y que no albergaba el menor deseo de ver. Abrió la mano y estampó la palma contra el tronco del árbol y la restregó contra la corteza, empezaron a caer trocitos y al final el nido quedó reducido a una guarrada cuya visión yo ya no soportaba. Cerré los párpados y así los mantuve por un rato, y cuando los abrí, Jon ya estaba a medio camino del suelo. Prácticamente se escurría de una rama a otra, yo veía su cabello fosco y castaño, pero él no miró hacia arriba una sola vez. A pocos metros de altura, simplemente se descolgó y aterrizó con un golpe seco que se oyó hasta allá arriba donde estaba sentado yo, luego cayó de rodillas como un saco vacío, se pegó un leve topetazo contra el suelo, y así se quedó, acurrucado, por lo que pareció una eternidad, y durante toda aquella eternidad contuve la respiración sin moverme del sitio. No entendía lo que había ocurrido, pero intuía que era culpa mía. Sólo que no sabía por qué. Al final él se puso de pie rígidamente y se marchó sendero abajo. Yo solté el aire e inspiré lentamente, me silbaba el pecho, lo oía claramente, sonaba a asma. Conocía a un asmático, vivía a la vuelta de la esquina de nuestra casa de Oslo. Así sonaba cuando respiraba. He pillado asma, pensé, joder, de modo que así es como se pilla el asma. Cuando pasa algo. Y entonces empecé a bajar, no tan deprisa como Jon, sino más bien como si cada rama fuera un faro al que debía sujetarme largamente para no perderme ni un solo detalle importante, y todo el tiempo pensaba en respirar.

¿Fue entonces cuando cambió el tiempo? Creo que

sí. Yo estaba de pie en el sendero, Jon se había perdido de vista, había desaparecido por donde habíamos venido, y de pronto oí los árboles susurrar sobre mi cabeza. Alcé la mirada y vi las copas de los abetos cimbrearse y entrechocar, vi altos pinos doblegarse al viento y, bajo mis pies, sentí ondear el asiento del bosque. Era como estar de pie sobre el agua, me estaba mareando, y eché una ojeada alrededor en busca de algo a lo que agarrarme, pero todo estaba en movimiento. El cielo, que hacía unos instantes era azul cristalino, se había tornado gris acero, matizado por una luz de un amarillo desvaído que brillaba sobre la loma al otro lado del valle. Y en ese momento, un destello alumbró el cielo. Justo después se produjo un estruendo que me estremeció todo el cuerpo, y la temperatura descendió bruscamente y noté una punzada de dolor en el brazo, allí donde me había desgarrado el alambre de espino. Eché a andar lo más rápido posible sin arrancar a correr, bajando por el sendero hacia la dehesa de los caballos por la que habíamos subido. Al llegar allí miré por encima de la alambrada, entre los árboles, pero no alcancé a vislumbrar un solo caballo, y por un momento pensé en atajar por el prado, pero en cambio rodeé la cerca por fuera, hasta dar con el sendero que llevaba al camino. Allí doblé a la izquierda y empecé a correr cuesta abajo, y ya no soplaba el viento, sino que reinaba una vibrante quietud en el bosque, y el asma recién descubierto me oprimía el pecho.

Y entonces llegué al camino. Las primeras gotas me cayeron en la frente. Un poco más adelante divisé la espalda de Jon. Él no había corrido, estaba demasiado cerca para eso, y no caminaba deprisa, pero tampoco despacio. Simplemente caminaba. Se me pasó por la cabeza llamarlo y pedirle que esperara, pero temí quedarme sin aliento.

Además, había algo en aquella espalda que me disuadió, así que comencé a seguirlo, todo el rato a la misma distancia, y pasamos por delante de la granja de Barkald, cuyas ventanas estaban ahora claramente iluminadas contra el oscuro cielo, y me pregunté si él estaría ahí dentro observándonos, deduciendo dónde habíamos estado. Miré el cielo con la esperanza de que todo quedara en las pocas gotas que me habían salpicado, pero de pronto relumbró otro destello sobre la loma, y en ese mismo segundo retumbó otro estruendo. Yo nunca había tenido miedo a las tormentas, y tampoco entonces lo tuve, pero sabía que cuando el relámpago y el trueno llegaban tan juntos, podía caer un rayo en cualquier lugar cercano a mí. Era una sensación especial, esa de caminar por el sendero sin protección de ningún tipo. Y entonces la lluvia se precipitó sobre mí como una pared, y de pronto me encontraba detrás de esa pared y al cabo de pocos segundos estaba completamente empapado, y si hubiera ido desnudo no habría habido diferencia alguna. El mundo entero se puso gris de agua, y yo apenas entreveía a Jon, que iba delante, cien metros más allá. Pero no necesitaba que él me enseñara el camino, yo sabía adónde dirigir mis pasos. Me desvié por el sendero que atravesaba el prado de Barkald y, de no haber estado ya calado hasta los huesos, la hierba crecida me habría empapado el pantalón, haciéndolo más pesado. Pero tal como estaba ahora, daba igual. Barkald va a tener que aguardar varios días antes de segar, pensé, hasta que se seque la hierba. No se debe segar la hierba mojada. Y me pregunté si nos pediría a mi padre y a mí ayuda para la siega, como el año anterior, y me pregunté también si Jon habría cruzado él solo el río en la barca, o si estaría esperándome en la orilla. Una posibilidad era retroceder por el camino que conducía a la tienda y cruzar el puente y volver a bajar por el otro lado, a través del bosque, pero se trataba de un trayecto largo y duro. Otra posibilidad era atravesar el río a nado. Seguro que el agua estaría helada, y habría mucha corriente. La ropa mojada me hacía tiritar; decidí que estaría mejor sin ella. Me detuve en el sendero y procedí a despojarme del jersey y la camisa. No era fácil, porque las prendas se adherían al cuerpo, pero al final conseguí quitármelas y formé con ellas un hatillo que me puse bajo el brazo. Todo estaba ya tan empapado que casi resultaba ridículo, y la lluvia me repiqueteaba en el pecho desnudo, lo que por alguna extraña razón me ayudaba a entrar en calor. Me pasé la mano por la piel y apenas percibí su tacto, tenía los dedos y la piel entumecidos, y estaba cansado y soñoliento, y cómo me hubiera gustado tumbarme sólo un momentito y cerrar los ojos. Avancé algunos pasos. Me enjugaba el agua de la cara con la mano. Me sentía un poco mareado. Y de pronto descubrí que había llegado al río, y no lo había oído. Ante mí, en la barca de remos, estaba sentado Jon. Su pelo, normalmente una mata de mechones tiesos, estaba chorreante y aplastado contra el cráneo. Jon me echó una mirada a través de la lluvia mientras maniobraba y mantenía la popa de la barca contra la orilla, pero no abrió la boca.

—Hola —dije, y bajé torpemente los últimos metros sobre las rocas lisas y resbaladizas. Di un traspié, pero no me caí, conseguí subir a la barca y me senté en el último banco. Él se puso a remar en cuanto hube embarcado, y saltaba a la vista que le costaba bastante, pues íbamos a contracorriente, muy despacio. Jon se proponía llevarme hasta casa, aunque debía de estar agotado. Él vivía río abajo, y yo quería decirle que no hacía falta, que me conformaba con que me dejara en la otra margen, que yo podía recorrer el último trecho andando. Pero no dije nada. Estaba demasiado cansado.

Por fin llegamos. Con un esfuerzo admirable, Jon dio la vuelta a la barca y la arrimó a la orilla para que yo bajara directamente a tierra. Y así lo hice, y me quedé de pie en la ribera, con la vista clavada en él.

—Que te vaya bien —dije—, te veo mañana. —Pero él no respondió. Se limitó a alzar los remos sobre el agua de modo que la embarcación quedó a la deriva, y me devolvió la mirada, una mirada intensa que ya en ese momento supe que nunca olvidaría.

3

Quince días antes, mi padre y yo habíamos tomado el tren en Oslo, y luego el autobús en Elverum, en un trayecto que duró horas. Nunca llegué a entender el sistema de paradas de aquel autobús, pero desde luego paraba con frecuencia, y varias veces me quedé dormido en el asiento caliente por el sol, pero al despertar echaba un vistazo por la ventanilla y era como si no hubiéramos avanzado un milímetro porque el paisaje era el mismo de antes de dormirme: una sinuosa carretera de gravilla flanqueada por prados y granjas cuya vivienda principal estaba pintada de blanco y el pajar de rojo, unas eran pequeñas y otras un poco más grandes, y había vacas tras los cercados de alambre de espino que llegaban hasta la carretera, tumbadas allí en la hierba, rumiando con los ojos entornados por el sol, en su mayoría eran pardas y sólo unas pocas tenían manchas blancas sobre la piel marrón o negra, y tras las granjas, el bosque, con sus tonos de azul, ascendía por una colina que era invariablemente la misma.

Aquel viaje nos llevó prácticamente todo un día, y lo raro es que no se me hizo aburrido. Me gustaba mirar por la ventana hasta que sentía los párpados pesados y acalorados, me vencía el sueño, despertaba de nuevo y miraba por la ventana por milésima vez o más, o me volvía hacia mi padre, que no despegaba la nariz de un libro sobre alguna cosa técnica, algo como la construcción de casas o de maquinaria, o sobre motores, todo aquello lo fascinaba. Entonces alzaba la cabeza y me sonreía, asintiendo, y yo le devolvía la sonrisa y luego él se volvía a zambullir en la lectura. Y yo me dormía y soñaba con cosas calientes, cosas suaves, y cuando desperté por última vez fue porque mi padre me sacudía el hombro.

—Hola, jefe —me dijo, y yo abrí los ojos y paseé la vista alrededor. El autobús estaba quieto, con el motor apagado, a la sombra del gran roble que se erguía ante la tienda. Vi la senda que conducía al puente, situado en un punto en que el río se estrechaba y formaba unos pequeños rápidos, y el sol, bajo en el cielo, resplandecía sobre las crestas de espuma. Íbamos a ser los últimos en apearnos. Habíamos llegado a la última parada. El autobús no iría más lejos, había que recorrer el resto del camino a pie, y pensé que era típico de mi padre, eso de llevarme al sitio más alejado posible mientras siguiera llamándose Noruega, y no le pregunté por qué justamente allí, pues era como si estuviese poniéndome a prueba, y eso no me inquietaba en absoluto. Confiaba en mi padre.

Sacamos las mochilas y el equipo del compartimento trasero del autobús y empezamos a descender por la vereda. En mitad del puente nos quedamos de pie contemplando el agua que bajaba casi verde, agarramos con fuerza las cañas de pescar de bambú, las apoyamos en el suelo y las reclinamos contra el pretil de madera recién instalado, y escupimos en el río, y mi padre dijo:

—¡Prepárate, Jacob!

Llamaba Jacob a todos los peces, ya fuera en el salado fiordo de Oslo, allá en nuestra ciudad, sacando pecho sobre la baranda del barco y sonriéndole al agua, blandiendo burlonamente el puño cerrado sobre las profundidades —prepárate, Jacob, que vamos a por ti—, o aquí en el río, que cruzaba la frontera formando un semicírculo que salía de Suecia, cruzaba el pueblo y regresaba a Suecia unos cuantos kilómetros más al sur. Recuerdo que el año anterior me había quedado observando fijamente el agua turbulenta, preguntándome si habría manera de comprobar por medio de la vista o el tacto o el gusto que el agua era sueca de verdad y que a este lado de la frontera sólo la teníamos prestada. Pero entonces yo era mucho más joven y sabía poco sobre el mundo, y de todos modos aquello no fue más que un pensamiento fugaz. Estábamos sobre el puente, mi padre y yo, mirándonos y sonriéndonos, y al menos yo sentí que la expectación se me extendía por la tripa.

—¿Qué tal vas? —dijo.

—Bien —dije, y no pude evitar reírme.

Ahora yo subía por el sendero desde la orilla, bajo la lluvia. A mi espalda, Jon se dejaba llevar río abajo por la corriente, sentado en la barca de remos. Me pregunté si charlaría en voz alta consigo mismo, como hacía yo a menudo cuando estaba solo. Describía en voz alta mis últimos actos, argumentaba a favor y en contra de ellos y al final concluía que no había tenido elección. Pero seguro que él no hacía eso.

Se me había helado todo el cuerpo, me entrechocaban los dientes. Bajo el brazo llevaba el jersey y la camisa, pero ya era demasiado tarde para volvérmelos a poner. El cielo estaba más oscuro que por las noches. En la cabaña mi padre había encendido la lámpara de queroseno, por las ventanas salía una luz amarilla y cálida, y de la chimenea se elevaba una columna serpenteante de humo plomizo que la lluvia derribaba inmediatamente sobre el tejado, de manera que el agua y el hollín se deslizaban juntos por las tejas de pizarra como una pasta gris de aspecto extraño.

La puerta estaba entornada. Al llegar al umbral percibí el olor a bacón frito que se escapaba por el resquicio iluminado. Me detuve bajo el pequeño alero del tejado. Por primera vez desde hacía un buen rato la lluvia no me tamborileaba en la cabeza. Permanecí allí de pie durante un par de minutos, después abrí la puerta del todo y entré. Mi padre estaba preparando el desayuno ante el horno de leña. Pasado el umbral, me quedé quieto, goteando sobre la alfombra. Él no me oyó. Yo no sabía qué hora era, pero estaba seguro de que mi padre había esperado lo máximo posible antes de empezar a cocinar. Sobre la camisa de cuadros llevaba el jersey agujereado que le gustaba ponerse cuando no iba a trabajar. Le había crecido la barba, no se había afeitado desde que llegamos. Peludo y libre, solía decir acariciándose la barbilla. He ahí un hombre que me gustaba. Tosí, él se volvió y me miró con la cabeza ladeada. Esperé a que hablara.

—Anda, qué chico tan mojado —dijo.

Yo asentí.

—Sí, desde luego —dije entre dientes que castañeaban.

—Quédate ahí. —Dejó la sartén a un lado de la cocina, entró en el dormitorio y regresó con una toalla grande.

»Quítate los pantalones y los zapatos —dijo.

Así lo hice. No fue fácil. Luego me quedé de pie, desnudo sobre la alfombra. Me sentía como un niño pequeño.

—Acércate aquí, a la estufa.

Me acerqué a la estufa. Echó dos leños más y cerró la portezuela. A través de la abertura del regulador de tiro vi que el fuego se avivaba, y el hierro forjado negro irradiaba unas olas de calor que casi dolían en la piel. Luego mi padre me envolvió el cuerpo con la toalla y comenzó a frotar, primero con cuidado y después más y más fuerte. Me daba la sensación de que iba a estallar en llamas, como cuando los pieles rojas frotan dos palos para encender una hoguera. Pasé de ser un palillo rígido y seco a convertirme en una masa incandescente.

—Toma, sujétala tú un poco —dijo.

Yo agarré bien la toalla que me cubría los hombros, y él se dirigió de nuevo al cuarto y salió con unos pantalones limpios, un jersey grueso y un par de calcetines. Me vestí muy despacio.

—¿Tienes hambre? —dijo.

—Sí —dije yo, y ya no volví a decir nada durante un buen rato.

Me senté a la mesa. Él sirvió huevos fritos con bacón y pan que había cocido él mismo en el viejo horno, lo cortó en gruesas rebanadas y las untó con margarina. Yo empecé a zamparme todo lo que me había puesto delante, y él se sentó también a comer. Oíamos la lluvia repiquetear contra el tejado, y llovía sobre el río y sobre la barca de remos de Jon y en el camino a la tienda y en las eras de Barkald, llovía sobre el boscaje, los caballos de la dehesa y todos los nidos en todos los árboles, sobre el alce y sobre la liebre, y sobre todos los tejados del pueblo, pero dentro de la cabaña se estaba caliente y seco. Mientras el fuego crepitaba en la estufa, comí hasta vaciar completamente el plato, y mi padre masticaba con una media sonrisa en la boca, como si fuera una mañana cualquiera, cosa que desde luego no era, y de pronto me acometió el sueño y me incliné sobre la mesa y apoyé la cabeza en las manos y me quedé dormido.

Al despertar me encontraba bajo el edredón en la litera de abajo, que en realidad era la que solía ocupar mi padre. Llevaba toda la ropa puesta. El sol brillaba a través de la ventana desde la porción de cielo que se extendía detrás de la cabaña, y entonces supe que eran más de las doce. Eché el edredón a un lado, me incorporé en la cama y posé los pies en el suelo. Me sentía en plena forma. Tenía un costado entumecido, pero eso no me preocupaba. Salí al salón. La puerta estaba abierta de par en par y el sol inundaba la explanada. La hierba mojada relucía, y a un metro del suelo flotaba un algodonoso manto de vapor en medio del calor. Frente a la ventana zumbaba una mosca. Mi padre estaba ante el armario del rincón, sacando la compra de la mochila y colocándola en los estantes. Había recorrido el largo camino hasta la tienda y había vuelto mientras yo dormía.

Me vio de inmediato, dejó lo que estaba haciendo y se quedó inmóvil, con una bolsa en una mano. Todo estaba totalmente en silencio y él estaba totalmente serio.

—¿Qué tal te va? —dijo.

—Bien —dije yo—. Me siento perfectamente.

—Eso está bien —dijo, y guardó silencio y luego añadió—: Esta mañana, cuando saliste, ¿estabas con Jon?

—Sí —dije.

—¿Qué estuvisteis haciendo?

—Salimos a robar caballos.

—Pero ¿de qué estás hablando? —Mi padre casi parecía alterado—. ¿Qué caballos?

—Los de Barkald. No es que fuéramos a robarlos en realidad. Sólo íbamos a montarlos. Pero a eso lo llamamos robar, así es más emocionante. —Le sonreí tímidamente, pero él no me devolvió la sonrisa.

»A mí no me fue muy bien —dije—, mi caballo me derribó, justo sobre la alambrada. —Le mostré el brazo con el corte bien visible, pero él me miró directamente a la cara.

—¿Qué tal estaba Jon?

—¿Jon? Estaba como siempre. Menos hacia el final. Iba a enseñarme los huevos del nido de un reyezuelo en lo más alto de un abeto y, de pronto, chafó todo el nido, así —dije, y volví a alargar el brazo y cerré los dedos en un puño, como aplastando algo, y mi padre metió la última bolsa en la alacena, sin apartar la mirada de mí, asintiendo con la cabeza, después cerró la puerta del armario y se acarició el mentón barbado, y yo dije:

»Y después se largó, y luego estalló la tormenta.

Mi padre llevó la mochila hasta la puerta y la dejó ahí, se quedó de pie mirando la pradera, de espaldas a mí. Se rascó la nuca, y entonces se volvió, regresó a la mesa, se sentó y dijo:

—¿Quieres saber de qué hablaba todo el mundo en la tienda?

No me interesaba especialmente saber de qué hablaba la gente en la tienda, pero él me lo iba a contar de todos modos.

—Sí —dije.

El día anterior Jon había salido como de costumbre a cazar liebres con la escopeta. Yo no entendía por qué había adquirido esa manía de cazar liebres, pero se había convertido en su especialidad, y se le daba bien, alcanzaba a una de cada dos. Lo que no estaba nada mal, tratándose de una presa tan pequeña y tan rápida. No sé si su familia se comía todas aquellas liebres. Supongo que eso les resultaría un poco monótono. Sea como fuere, Jon volvió a casa con dos de ellas atadas de las orejas con una cuerda, sonriendo radiante porque aquella mañana había hecho dos disparos y ambos habían dado en el blanco. Aquello era un triunfo fuera de lo común, incluso para él. Entonces entró en la casa para enseñar sus trofeos a su familia, pero su madre había ido aquel día a visitar a unos conocidos en Innbygda, y su padre estaba en el bosque. Con las prisas, Jon se había olvidado de ello al salir, no se había fijado en quién estaba en casa, pero se suponía que debía ocuparse de los gemelos. Dejó la escopeta en el vestíbulo, colgó las liebres de una percha y recorrió la casa a toda prisa en busca de sus hermanos, pero no estaban por ningún sitio, así que salió corriendo al patio y rodeó el cobertizo y el pajar, pero no los encontró. Entonces le entró el pánico. Bajó rápidamente al río, se metió en él, avanzó a lo largo del muelle que tenían ahí, se volvió y dirigió la mirada orilla arriba, y luego orilla abajo, pero todo lo que avistó fue una ardilla en un abeto.

—Maldita ardilla —dijo. Se inclinó sobre el agua y sumergió las manos como para apartarla y ver mejor, pero eso no tenía ningún sentido, claro, no le llegaba más que a las rodillas y estaba completamente cristalina. Jon se enderezó, tomó aire e intentó pensar, y entonces oyó el ruido de un disparo procedente de la casa.

La escopeta. No se había acordado de ponerle el seguro a la escopeta ni de sacar el último cartucho, cosa que hacía siempre al llegar a casa. Aquella arma era su única pertenencia de valor, y la cuidaba y la limpiaba y le daba mantenimiento como si fuera su bebé, desde el día en que su padre se la regaló, cuando Jon tenía unos ocho años, y le indicó de manera muy estricta para qué había que usarla y, sobre todo, para qué no había que usarla. Y Jon siempre le echaba el seguro, la descargaba y la colgaba en su sitio en el trastero, un gancho clavado en lo alto de la pared. Pero esta vez la había dejado tranquilamente en el vestíbulo porque de pronto le había venido a la memoria lo que se le había olvidado: que era él quien debía hacerse cargo de los gemelos, que estaban solos en casa. No tenían más que diez años.

Jon salió del río chapoteando y recorrió a la carrera un trecho por la orilla, después se dirigió a la casa en línea recta, y de pronto le pareció que nunca llegaría, las perneras mojadas le pesaban de las rodillas para abajo, tenía los zapatos empapados y a cada paso que daba sonaba un ruido de succión que le producía náuseas. A medio camino de la casa divisó al padre, que venía corriendo desde el bosque que se extendía al otro lado de la granja. Jon nunca había visto correr a su padre en su vida, y la visión de aquel hombre grande y pesado que salía lanzado del bosque y atravesaba el patio de hierba con zancadas largas y sonoras y los brazos alzados torpemente a la altura de los hombros, como si avanzara a contracorriente bajo el agua, fue tan aterradora que Jon se detuvo y se sentó en la hierba. Fuera lo que fuese lo que había sucedido, ya era demasiado tarde, su padre sería el primero en llegar a la casa y Jon sentía que no quería ver lo que había ocurrido.

Lo que había ocurrido era que los gemelos se habían pasado toda la mañana jugando en el sótano con juguetes viejos y zapatos desgastados. Luego subieron riendo por las escaleras y entraron dando tumbos en el vestíbulo por la puerta del sótano, allí repararon en las liebres colgadas del gancho y en la escopeta apoyada contra la pared. Era la escopeta de Jon, lo sabían perfectamente, y su hermano mayor, Jon, era su héroe; si tenían los mismos ídolos que yo a esa edad, Jon era su Davy Crockett, su Hjortefot y su Huckleberry Finn, los tres en una sola persona. A menudo imitaban las acciones de Jon y las transformaban en un juego.

Lars fue el primero en llegar, agarró la escopeta, la esgrimió en el aire y gritó:

—¡Mírame ahora! —Y entonces abrió fuego. La detonación y el retroceso lo hicieron caer al suelo con un grito, y no es que él hubiera apuntado a ningún sitio en particular, sólo quería sostener aquella maravillosa escopeta y ser Jon, y el disparo podría haber impactado en la caja de la leña, o en el montante de la puerta que daba a la escalera, o en la fotografía del abuelo con sus largas barbas, colgada justo encima del gancho en un marco pintado de color dorado brillante, o en la bombilla que pendía desnuda y que nunca se apagaba, para que quienes estuvieran allí fuera en la oscuridad la vieran brillar al otro lado de la ventana y no se perdieran. Pero la bala no impactó en ninguno de esos sitios, sino que alcanzó a Odd directamente en el corazón, a quemarropa. Y si esto sucediera en una novela del Oeste, en las páginas de papel poroso pondría que el nombre de Odd estaba escrito en aquella bala, o en las estrellas o en una de las hojas del grueso libro del Destino. Que nadie habría podido hacer o decir nada para que las líneas que convergieron en aquel ardoroso momento desviasen su trayectoria. Que fuerzas que escapaban al control de las personas habían ocasionado que el cañón de aquella escopeta apuntara justamente en esa dirección. Pero no era así la cosa, y Jon, tumbado y encogido sobre la hierba del prado, lo supo al ver a su padre salir de la casa con su hermano en brazos, y el único libro en el que estaba escrito el nombre de Odd de manera indeleble era el registro de la parroquia.

Es imposible que mi padre me contara todo eso, al menos tan detalladamente. Pero es así como lo guardo en el recuerdo, y no sé si empecé a colorear aquel esbozo inmediatamente, o si lo he ido haciendo a lo largo de los años. Pero los fríos hechos eran indiscutibles, lo que había ocurrido, en todo caso, había ocurrido, y mi padre me miraba interrogativamente por encima de la mesa como si esperase que yo dijera algo sensato sobre el asunto sólo porque quizá conocía a los protagonistas del drama mejor que él, pero a mi mente sólo acudió la imagen del rostro blanco de Jon y de la lluvia que caía sobre la superficie ondulante del río cuando él empujó la barca y dejó que la corriente se lo llevara hacia la casa donde vivía y hacia la gente que lo esperaba allí.

—De todo modos, esto no es lo peor —dijo mi padre.

Por la mañana temprano, la víspera del día en que Lars mató a su hermano gemelo Odd, su madre había conseguido que la llevaran a Innbygda en la furgoneta de reparto de la tienda. Al día siguiente, el día en que todo ocurrió, el padre iba a ir a buscarla con el caballo y la carreta. La yegua, de quince años de edad, se llamaba *Bramina* y era de color marrón negruzco, con una franja blanca en la frente y calcetines blancos. Era bonita, o a mí me lo parecía, pero no precisamente veloz, y Jon pensaba que padecía una ligera fiebre del heno que le dificultaba la respiración, enfermedad poco común en un caballo. Con *Bramina*, se tardaba casi todo el día en ir a Innbygda y volver.

El padre estaba en la explanada con el niño muerto en brazos. Sobre el césped yacía su hijo mayor, como si también él estuviera muerto. Sabía que debía marcharse. Así lo había anunciado. No le quedaba elección. Y si no quería que se le hiciera tarde, tenía que irse ya. Se dio la vuelta y entró en la casa. De pie en el vestíbulo estaba Lars, completamente rígido y en silencio, y su padre lo vio, pero no era capaz de pensar más que en una sola cosa importante al mismo tiempo, así que se dirigió al dormitorio y tendió a Odd en la cama de matrimonio, sacó una manta y cubrió con ella el cuerpecillo. Se cambió la camisa sanguinolenta, se cambió de pantalones y salió para aparejar a *Bramina*. Advirtió con el rabillo del ojo que Jon se había levantado y que venía caminando lentamente hacia la cuadra. Para cuando el caballo estuvo enganchado a la carreta, Jon había llegado hasta allí. El padre se volvió y lo agarró del hombro, con demasiada fuerza, pensó un momento después, pero el chico no soltó el más leve quejido.

—Échale un ojo a Lars mientras estoy fuera. Supongo que eso podrás hacerlo —dijo el padre, y miró hacia la puerta de la casa, por la que Lars había salido al sol y se había quedado quieto, guiñando los ojos para protegerlos de la fuerte luz. El hombre se pasó la mano por la cara, cerró los párpados por un momento y luego carraspeó, se montó en el pescante y arreó al caballo, y la carreta se puso en marcha, atravesó la cancela, bajó a la carretera general y, tras pasar por delante de la tienda, emprendió pesadamente el largo trecho hasta Innbygda.

Jon se llevó a Lars en la barca, a pescar río abajo, no se le ocurrió otra cosa, y estuvieron fuera muchas horas. Nunca he conseguido imaginar de qué hablaron durante ese rato. Quizá no hablaron en absoluto. Quizá simplemente permanecieron de pie en la orilla, cada uno con su caña, pescando; lanzando y recogiendo el sedal, lanzando y recogiendo, a cierta distancia el uno del otro, sin nada alrededor excepto el bosque y un profundo silencio. Eso puedo imaginármelo.

Cuando regresaron, llevaron al pajar lo poco que habían pescado y se sentaron allí a esperar. En ningún momento entraron en la casa. Ya había anochecido cuando oyeron el sonido de los cascos de *Bramina* sobre la gravilla y el de la carreta que subía por el camino. Se miraron. Hubieran deseado seguir sentados un ratito más. Entonces Jon se levantó, y se levantó Lars, y se tomaron de la mano por primera vez desde que los gemelos eran muy pequeños, y salieron a la explanada y miraron el carro que se acercaba por el camino de la granja hasta que se detuvo, y escucharon la respiración asmática de *Bramina*, y las palabras de consuelo que el padre le murmuraba a la yegua; palabras amables, palabras suaves, palabras que nunca había dirigido a personas, al menos delante de ellos.

La madre, que iba sentada en el pescante con su vestido azul de flores amarillas y con el bolso en el regazo, les sonrió y les dijo:

—Ya estoy aquí, otra vez en casa, qué bien, ¿no? —Y se levantó y apoyó el pie en la rueda y bajó de un salto—. ¿Dónde está Odd? —dijo.

Jon se volvió hacia su padre, pero éste no le devolvió

la mirada, la mantenía fija en la pared del pajar y masticaba como si tuviera la boca llena de tabaco. No se lo había contado. En todo el largo trayecto a través del bosque, a solas con ella, no le había contado nada.

El entierro se celebró tres días más tarde. Mi padre me preguntó si debíamos ir y yo le respondí que sí. Fue mi primer entierro. En 1943 los alemanes habían matado de un tiro a uno de los hermanos de mi madre cuando intentaba escapar de una comisaría en algún sitio del sur del país, pero yo no estaba allí, y ni siquiera sé si lo enterraron.

Hay dos cosas que recuerdo muy bien del entierro de Odd. Una es que mi padre y el padre de Odd no se miraron a los ojos una sola vez. Bueno, mi padre le estrechó la mano y le dijo:

—Mi más sentido pésame. —Estas palabras sonaron completamente peregrinas, y aquel día no las pronunció nadie más que él, pero ni siquiera se miraron.

Lo otro que recuerdo es a Lars. Cuando salimos de la iglesia y nos quedamos delante de la fosa, se puso cada vez más nervioso, y en mitad de la ceremonia que estaba oficiando el párroco, iban a descolgar el pequeño ataúd con sendas cuerdas sujetas a cada agarradero, y él no pudo aguantarse más y se soltó de los brazos de su madre y salió disparado entre las lápidas casi hasta salir del cementerio y empezó a correr en círculos a lo largo del muro. Daba vueltas y más vueltas, con la cabeza gacha y la vista baja, y cuanto más corría, más despacio hablaba el párroco, y al principio sólo unos pocos de los presentes vestidos de negro se fijaron en él, pero poco a poco se volvieron más, y al final todos observaban a Lars en vez del ataúd en el que yacía su hermano, y Lars no se detuvo hasta que un vecino cruzó tranquilamente el césped, se situó en la parte exterior del círculo, atrapó al chico en el momento en que pasaba y lo levantó en brazos. Lars continuaba agitando las piernas como si corriera, pero no emitió ni un sonido. Miré a Jon, y él me miró a mí, y meneé levemente la cabeza, pero él no me respondió con otro gesto, sino que se limitó a clavar en mí los ojos sin pestañear. Y recuerdo que pensé que nunca más saldríamos juntos a robar caballos, y eso me entristeció más que nada de lo que ocurría en el cementerio. Eso es lo que recuerdo. Así que supongo que son tres cosas en total.

4

En el terreno que mi padre había comprado junto con la cabaña había bosque. Abetos, sobre todo, pero también pinos, y algún que otro abedul fino prácticamente aplastado entre los troncos más oscuros, y el boscaje llegaba hasta la margen del río, donde, por algún motivo misterioso, alguien había clavado una cruz de madera en el pino que crecía más cerca de las rocas de la orilla y cuyas ramas casi estaban suspendidas sobre el agua. El bosque se extendía a partir de allí, rodeaba casi por completo la cabaña y la explanada donde estaban el cobertizo y el prado de atrás, y continuaba hacia el caminillo que marcaba el límite de la parcela. En realidad, no era más que un sendero con algo de grava que discurría entre los troncos de los abetos, cuyas raíces se prolongaban en todas las direcciones, y que continuaba por un trecho de la ribera oriental hasta el puente de madera, y allí torcía hacia el «centro» del pueblo, donde se hallaban la tienda y la iglesia. Ésa era la ruta que seguíamos cuando llegábamos en el autobús a finales de junio, o cuando algún idiota dejaba la barca en la orilla equivocada, hacia el este o hacia el oeste, según dónde nos encontráramos. El idiota solía ser yo. En caso contrario, atravesábamos el prado de Barkald a lo largo de la valla y cruzábamos el río a remo.

Por las mañanas, durante algo más de un par de horas, el tupido bosque que estaba al sur sumía nuestra cabaña en sombra, y no sé si ése sería el motivo por el que mi padre decidió talarlo todo. Seguramente necesitaba el dinero, pero no me había enterado de que hubiera tanta urgencia, había supuesto que la razón por la que habíamos viajado hasta el río, por segundo año consecutivo, era que mi padre necesitaba tiempo y tranquilidad para planear una vida diferente de la que había llevado hasta ahora y que para ello debía trasladarse a un sitio distinto, con unas vistas distintas de las que teníamos en casa, en Oslo. Aquél era un año crítico, me había asegurado él. El hecho de que me hubiese dejado acompañarlo me confería un privilegio del que no gozaba mi hermana, quien hubo de quedarse en la ciudad con mi madre, a pesar de ser tres años mayor que yo.

—De todos modos no quiero ir, luego no hago más que fregar los platos mientras vosotros os vais de pesca. Tampoco soy tonta —dijo ella, y en eso tenía razón, claro, y me pareció adivinar las intenciones de mi padre, y más de una vez le oí decir que no era capaz de pensar cuando había mujeres alrededor. Yo nunca he padecido ese problema. Al contrario.

Más adelante pensé que quizá no se refería a todas las mujeres.

Pero de lo que hablaba él era de la escasa sombra que teníamos; esa maldita sombra, decía; son las vacaciones de verano, joder, y se ponía a maldecir como solía cuando mi madre no estaba presente. Ella alegaba que la gente soltaba muchos tacos en la ciudad donde se había criado, y que ya no quería oír nada más de eso. A mí, personalmente, me aliviaba que nos libráramos por un rato del sol en las calurosas horas en que el bosque, completamente tranquilo bajo la intensa luz, despedía unos aromas que me amodorraban hasta tal punto que a veces me quedaba dormido en pleno día.

Fuera cual fuese el motivo, él lo había decidido. La mayor parte del bosque iba a ser talado, y los troncos serían arrastrados hasta el río para que la corriente los transportara hasta una serrería en Suecia. Esto último me extrañó, puesto que Barkald tenía una serrería a menos de un kilómetro más abajo, aunque no era más que un taller de granja, quizá demasiado pequeño para hacerse cargo de una cantidad tan grande como la que íbamos a enviar nosotros. En todo caso, los suecos no querían venir a buscar la madera al sitio donde íbamos a cortarla, como era costumbre, sino que sólo estaban dispuestos a pagar por lo que llegara hasta el aserradero. Tampoco querían responsabilizarse del transporte por el río. No en julio, dijeron.

—¿Y por qué no lo hacemos por partes —propuse yo—, un poco ahora y un poco el año que viene?

—Soy yo quien decide cuándo se tala mi madera —dijo mi padre. Yo no me refería a eso, a si era él quién decidía o no, pero lo dejé estar. Para mí eso carecía de importancia. Lo que más me preocupaba era averiguar si él me dejaría tomar parte en la empresa, y quién más participaría, porque era un trabajo pesado, y sin duda peligroso si no sabías lo que te hacías, y yo tenía entendido que la experiencia de mi padre en la tala de árboles era nula. Probablemente no me equivocaba, eso lo comprendo ahora, pero su seguridad en sí mismo le permitía embarcarse casi en cualquier proyecto, siempre confiado en que saldría bien.

Pero primero había que segar el heno de los prados. No cayeron más lluvias después de la tormenta, y al cabo de dos breves días la hierba ya no estaba húmeda, y una mañana Barkald apareció en nuestro patio, repeinado y con las manos en los bolsillos, para preguntar si por un casual nos venía bien trabajar unos días con el rastrillo. Según él, la siega del heno del año anterior se habría ido al garete de no ser por el esfuerzo de mi padre y, sobre todo, por el mío, vamos, eso es lo que me dio a entender con sus halagos, pero yo ya era lo bastante mayorcito para entender que lo único que quería era reclutar jornaleros que trabajaran gratis. No por nada, estaba claro que el año anterior nos habíamos dejado el pellejo en la labor.

Mi padre se acarició el mentón barbado, estábamos los dos ahí de pie ante la puerta, y entornó por unos instantes los ojos al sol antes de bajar la mirada en diagonal hacia mí.

—¿Tú qué opinas, Trond T? —dijo. Mi segundo nombre era Tobias, pero nunca lo empleaba, y sólo oía la T cuando mi padre fingía seriedad, en señal de que había llegado el momento de hacer un poco el tonto.

—Bueno —dije—, supongo que no es completamente imposible.

—Hombre, nosotros también tenemos aquí bastante que hacer —dijo él.

—Es verdad —dije—, tenemos unas tareas que quitarnos de en medio, pero quizá podríamos buscar un par de días, eso no es del todo impensable.

—Impensable no, pero difícil sí que es —dijo mi padre.

—Ya, es difícil —dije yo—, eso hay que admitirlo. Tal vez un trueque facilitaría la cosa.

—En eso tienes razón —dijo mi padre, y me miró con curiosidad—. Un trueque no sería ninguna tontería.

—Si pudiéramos tener un caballo, quizá, con sus aparejos —dije—, durante algunos días la semana que viene, o la otra…

—Justo —dijo mi padre, con una amplia sonrisa—. Eso exactamente. ¿Y tú qué piensas, Barkald?

Barkald, que estaba en el patio con cara de aturdido, escuchando nuestra intrincada conversación, cayó en la trampa.

—Sí, claro, no creo que haya ningún problema. Supongo que puedo prestaros a *Brona* —dijo, y me di cuenta de que el hombre quería preguntar para qué queríamos en realidad el caballo, pero en esos momentos estaba un poco confuso y había perdido la batuta y por nada del mundo quería hacer el ridículo.

Barkald nos explicó que iba a segar al día siguiente, cuando se hubiera evaporado el rocío que quedaba, y nos indicó que nos presentáramos en el prado del norte, y entonces levantó la mano en señal de despedida, evidentemente encantado de marcharse, y bajó hasta el río y subió a su barca, y mi padre se puso en jarras y me miró y dijo:

—Eso ha sido casi genial, ¿cómo se te ha ocurrido?

Él no tenía la menor idea de las vueltas que le había dado yo a la operación maderera que íbamos a acometer, y como no le había oído mencionar una sola palabra sobre un caballo, decidí intervenir, porque sabía que no podríamos arrastrar los maderos hasta el río por nosotros mismos. Pero no respondí, me limité a encogerme de hombros, sonriendo. Él me agarró del flequillo y me sacudió la cabeza, con suavidad.

—No eres ningún tonto —dijo, y en eso estaba yo de acuerdo. Siempre lo había pensado, que yo no era tonto.

Habían pasado cuatro días desde el entierro de Odd, y yo no había vuelto a ver a Jon. Me sentía extraño. Me despertaba por las mañanas y aguzaba el oído por si sonaban sus pasos en el patio y los escalones de la puerta, intentaba escuchar el chirrido de los toletes de los remos al moverse o el leve golpe de la barca contra las rocas de la orilla. Pero cada mañana reinaba el silencio, interrumpido únicamente por el canto de los pájaros y el susurro del viento en las copas de los árboles y los cencerros de las vacas de las cabañas situadas hacia al sur y hacia el norte de la nuestra, que campaneaban mientras las conducían a la loma que se alzaba detrás de la cabaña para que pasaran el día pastando en las verdes laderas hasta que, a las cinco, las vaqueras salían a los prados y subían hasta el camino y las traían cantando de vuelta a casa. Yo estaba tumbado en la litera junto a la ventana abierta, atento a aquel tintineo metálico y seco que cambiaba con el cambiante terreno, pensando que no había ningún sitio donde deseara más intensamente estar que en aquella cabaña con mi padre, a pesar de lo que había pasado, y cada vez que me levantaba y Jon no estaba ahí, notaba una ráfaga de alivio. Entonces me avergonzaba de mí mismo, y una especie de aflicción me oprimía la garganta y a menudo tardaba varias horas en desaparecer del todo.

Aquella mañana tampoco lo vi junto al río, no lo vi con su caña de pescar en la orilla ni en la lancha, río abajo o río arriba, y mi padre no me preguntó si habíamos estado juntos, y yo no le pregunté a mi padre si lo había visto. Así fue.

Simplemente desayunamos, nos pusimos la ropa de labor y bajamos hasta la barca de remos que venía incluida con la cabaña y comenzamos a surcar el agua.

Hacía sol. Yo iba en el asiento de atrás, con los ojos cerrados para no deslumbrarme, frente al rostro de mi padre, tan familiar para mí, mientras él remaba a un ritmo seguro y yo pensaba en qué se sentiría al perder la vida a tan corta edad. Perder la vida, como si sostuvieras un huevo en la mano y luego lo soltaras y éste se estrellara contra el suelo, y sabía que no se sentía nada de nada. Si estabas muerto, estabas muerto, pero me preguntaba si durante la fracción de segundo inmediatamente anterior, si en ese momento uno se percata de que todo ha terminado, y qué se siente entonces. Se vislumbraba allí un pequeño resquicio, como una puerta levemente entornada a la que yo me arrimaba porque en realidad anhelaba entrar, y una luz dorada se filtraba por la rendija, a causa del sol que me daba en los párpados, y de pronto me deslicé hacia el interior y no cabe duda de que estuve allí por un instante y de que no me asusté en absoluto, simplemente me puso triste y me sorprendió lo silencioso que estaba todo. Cuando abrí los ojos, la sensación seguía conmigo. Miré por encima del agua a la otra orilla, y ésta seguía estando ahí. Miré la cara de mi padre como desde algún lugar lejano, y pestañeé varias veces y respiré hondo, y quizá temblaba un poco, porque él sonrió con curiosidad y dijo:

—¿Estás bien, jefe?

—Desde luego —dije, tras una pausa. Pero al atracar y amarrar la barca, al caminar cuesta arriba a lo largo de la cerca del prado, lo sentía en algún sitio dentro de mí; un pequeño resto, una mancha completamente amarilla de la que no sabía si me libraría nunca.

Cuando llegamos al prado del norte ya había gente allí. El propio Barkald estaba junto a la segadora con las riendas del caballo en las manos, a punto de montarse. Al caballo lo reconocí, todavía me dolía la entrepierna de haber cabalgado sobre él, y allí había dos hombres del pueblo y una mujer a la que no conocía, que no tenía pinta de granjera, pero que quizá fuera pariente de la gente de la granja, y la señora Barkald, que estaba hablando con la madre de Jon. Las dos se habían recogido el pelo en moños desaliñados y llevaban vestidos raídos de algodón floreado que se les adherían al cuerpo, y las piernas desnudas enfundadas en botas de media caña, y en las manos sujetaban rastrillos cuyos mangos eran el doble de largos que ellas. Desde la parte baja del camino sus voces llegaban hasta nuestros oídos a través del aire de la mañana, y la madre de Jon no era igual aquí fuera en el prado que en la reducida casa, y esto era algo tan tangible que me fijé en ello inmediatamente, y estaba claro que mi padre también. Casi sin querer volvimos la cabeza e intercambiamos miradas, y nuestros ojos reflejaban lo que había visto el otro. Se me encendió el rostro, y me embargó una mezcla de emoción y pesadumbre, pero no sabía si era a causa de mis propios y sorprendentes pensamientos o por el hecho de saber que mi padre pensaba lo mismo que yo. Cuando él advirtió que me sonrojaba, se rió por lo bajo, pero de un modo en absoluto despectivo, todo hay que reconocerlo. Simplemente se rió. Casi con entusiasmo.

Atravesamos la hierba hasta la segadora y saludamos a Barkald y a su mujer, y la madre de Jon nos estrechó la mano y nos agradeció que hubiésemos asistido al entierro de Odd. Estaba seria y tenía los ojos un poco enrojecidos, pero no daba la impresión de estar destrozada. Lucía un bonito bronceado, y su vestido era azul, al igual que sus ojos centelleantes, y ella sólo era unos pocos años más joven que mi madre. Resplandecía, y en cierto modo era la primera vez que yo la veía con total claridad y me pregunté si sería por lo que había sucedido, si algo así podía hacer que una persona destacara y se tornase luminosa. Tuve que bajar la vista y dirigirla hacia el prado para rehuir sus ojos, y luego me acerqué a la pila de estacas sobre la que estaban los aperos y agarré una horca y me apoyé en ella con la mirada perdida, aguardando a que Barkald pusiera manos a la obra. Mi padre se quedó un rato de pie, charlando, y luego él también se acercó y recogió otra horca, que estaba en la hierba, entre dos bobinas de alambre, y descansó el mango en el suelo y se quedó esperando como yo mientras evitábamos mirarnos, y Barkald, a lomos del caballo, lo arreó, bajó las cuchillas y empezó a avanzar.

Habían dividido el prado en cuatro partes, una por cada una de las vallas para el heno que íbamos a montar, y Barkald estaba segando la hierba en línea recta por el medio de la primera sección. A pocos metros de la linde del prado hincamos en la tierra una gruesa estaca inclinada y la golpeamos con una maza, enrollamos la punta de uno de los alambres en torno a la estaca, la enganchamos bien y luego yo levanté la bobina por sus dos desgastados mangos para después desenrollar el alambre, manteniéndolo tenso mientras caminaba hacia atrás por la zona que Barkald ya había segado. Era un trabajo duro, a los pocos metros me empezaron a doler las muñecas, y notaba pinchazos en los hombros porque tenía que hacer tres cosas al mismo tiempo mientras cargaba con la pesada bobina, y todavía no había calentado los músculos. A medida que tendía más metros de alambre, la bobina me pesaba menos, pero para entonces estaba aún más cansado, y de pronto encontraba tal repentina resistencia en todo acto físico que la rabia se apoderó de mí y pensé que, por mis cojones, no iba a permitir que ninguno de los presentes me viera como a un endeble niñato de ciudad, y mucho menos mientras la madre de Jon posara en mí su deslumbrante mirada azul. Era yo quien decidía cuándo me dolía, y si se me iba a notar o no, y contuve el dolor en el interior de mi cuerpo para que no me asomara a la cara, y continué desenrollando la bobina con los brazos en alto, soltando hilo hasta que alcancé el extremo opuesto del prado, y allí, tan tranquilamente como pude, apoyé la bobina sobre la hierba recién segada, con el alambre en tensión, y me enderecé igual de tranquilo y metí las manos en los bolsillos y dejé caer los hombros. Sentía como si me hubieran clavado varios cuchillos en la nuca, y caminé muy despacio hacia los demás. Cuando pasé por delante de mi padre, él levantó la mano como por casualidad y me acarició la espalda y dijo en voz baja:

—Lo has hecho muy bien. —Y eso fue suficiente. El dolor desapareció y yo ya estaba listo para seguir adelante.

Barkald, que había acabado de segar toda la primera sección del prado y la primera franja de la siguiente, ahora estaba de pie junto al caballo, esperando a que nosotros nos encargáramos del resto. Mandaba él, y según mi padre era de esos que trabajan mejor sentados y descansan de pie, siempre que los demás no se retrasen demasiado, pues en caso contrario se ven obligados a sentarse de nuevo. Si es que había algún motivo por el que Barkald necesitara descansar. De eso no estaba yo tan seguro. Conducir aquel caballo no suponía exactamente un gran esfuerzo. El animal estaba ya tan habituado a ello que habría podido hacerlo todo a ciegas, y se aburría y quería proseguir con la tarea, pero ahora no le dejaban, porque Barkald era muy sistemático y no albergaba la menor intención de segar todo el prado de una sola vez. Primero se segaba una sección y luego otra, por mucho que brillara el sol en el cielo despejado y que todo apuntara a que el tiempo no empeoraría. El día estaba ya tan avanzado que el sudor nos empapaba la espalda de la camisa y, cada vez que levantábamos algo pesado, nos chorreaba la frente. El sol pegaba directamente desde el sur, y prácticamente no había sombras en el valle, el ondulante río relumbraba, y lo oíamos espumar por los rápidos bajo el puente próximo a la tienda. Recogí una brazada de estacas y las repartí a intervalos adecuados sobre el alambre, y luego volví con las manos vacías para recoger más, y mi padre y uno de los hombres del pueblo estaban midiendo las distancias y excavando con la azada un agujero cada dos metros a lo largo de la línea, alternativamente a uno y otro lado del alambre hasta que hubo treinta y dos en total, y mi padre se había quitado la camisa, y el blanco de su camiseta contrastaba con el cabello oscuro y la piel morena y los relucientes brazos, mientras la pesada azada ascendía y caía pesadamente con golpes que producían un ruido de succión en la tierra húmeda; como una máquina, trabajaba mi padre, y feliz, estaba mi padre, y la madre de Jon venía detrás plantando los postes en los agujeros hasta alcanzar el lugar donde estaba la bobina de alambre y donde había que clavar otra estaca para mantener en pie el secadero de heno, y yo no era capaz de quitarles los ojos de encima.

Ella se detuvo una vez y dejó el poste en la hierba y se apartó unos pasos y se quedó de espaldas a nosotros, cara al río, y le temblaban los hombros. Entonces mi padre se enderezó y se tomó un respiro y esperó sujetando la azada con sus manos enguantadas, y luego ella se volvió, deslumbrante y con el rostro mojado, y mi padre le sonrió y asintió con la cabeza de manera que el flequillo le cayó sobre la frente, y empuñó de nuevo la azada, y ella le devolvió la sonrisa, sobriamente, regresó a su sitio y se agachó para recoger el poste y lo alzó, y lo introdujo en el agujero con un movimiento giratorio para que quedara firme. Y luego continuaron, al mismo ritmo que antes.

Ni Jon ni su padre estaban allí, aunque yo había dado por sentado que vendrían, pues el año anterior habían participado en la siega, pero quizá tuvieran otras cosas de que ocuparse, cosas suyas, o quizá simplemente les faltaban las fuerzas. De hecho, me extrañó que ella hubiese reunido las fuerzas para venir, pero, cuando llevaba un rato viéndola por ahí, dejé de pensar en ello. A lo mejor mi padre les pediría a los tres que nos ayudaran en la tala. No era una idea descabellada, porque el padre de Jon tenía mucha experiencia, pero, por otro lado, yo no sabía cómo iba a ser posible, si las cosas seguían como hasta ahora, sin que ellos dos se miraran a la cara.

Una vez que todos los postes estuvieron colocados en una línea quebrada a través del prado, había que tensar el alambre entre ellos a la altura del muslo, rodeándolos alternadamente con una vuelta a la izquierda y otra a la derecha, de manera que el hilo quedara recto en medio. Los dos hombres del pueblo emprendieron esa tarea; uno de ellos era alto, y el otro bajo, y era evidente que formaban un buen equipo, pues aquello lo habían hecho ya muchas veces, y trabajaban de forma ágil y eficaz, dejando el alambre tan tirante como una cuerda de guitarra hasta el último de los postes, y al final lo sujetaron a la estaca que Barkald había clavado en el extremo opuesto. Los demás, rastrillo en mano, nos dispersamos en abanico, manteniendo entre nosotros la distancia adecuada, y empezamos a arrastrar la hierba desde todas partes hacia la valla de alambre, y enseguida quedó claro por qué los agarraderos eran tan largos. Nos proporcionaban un radio lo suficientemente grande para cubrir la parcela entera entre todos, y no dejamos ni una brizna de hierba, pero los ásperos mangos nos rozaban las palmas de las manos al moverlos adelante y atrás miles de veces, y al cabo de sólo una hora hubimos de ponernos los guantes para que no nos salieran ampollas ni quemaduras ni excoriaciones. Y después empezamos a colgar el heno del primer alambre, unos con bieldos y sentido del equilibrio y gran precisión, y otros, como mi padre y yo, con las manos, porque no teníamos la misma maña. Pero también aquello salió bien, y los brazos desnudos se nos tintaron poco a poco de verde por la parte interior, y el alambre acabó cubierto del todo, y luego tensamos otro y también lo cubrimos, y luego otro más, hasta que tuvimos cinco alambres repletos de heno, uno encima del otro, y en el de arriba de todo una capa un poco más fina de hierba, que caía como un techado a ambos lados de la valla, de modo que cuando llegara la lluvia, el agua se desviaría, y el secadero podría permanecer allí durante meses y el heno se conservaría en perfecto estado bajo la capa externa. Según Barkald, este método era casi igual de eficaz que mantener el heno a resguardo dentro del pajar, si se hacía todo bien, y hasta donde yo alcanzaba a apreciar, nada se estaba haciendo mal. El secadero se alzaba firme, como si llevara allí desde siempre, transversal al paisaje e iluminado por el sol, con la larga sombra detrás, acompañando cada desnivel del prado, y al final no era más que una forma, una forma primitiva, aunque no fuera ésa la palabra que se me ocurrió en aquellos momentos, y experimentaba una gran alegría sólo de mirarla. Aún hoy noto la misma sensación cuando veo una valla para secar el heno en una foto de un libro, pero todo eso ya ha desaparecido. Aquella tradición se ha perdido por completo en esta zona del país; hoy en día un hombre se basta solo con su tractor, y el heno se seca sobre el terreno, y una máquina lo voltea, y otra lo prensa y todo acaba en enormes paquetes redondos de plástico blanco rellenos de forraje maloliente. Así que la alegría cede el paso a la impresión de que el tiempo ha transcurrido, de que hace ya muchos años, y de pronto uno descubre que ha envejecido.

5

No lo reconocí las primeras veces que lo vi, cuando pasaba por delante de su cabaña con *Lyra* e intercambiábamos poco más que el saludo, porque mi mente no discurría por esos derroteros, ¿y por qué iba a ser de otro modo? Cuando él estaba apilando la leña bajo el alero del tejado y yo andaba por el camino, iba pensando en otras cosas completamente distintas. Ni siquiera cuando me dijo su nombre até cabos. Pero esta noche, acostado en la cama, he empezado a reflexionar sobre ello. Había algo en aquel hombre y en el rostro que había atisbado a la vacilante luz de las linternas. Y de pronto estoy seguro. Lars es Lars, aunque la última vez que lo vi no tenía más que diez años, y ahora ha superado los sesenta, y si esto hubiera salido en una novela me habría irritado. La verdad es que he leído bastante, sobre todo en los últimos años, pero antes también, desde luego, y he meditado sobre lo que he leído, y las casualidades de este tipo resultan poco creíbles en las obras de ficción, por lo menos en las novelas modernas, y me cuesta aceptarlas. Quizá funcionaran en los libros de Dickens, pero cuando lees a Dickens, lees una larga balada procedente de un mundo que ha desaparecido, en la que al final todo se resuelve como una ecuación, y el equilibrio perturbado se restablece para regocijo de los dioses. Un consuelo quizás, o una protesta contra un mundo que se ha salido de madre, pero ya no es así, mi mundo no es así, y nunca he tenido muy buena opinión de la gente que cree que el destino rige nuestra vida. Se quejan, se lavan las manos y suplican compasión. Yo pienso que nosotros mismos creamos nuestra vida, yo por lo menos he creado la mía, para bien o para mal, y asumo toda la responsabilidad. Pero de todos los lugares a los que podría haberme mudado, he venido a parar justamente aquí.

No es que esto cambie nada. No cambia mi plan respecto a este lugar, no cambia la sensación que me produce vivir aquí, todo esto se mantiene igual, y además estoy seguro de que él no me reconoció a mí, y mi intención es que eso siga así. Pero no cabe duda. Algo sí que significa.

Mi plan respecto a este lugar es muy simple. Va a ser mi último hogar. ¿Durante cuánto tiempo? Prefiero no hacer conjeturas sobre ello. Aquí se vive un día por vez. Y lo primero que he de averiguar es cómo me las apañaré este invierno si cae mucha nieve. El camino que conduce a la cabaña de Lars mide unos doscientos metros de largo, y de allí a la carretera general hay unos cincuenta metros más. Con una espalda como la mía, es imposible despejar a mano la nieve de ese trecho. Supongo que tampoco sería posible con una espalda en buenas condiciones. No me quedaría tiempo para ocuparme de ninguna otra cosa.

Despejar la nieve es importante, y también tener una buena batería en el coche, por si la temperatura baja mucho. El pueblo donde está la tienda de la Cooperativa dista seis kilómetros de aquí. Y disponer de suficiente leña para hacer fuego es importante. En la casa hay dos placas eléctricas de calefacción, pero tienen muchos años y seguramente es más la electricidad que gastan que el calor que desprenden. Podría haber comprado un par de radiadores modernos de aceite, de esos con ruedas que enchufas directamente a la corriente y puedes mover de acá para allá según tus necesidades, pero he decidido que me apañaré con el calor que consiga generar yo mismo. Afortunadamente, cuando llegué, en el cobertizo había una gran pila de leña vieja de abedul, pero no basta ni de lejos, y está tan seca que el fuego la consumirá muy deprisa, así que hace unos días talé un abeto muerto con la motosierra que me he comprado, y ahora mi proyecto es partirlo en trozos del tamaño adecuado y apilarlos sobre la leña vieja antes de que sea demasiado tarde. Ya me he servido abundantemente del abedul.

La motosierra es una Jonsered. No porque yo piense que Jonsered es la mejor marca, sino porque aquí sólo usan Jonsered, y el que me la vendió en el taller de maquinaria del pueblo me dijo que ellos no le meterían mano a otro modelo si un día se lo llevaba con la cadena rota para que me lo reparasen. La sierra no es nueva, pero la han puesto a punto hace poco y la cadena está sin estrenar, y además el hombre parecía muy decidido. Así que aquí domina Jonsered. Y Volvo. Nunca antes había visto tantos Volvo en un mismo sitio; desde los últimos modelos de lujo hasta los viejos Amazon, más de los últimos que de los primeros, y también he visto un antiguo modelo PV ante la oficina de correos, en pleno 1999. Sin duda eso dice mucho sobre este lugar, pero no estoy seguro de qué, aparte de que la distancia a Suecia y a las piezas de recambio baratas es pequeña. Quizá todo se reduzca a eso.

Me siento al volante y pongo el coche en marcha. Desciendo por el camino y cruzo el río, paso por delante de la cabaña de Lars y llego a la carretera general a través del bosque, y todo el rato veo el lago brillar a mi derecha, entre los árboles, hasta que de pronto lo dejo atrás y recorro una explanada rodeada de prados amarillos y cosechados ya hace tiempo. Sobre los prados revolotean los cuervos en grandes bandadas. No emiten sonido alguno a la luz del sol. En el otro extremo de la explanada está la serrería, junto a un río más ancho que el que veo desde casa, pero que desemboca en el mismo lago. Antes lo aprovechaban para transportar la madera, por eso la serrería está ubicada donde está, pero de eso ya hace mucho tiempo, y la serrería podría ahora estar en cualquier sitio, porque hoy en día todo el transporte de troncos se lleva a cabo por vía terrestre, y hace muy poca gracia encontrarse en la curva de una carretera estrecha con uno de esos camiones con el remolque cargado hasta arriba. Conducen como los griegos y usan el claxon en lugar de los frenos. Hace sólo unas semanas tuve que salirme a la cuneta, un enorme tren de carretera se me echó encima con gran estruendo, invadiendo gran parte de mi carril, y yo simplemente pegué un volantazo, y quizá cerré los ojos por un momento porque creí que iba a morir, y luego lo único que sucedió fue que un tocón me destrozó el intermitente derecho. Aun así, me quedé mucho rato sentado con la frente apoyada sobre el volante. Acababa de oscurecer, el motor se había parado, pero los faros seguían encendidos y, al alzar la cabeza del volante, avisté al lince iluminado que cruzaba la carretera a sólo quince metros del coche. Nunca antes había visto un lince, pero sabía qué era lo que tenía enfrente. La noche que nos envolvía estaba completamente en calma, y el lince no se volvió ni a derecha ni a izquierda. Simplemente caminaba. Suavemente, sin desperdiciar sus energías, colmado de sí mismo. No recuerdo haberme sentido jamás tan vivo como en el momento en que enfilé de nuevo la carretera con el coche y proseguí mi camino. Todo lo que era yo palpitaba, tenso y tembloroso, justo por debajo de mi piel.

Al día siguiente conté lo del lince en la tienda. Sería un chucho, dijeron. Nadie me creyó. Nadie con quien hablé aquel día había visto nunca un lince, así que ¿por qué iba a tener tanta suerte yo, que apenas llevaba un mes instalado allí? Si hubiera sido uno de ellos, quizás habría pensado lo mismo, pero yo vi lo que vi, guardo la imagen del gran felino en algún sitio dentro de mí y puedo evocarla cuando quiera, y espero que un día, o mejor aún una noche, se me aparezca de nuevo. Eso estaría bien.

Aparco delante de la gasolinera Statoil. Por lo del intermitente roto. Todavía no me he agenciado un cristal nuevo, de hecho, ni siquiera he cambiado la bombilla, me las he apañado sin ella. Empieza a oscurecer demasiado temprano para andar así, aparte de que no está permitido circular sin indicador. De modo que entro a hablar con el hombre del taller. Le echa una ojeada al coche por la abertura de la persiana enrollable y asegura que me reemplazará la bombilla inmediatamente y que llamará a un desguace para pedir un cristal nuevo.

—No vale la pena gastarse el dinero en piezas nuevas para un coche viejo —dice. Y seguramente no le falta razón. El coche es una ranchera Nissan de diez años, y supongo que el dinero me habría alcanzado para un automóvil más nuevo, pero tras la compra de la casa mis recursos habrían menguado tanto que me quité esa idea de la cabeza. En realidad había planeado comprar un cuatro por cuatro, eso me habría resultado útil aquí fuera, pero luego me enteré de que los cuatro por cuatro eran un poco tramposos y un poco de nuevo rico, y me decidí por la ranchera, que tiene tracción trasera como todos los coches que he conducido. No es la primera vez que acudo al mecánico con problemas de diversos tipos, como una dinamo averiada, y él siempre comenta lo mismo y encarga las piezas al mismo desguace. Cuesta una ínfima parte de lo que valen los recambios nuevos, y además me da la impresión de que él cobra de menos. Pero silba mientras trabaja y en el taller mantiene la radio sintonizada en la emisora de noticias, y es evidente que su política de precios es deliberada. Se muestra tan amable y receptivo que me aturde. La verdad es que me había esperado cierta resistencia, sobre todo porque no tengo un Volvo. Quizás él también sea forastero.

Dejo el coche junto a la gasolinera y paso a pie por delante de la iglesia y atravieso en diagonal el cruce hacia la tienda. Esto es poco corriente. Me he fijado en que aquí todo el mundo se mueve en coche con independencia de adónde se dirija y de la distancia que vaya a recorrer. La tienda de la Cooperativa está a cien metros, pero yo soy el único que sale caminando del aparcamiento. Me siento expuesto, y cuando entro en el establecimiento noto cierto alivio.

Intercambio saludos a diestro y siniestro, ya se han acostumbrado a mí y han comprendido que vine para quedarme y que no soy uno de esos turistas que cada verano y cada Semana Santa afluyen en sus cochazos para pescar durante el día y jugar al póquer y beber whisky con soda por la noche. Llevó un poco de tiempo, pero al final empezaron a interrogarme, discretamente, en la cola de la caja, y ahora ya todos saben quién soy y dónde vivo. Saben qué profesiones he ejercido, la edad que tengo, que mi esposa murió hace tres años en un accidente al que yo mismo sobreviví por los pelos, que ella no era mi primera mujer, y que tengo dos hijas adultas de un matrimonio anterior, y que ellas a su vez tienen hijos. Les he contado todas esas cosas; y también que cuando murió mi mujer ya no quise seguir trabajando y me jubilé y empecé a buscar un sitio completamente nuevo adonde mudarme, y que cuando encontré la casa en que vivo ahora me puse muy contento. Eso les gusta oírlo, a pesar de que todos me dicen que si le hubiese preguntado a cualquiera de por aquí, me habría informado del estado en que se encontraba la casa y de que había mucha gente deseosa de quedarse con ella por su ubicación privilegiada, aunque nadie se había visto con ánimos para emprender la labor de hacerla habitable. Qué bien que yo no lo supiera, les replico entonces, porque de lo contrario no la hubiera comprado y no habría descubierto que era perfectamente posible vivir allí si uno no exigía demasiado al principio y se lo tomaba todo con calma. A mí me va bien, les aseguro, dispongo de mucho tiempo, no me voy a ningún lado.

A la gente le gusta que le cuentes cosas, en dosis adecuadas, en un tono humilde y confidencial, y entonces creen que te conocen, pero no es verdad, sólo saben de ti, porque lo que averiguan son los hechos, no los sentimientos, no lo que piensas sobre nada ni el modo en que tus experiencias y decisiones te han convertido en quien eres. Lo que hacen es rellenar estas lagunas con sus propios sentimientos y opiniones y suposiciones, con lo que componen una vida nueva que tiene bien poco que ver con la tuya, y de este modo proteges tu intimidad. Basta con ser amable y sonreír y huir de los pensamientos paranoicos, porque la gente va a hablar de ti por mucho que te resistas, es inevitable, y en su lugar tú harías lo mismo.

No necesito gran cosa, un pan, un poco de embutido y listo. Me sorprende lo vacías que quedan mis cestas de la compra, las pocas necesidades que tengo ahora que estoy yo solo. Cuando voy a pagar, me invade un súbito ataque de tristeza, y siento los ojos de la cajera clavados en mí mientras saco el dinero; ella no ve más que al pobre viudo, no entienden nada, y es mejor así.

—Ahí tienes —dice, suave como la seda y bajito, y me da el cambio, y yo digo:

—Muchas gracias. —Y estoy al borde del llanto, joder, y salgo rápidamente con la compra en una bolsa y regreso a la gasolinera. He tenido suerte, pienso. No entienden nada.

El mecánico me ha cambiado la bombilla del intermitente. Dejo la bolsa en el asiento del copiloto y paso por entre los surtidores y entro en la tienda. Su mujer, que está tras el mostrador, me sonríe.

—Hola —dice.

—Hola —digo yo—, es por la bombilla. ¿Cuánto cuesta?

—No mucho. Eso puede esperar. ¿Te apetece un café? Olav se ha tomado cinco minutos —dice, señalando con el pulgar hacia la puerta abierta que comunica con la trastienda. Su invitación resulta difícil de rehusar. Me acerco un poco inseguro a la puerta abierta y echo un vistazo al interior. Allí está sentado el mecánico llamado Olav, ante una pantalla de ordenador llena de largas columnas luminosas de cifras. Ninguna es roja, por lo que alcanzo a ver. Sostiene una taza de café humeante en una mano y una chocolatina Kvikk Lunsj en la otra. Seguro que es veinte años más joven que yo, pero ya no me sorprendo al caer en la cuenta de que hombres hechos y derechos están muy por debajo de mi edad.

—Siéntate, descansa un poco —dice, y me sirve café en un vaso de cartón y lo pone sobre la mesa ante una silla libre y alarga la mano y se repantiga pesadamente. Si se levanta tan temprano como yo, como cabe suponer, llevará ya mucho tiempo en pie y estará cansado. Me siento en la silla.

»Bueno, ¿cómo te va por allá en la Cumbre? —dice—. ¿Ya te has acabado de instalar? —Mi casa se llama la Cumbre porque tiene vistas al lago. —Yo fui dos veces —dice— a que me la enseñaran, y estuve pensando en hacer una oferta. Allí hay mucho espacio para arreglar coches, pero hacían falta tantas reformas en la casa que me abstuve. A mí me gusta la mecánica, no la carpintería. Pero a lo mejor a ti te pasa lo contrario, ¿no? —Los dos bajamos la mirada hacia mis manos. No parecen las de un trabajador manual.

—No exactamente —digo—. Me temo que no se me da especialmente bien ninguna de las dos cosas, pero, con un poco de tiempo, ya conseguiré adecentar la casa. Es posible que en algún momento necesite un poco de ayuda.

Lo que hago, cosa que nunca le he revelado a nadie, es cerrar los ojos cada vez que voy a encargarme de alguna labor que va más allá de mis deberes cotidianos, y entonces me imagino cómo la realizaría mi padre o cómo la realizó alguna vez delante de mí, y luego lo imito hasta encontrar el ritmo correcto, y entonces la tarea se torna visible y se clarifica, y así lo he hecho desde que tengo memoria, como si el secreto residiera en la actitud del cuerpo respecto al trabajo que lleva entre manos, en cierto equilibrio en el punto de partida, como el que se requiere para acertar justo en la tabla de batida en el salto de longitud y para el sereno cálculo previo de cuánto se necesita, o cuán poco, y para la mecánica interna que toda tarea conlleva; primero lo uno y luego lo otro, en una relación que está grabada en cada paso del trabajo, como si, de hecho, toda la labor existiera ya en una forma definida y el cometido del cuerpo al moverse fuera simplemente apartar un velo para que el que contempla pueda leerlo todo. Y el que contempla soy yo, y la persona que imagino y cuyos movimientos leo es un hombre de apenas cuarenta años, como mi padre la última vez que lo vi, cuando yo contaba quince y él salió de mi vida para siempre. Para mí nunca envejecerá.

Seguramente me costaría bastante explicarle todo esto al amable mecánico, así que me limito a decir:

—Tuve un padre práctico. Aprendí mucho de él.

—Los padres son estupendos —dice él—. El mío era maestro. Allá en Oslo. Me enseñó a leer libros, creo que no mucho más. Práctico no era, precisamente. Pero era un buen hombre. Siempre podíamos hablar. Murió hace quince días.

—No lo sabía —le digo—. Lo siento.

—¿Cómo ibas a saberlo? Llevaba mucho tiempo enfermo, creo que es mejor que se haya ahorrado más sufrimientos. Pero lo echo de menos, realmente lo echo de menos.

Se queda sentado en silencio, y advierto que, en efecto, añora a su padre, simple y llanamente, y ya me gustaría a mí que las cosas fueran así de sencillas; que uno pudiera añorar a su padre, sin más, y ya está.

Me levanto.

—Me tengo que marchar —digo—. Me queda mucho por hacer en la casa. Más vale que avance en el trabajo. Pronto llegará el invierno.

—Claro —dice, sonriendo—. No tienes más que avisar si hay algo que quieras saber. Ya sabes dónde encontrarnos.

—Pues la verdad es que había una cosa. El camino ese que lleva a mi casa… Lo cierto es que es bastante largo. Cuando caigan las nevadas no me va a ser fácil mantenerlo despejado a mano. Y no tengo tractor.

—No hay problema. Puedes llamar a éste —dice Olav el mecánico, y me anota un nombre y un número de teléfono en una nota adhesiva amarilla—, es tu vecino más cercano con tractor. Él mismo quita la nieve de su propio camino, así que supongo que también podrá quitar la tuya. Vive en una granja, y por las mañanas no va a ningún otro sitio, sólo baja por el camino y vuelve a subir. No creo que le importe despejar un trecho más, pero supongo que querrá algo por las molestias. Unos cincuenta por vez, probablemente.

—Me parece bien el precio. Eso lo pago encantado. Gracias, por la ayuda y por el café —digo.

Salgo de la trastienda y pago por la bombilla del intermitente, y la mujer del mecánico sonríe y me dice adiós, y yo me marcho y me meto en el coche y conduzco hasta casa. Gracias a la notita amarilla que llevo pegada al monedero mi futuro cercano se presenta mucho menos complicado. Me siento a gusto y bien y pienso: ¿era eso todo lo que hacía falta? Sea como fuere, ya puede venir el invierno.

Al llegar a la Cumbre aparco el coche ante el árbol de mi patio abierto, un antiquísimo abedul completamente hueco que se va a caer redondo como no tome medidas pronto, y entro en la cocina con la bolsa de la compra y vierto agua en la cafetera eléctrica y la enciendo. Luego voy al cobertizo a buscar la motosierra y una pequeña lima de uñas y unos protectores de oídos que venían con la sierra cuando la compré. En el garaje busco la gasolina y el aceite y lo coloco todo sobre la losa ante la puerta, bajo el sol que ya empieza a calentar ahora que está en lo más alto, y entro de nuevo y saco un termo y aguardo hasta que la cafetera está lista. Después lleno el termo con café hirviendo y me abrigo con la ropa de trabajo y vuelvo a salir y me siento sobre la losa y me pongo a limar la sierra lo más lenta y sistemáticamente posible hasta que el borde de cada diente de la cadena está afilado y reluciente. No sé dónde he aprendido a hacer esto. Probablemente lo haya visto en el cine; en algún documental sobre los grandes bosques o en alguna película costumbrista. Se aprende mucho con las películas si uno tiene buena memoria y se fija en el modo en que la gente hace las cosas y las ha hecho siempre, pero en las películas modernas no hay mucho trabajo, sólo ideas. Ideas pobres y algo que llaman humor, ahora todo tiene que ser gracioso. Pero yo detesto que me entretengan, no me sobra el tiempo.

En todo caso, no fue de mi padre de quien aprendí a afilar la motosierra, nunca lo vi hacerlo y me sería imposible imitarlo por mucho que rebuscara en mi memoria. Las sierras mecánicas individuales no habían llegado a los bosques noruegos en 1948. Únicamente había unas máquinas muy pesadas que se manejaban entre cinco hombres y que había que transportar con caballos, y ésas nadie se las podía permitir. Así que cuando mi padre decidió talar los árboles de nuestro terreno aquel verano hace tantos años, la operación se planeó conforme a la tradición de aquellas tierras: varios hombres equipados con sierras de mano y hachas para las ramas, respirando un aire límpido y con un caballo bien adiestrado, arrastraban los troncos con cadenas hasta el río, y allí los dejaban secar amontonados en la orilla y grababan la marca del dueño en cada uno de ellos, y una vez que habían derribado todos los árboles previstos y los habían descortezado mal que bien, un hombre en cada extremo de la pila de maderos los empujaba con pértigas para echarlos al agua con un atronador grito de despedida, palabras tan antiguas que ya nadie sabía qué significaban, y los troncos caían al río con estrépito y luego flotaban lentamente hasta que los atrapaba la corriente y cobraban velocidad y entonces: ¡buen viaje!

Me levanto de la losa con la sierra recién afilada en la mano y la dejo a un lado y desenrosco las dos tapas de los depósitos y echo gasolina en uno de ellos y lleno el otro de aceite y coloco las tapas perfectamente en su sitio. Silbo a *Lyra*, que aunque está enfrascada en unos serios trabajos de excavación detrás de la casa acude de inmediato, y con el termo bajo el brazo me encamino a la linde del bosque, donde el abeto seco yace largo y pesado y casi blanco sobre las matas, sin rastro de la corteza que antes recubría el tronco. Tras dos briosos intentos consigo poner en marcha la sierra, ajusto el estárter y dejo que la cadena corra en el aire, emitiendo un chirrido que resuena a través del bosque, me pongo los protectores de oídos y luego dejo que la espada de la sierra se hunda en la madera. El serrín salta contra mi pantalón, me vibra todo el cuerpo.

6

Era el aroma de troncos recién talados. Se extendía desde el camino hasta el río, colmaba el aire y flotaba sobre el agua y lo impregnaba todo y me adormecía y me atontaba. Me encontraba en medio de todo. Olía a resina, me olía la ropa y me olía el cabello y, por la noche, notaba que la piel me olía a resina cuando me iba a la cama. Me quedaba dormido con ese aroma y me despertaba con él y me acompañaba durante todo el día. Yo era bosque. Hacha en mano, hundido hasta las rodillas entre las ramas de los pinos, iba desnudando el árbol como me había enseñado mi padre; cortando las ramas a ras del tronco para que no quedaran prominencias que obstaculizaran el descortezamiento o hicieran tropezar a quien tuviera que correr sobre los maderos cuando éstos se agolparan y se quedaran atascados en medio del río. Yo blandía el hacha a diestro y siniestro a un ritmo trepidante. Era un trabajo duro, sentía que todo me devolvía los golpes desde todos los flancos y que nada se rendía por las buenas, pero a mí no me importaba, no notaba el cansancio, y simplemente continuaba. Los demás tenían que retenerme, me sujetaban por el hombro y me obligaban a sentarme sobre un tocón, diciéndome que no me iba a quedar más remedio que quedarme un rato allí, descansando, pero el trasero se me llenaba de resina, se me dormían las piernas, y yo me levantaba del tocón con un ruido que sonaba como un desgarrón y empuñaba el hacha. El sol nos abrasaba y mi padre se reía. Yo estaba como embriagado.

El padre de Jon se encontraba allí, y la madre de Jon aparecía en algunos momentos del día, con su cabellera completamente rubia recortada contra el verde de las agujas de abeto, subiendo desde la barca con la comida en un cesto, y también estaba allí un hombre que se llamaba Franz, con zeta. Tenía unos antebrazos descomunales con una estrella tatuada cerca de la muñeca izquierda, vivía en una casita junto al puente y veía el río pasar cada santo día del año y sabía todo cuanto había que saber sobre lo que sucedía en aquellas aguas. Y estábamos mi padre y yo, y estaba *Brona*. Jon no había venido; después del entierro, según nos contaron, se había marchado unos días a Innbygda, pero sobre lo que iba a hacer en Innbygda no dijeron una palabra. Lo que me preguntaba entonces era si volvería a verlo alguna vez.

Empezábamos por la mañana, justo después de las siete y trabajábamos hasta el atardecer, luego nos desplomábamos en la cama y dormíamos como muertos hasta que despertábamos al amanecer y reemprendíamos la tarea. Durante un rato daba la impresión de que los árboles nunca se iban a acabar, porque cuando paseas por un sendero te parece que lo que te rodea es un bonito bosquecillo, pero cuando hay que talar cada uno de los abetos con una sierra de mano y empiezas a contar, es fácil desanimarse y pensar que jamás vas a llegar al final. Pero cuando ya estás metido en faena y todo el mundo ha alcanzado un buen ritmo, el comienzo y el final pierden toda importancia, ahí y entonces, y lo único que importa es seguir adelante, hasta que todo se concierta en un pulso propio que late y actúa por sí mismo, y te tomas la pausa en el momento adecuado y vuelves al trabajo, y comes lo suficiente, pero nunca demasiado, y bebes lo suficiente, pero nunca demasiado, y cuando llega el momento duermes bien; ocho horas por la noche y al menos una durante el día.

Yo dormía durante el día, y también mi padre, y Franz y el padre de Jon; la única que no dormía era la madre de Jon. Cuando llegaba la hora del descanso y nos tumbábamos sobre las matas, cada uno al pie de un árbol, y cerrábamos los ojos, ella bajaba a la barca y remaba hasta su casa para atender a Lars, y cuando nos despertábamos, por lo general ya había regresado, o bien oíamos los remos batir el agua y sabíamos que no tardaría en llegar. Y a menudo traía cosas que necesitábamos, herramientas que le habían pedido o más comida en la cesta, algo preparado por ella y que nos daba a todos una alegría, y yo no entendía de dónde sacaba la energía, porque arrimaba el hombro como cualquiera de los hombres. Y, cada vez que ella se acercaba, me percataba de que mi padre, tendido con los párpados entornados, la miraba, y yo hacía lo mismo, incapaz de evitarlo, y como nosotros lo hacíamos, el padre de Jon también lo hacía, aunque no como lo había visto hacerlo antes, sino de modo distinto, y supongo que no era de extrañar. Pero creo que lo que veíamos nosotros era diferente, porque lo que veía él lo avergonzaba y era evidente que lo sorprendía. Lo que veía yo, en cambio, me impulsaba a talar el más alto de los abetos y verlo caer con un susurro y un estruendo que retumbara por todo el valle, y a quitarle las ramas a velocidad récord y descortezarlo yo mismo sin pausa, a pesar de que ésa era la labor más dura, y a arrastrarlo hasta el río con mis manos desnudas y mi propia espalda, sin la ayuda de caballos o de hombres, y a lanzarlo al agua con el vigor que de pronto creía poseer, para provocar una salpicadura tan alta como una casa de Oslo.

Ignoraba qué pensaba mi padre, por su parte, pero él también se afanaba un poco más cuando la madre de Jon estaba presente, cosa que sucedía con frecuencia, claro, así que, a medida que transcurrían los días, los dos nos fuimos agotando. Pero él bromeaba y se reía, y yo lo imitaba. Estábamos muy animados sin saber exactamente por qué, o al menos yo no lo sabía, y Franz también parecía de buen humor, y con sus prominentes músculos y su voz retumbante soltaba una ocurrencia detrás de otra agitando el hacha, incluso en una ocasión en que se descuidó y esquivó por los pelos un abeto que se venía abajo, y una rama le arrancó el gorro de la cabeza. Entonces dejó caer el hacha y agitó las manos hacia los lados como un bailador y sonrió de oreja a oreja, gritando:

—¡He mezclado mi sangre con el destino y recibo lo que venga con los brazos abiertos!

Y me lo imaginé vívidamente, de pie bajo un árbol pesado, henchido de savia, que se abatía sobre él y él lo detenía en el aire, sólo con las manos, y me imaginé que le manaba sangre brillante de la estrella roja del antebrazo. Mi padre se rascó la barbilla y sacudió la cabeza, pero se le escapó una sonrisa.

—Tu padre se la está jugando —dijo Franz en un descanso. Yo estaba sentado sobre una piedra a la orilla del río masajeando mis entumecidos hombros y contemplando el agua, y él estaba de pronto junto a mí y me dijo—: Tu padre se la está jugando al querer talar los troncos en pleno verano y mandarlos río abajo inmediatamente. Están llenos de savia, quizá ya lo hayas notado.

—Lo había notado, eso era innegable y dificultaba el trabajo, porque cada tronco pesaba cerca del doble que en cualquier otra época del año, y la vieja *Brona* no podía arrastrar tantos de una vez como en circunstancias normales.

»Es posible que se hundan todos. Además, el nivel del agua no está como para tirar cohetes y empieza a bajar. No digo más. Pero si él se empeña en hacerlo ahora, lo hacemos ahora. Por mí, bien. Aquí el que manda es tu padre.

Y lo era. En realidad nunca antes lo había visto así, en compañía de otros hombres, con un trabajo que llevar a cabo, y destilaba tal autoridad que los demás esperaban a que él explicara cómo lo quería, y luego se limitaban a seguir sus indicaciones como si fuera la cosa más natural del mundo, a pesar de que ellos debían de saber más y sin duda alguna tenían más experiencia. Hasta ese momento nunca se me había ocurrido que alguien aparte de mí lo percibiese de ese modo y lo aceptara, no se me había pasado por la cabeza que se tratase de otra cosa, de algo más que una relación entre padre e hijo.

En la ribera, la pila de troncos crecía y crecía hasta que ya no conseguíamos subir los troncos hasta arriba, y entonces empezamos una nueva. *Brona* descendía desde las partes más altas de nuestro bosque y se detenía junto al río, donde nosotros andábamos a la brega, y las cadenas rechinaban y el sol relumbraba sobre el agua, y la yegua era oscura y cálida y se le habían formado grandes manchas de sudor y despedía un olor muy fuerte, característico de los caballos y diferente de todo lo que había olido en la ciudad. Olía bien, me parecía a mí, y a veces, cuando se quedaba quieta con la cabeza gacha tras un viaje, yo apoyaba la frente en su flanco y sentía que sus pelos rígidos me raspaban la piel mientras yo me limitaba a respirar pegado a ella, y *Brona* no necesitaba que nadie la dirigiera ni que la acompañara siquiera, porque le bastó con un par de vueltas para entender perfectamente lo que se esperaba de ella. Pero el padre de Jon la acompañaba de todos modos, con las riendas completamente flojas, y junto al río estaba mi padre con la pértiga de maderero, tan larga como las lanzas que aparecen en los cuadros de los torneos de la Inglaterra medieval. Juntos colocaban los maderos en el punto más alto posible de la pila, tarea que al principio era sencilla y luego se tornó más que difícil, pero ellos no se rendían, y al cabo de un rato se hizo evidente que competían entre sí. Cuando uno estaba a punto de darse por vencido, convencido de que ya no podían subir más alto, el otro se empecinaba en continuar.

—¡Vamos! —gritaba el padre de Jon, y los dos clavaban los ganchos de las pértigas en el madero, cada uno en un extremo, y mi padre gritaba:

—¡Arriba!

Y el padre de Jon respondía, también gritando:

—¡Tira, joder! —Y a duras penas controlaba el tono de voz, y de pronto comprendí que lo que estaba haciendo era desafiar la autoridad de mi padre, y ambos continuaron sujetando y tirando y arrastrando hasta que acabaron bañados en sudor, y la espalda de la camisa se les oscurecía lentamente, y las venas se les resaltaban en la frente y en el cuello y en los brazos, tan anchas y azules como los ríos de un mapamundi; el río Bravo, el Brahmaputra, el Yang Tsê-kiang. Al final era completamente imposible seguir acrecentando aquella pila, y tampoco tenía sentido, pues nada nos impedía crear otra, que en todo caso sería la última porque hacía ya una semana que habíamos empezado, y ya vislumbrábamos el final de la faena, y yo estaba tan impresionado con la cantidad de troncos completamente amarillos y sin corteza que habíamos conseguido limpiar y apilar que me costaba creer que yo hubiera participado en aquel trabajo. Pero ellos no se rendían. Estaban resueltos a subir otro madero, y luego otro más, o al menos uno de los dos lo estaba, aunque no siempre era el mismo. Los hacían rodar sobre unos troncos apoyados sobre la pila, y la pendiente era tan pronunciada que habrían debido atar las cuerdas a la parte más alta, enrollarlas luego en torno a los extremos del madero y pasarlas por arriba de nuevo, a modo de poleas, de manera que al tirar de ellas el tronco pesara la mitad. Franz me había enseñado el sistema. Pero ellos no lo pusieron en práctica, sólo usaban las pértigas, y era un trabajo tan duro que empezaba a ser peligroso para ellos, porque no tenían buenos puntos de apoyo para los pies y les resultaba casi imposible coordinar sus esfuerzos.

Era obvio que había llegado el momento de tomarse un descanso. Oí a Franz gritar, con fingida desesperación.

—¡Café, ahora! ¡Me muero! —aulló desde algún punto situado en la parte alta del camino, y yo, con los brazos doloridos, me quedé mirando a los dos hombres adultos que seguían porfiando en su intento, resollando por el calor, negándose a rendirse, y la madre de Jon bajaba por el camino hacia la barca para irse remando a casa y estar con Lars, pero se detuvo y se quedó de pie a mi lado, mirando también.

Su presencia colmaba mis sentidos, con el calor de su piel y el azul de su vestido desgastado, y al ver que no se dirigía directamente a la barca ni subía a bordo ni echaba los remos al agua, de pronto me asaltó la certeza de que iba a pasar algo, de que era una señal, y pensé en llamar a mi padre para pedirle que acabara con esa locura. Pero no estaba en absoluto convencido de que eso fuera a gustarle demasiado, a pesar de que él a menudo escuchaba atentamente mis opiniones y las tomaba en consideración, siempre que fueran sensatas, y generalmente lo eran. Me volví hacia la madre de Jon, que en aquellos momentos no tenía nada que ver con Jon, o quizás era precisamente eso lo que tenía, pero en realidad se trataba de dos personas distintas, y éramos igual de altos y el cabello se nos había puesto igual de rubio tras pasar varios días bajo el sol ardiente, pero su rostro, franco hacía pocos instantes, casi desnudo, ahora aparecía hermético, y sólo los ojos mostraban una expresión soñadora, como si ella no estuviera presente, contemplando lo mismo que yo, sino algo que estaba más allá, algo más profundo que yo ni siquiera alcanzaba a concebir, pero advertí que no iba a decir algo para detener a los dos hombres, que, en lo que a ella respectaba, podían llegar hasta el final y resolver de una vez por todas un asunto que a mí se me escapaba, y quizá fuera exactamente eso lo que ella quería. Y me asusté un poco. Pero en vez de permitir que aquello me repeliera, dejé que me cautivara, ¿dónde iba yo a meterme si no? No había ningún otro sitio adonde ir, ningún sitio para mí solo, así que me acerqué un paso y me quedé pegado a ella, de modo que nuestras caderas se rozaban levemente. Creo que ella ni siquiera se dio cuenta, pero a mí me recorrió el cuerpo una especie de calambrazo, y los dos hombres que estaban sobre la pila se percataron de ello, y bajaron la vista hacia nosotros y por un momento se salieron de sus papeles, y entonces hice algo que a mí mismo me sorprendió. Le rodeé el hombro con el brazo y la atraje hacia mí, y la única mujer con la que hasta entonces me había tomado esa libertad era mi madre, pero ésa no era mi madre. Era la madre de Jon, que olía a sol y a resina, como yo, seguramente, pero además desprendía un olor a alguna otra cosa que me embriagaba, como el bosque, y me llevaba al borde del llanto, y a desear que ella no fuera la madre de nadie, ni de vivos ni de muertos. Y lo extraño fue que no se movió, sino que dejó allí el brazo y se reclinó ligeramente sobre mi hombro, y yo no entendía lo que quería ella, ni lo que quería yo, pero la estreché contra mí aún con más fuerza, aterrorizado y feliz, y quizá fuera simplemente porque yo era la persona más próxima a ella con un hombro en el que apoyarse, o porque era el hijo de alguien, y por primera vez en mi vida deseé no ser el hijo de nadie. Ni de mi madre allá en Oslo ni del hombre que estaba allí de pie sobre la pila, tan sorprendido por lo que veía que enderezó la espalda y la pértiga se le resbaló sólo un poco de las manos, a pesar de que en ese momento estaba tirando con todas sus fuerzas, pero eso bastó para distraerlo, y el padre de Jon, que parecía igual de sorprendido, intentó sujetar el tronco. Pero no lo consiguió, y el madero giró en redondo como una hélice y le golpeó los pies antes de echar a rodar por la pendiente, y, de hecho, oí que la pierna se le partía como una rama seca, antes de que él se desplomara por el costado de la pila y aterrizara en el suelo, sobre el hombro, con un golpe seco. Todo ocurrió tan deprisa que no tomé conciencia de ello hasta que había terminado. Estaba paralizado, mirando. Mi padre se había quedado

solo sobre la pila, sin recuperar el equilibrio, y la pértiga se balanceaba en su mano, mientras el río fluía a su
espalda y el cielo azul resplandecía casi blanco a causa del
calor. El padre de Jon, tirado en el suelo, emitía unos
gemidos horribles, y su mujer, a quien un instante antes
tenía yo sujeta tan firme y suavemente, se había despertado del sueño en que estaba sumida, se había desembarazado de mí y había corrido hasta el río. Se dejó caer de
rodillas, se inclinó sobre su marido y acomodó la cabeza del hombre sobre su regazo, pero en silencio; sólo le
dedicó una mirada de reproche, como si él se hubiera
portado como un niño travieso por enésima vez y ella estuviera a punto de tirar la toalla, o al menos eso parecía
desde donde estaba yo. Y por primera vez me acometió
una oleada de amargura contra mi padre, porque había
estropeado el instante más completo de mi vida, y de
pronto ese sentimiento se apoderó totalmente de mí,
casi me enfureció, me temblaban las manos y me entró
frío en medio de aquel caluroso día de verano, y ni siquiera sé si me apiadaba del padre de Jon, que evidentemente padecía un fuerte dolor en la pierna que se le
había roto y en el hombro sobre el que había aterriza-
do. Y entonces rompió a aullar. Aullidos lastimeros
brotaban de la garganta de un hombre hecho y derecho
porque estaba sufriendo y seguramente también porque
acababa de perder a uno de sus hijos y otro se había
marchado de casa, quizá para siempre, qué sabía él, y en
ese preciso momento también porque no atisbaba ninguna esperanza. No era difícil de comprender. Pero creo
que tampoco entonces sentí pena por él, porque me
hallaba tan ofuscado por lo mío que estaba a punto de
reventar, y su mujer no hacía más que negar con la cabeza gacha, y a mis espaldas oí a Franz acercarse pesa-

damente por el sedero. Incluso *Brona* agitaba las crines y tiraba de las riendas. A partir de ahora nada va a ser como antes, pensé.

Llevaba varios días haciendo un calor agobiante, y aquel día había sido especialmente bochornoso. Se palpaba algo en el aire, como se suele decir; estaba saturado de humedad, y el sudor corría más abundante que de costumbre, y a media tarde el cielo empezó a nublarse sin que descendiera la temperatura. Antes del anochecer el cielo estaba completamente negro. Pero para entonces habíamos conseguido pasar al padre de Jon a la otra orilla en una de las barcas y luego lo habían llevado a Innbygda en uno de los dos coches que había en el pueblo y que obviamente pertenecía a Barkald, quien condujo durante el largo trayecto. La madre de Jon hubo de quedarse en casa con Lars, pues no convenía dejarlo solo durante tanto tiempo, y pensé que a ella debía de resultarle triste y difícil y solitario estar allí con el niño sin ningún adulto con quien hablar. Por otro lado, me cuesta imaginar que los dos que iban en el coche tuvieran gran cosa que decirse por el camino.

Cuando cayó el primer rayo, mi padre y yo estábamos sentados solos a la mesa de la cabaña, mirando por la ventana. Acabábamos de comer sin mediar palabra, y pese a que teóricamente aún era de día, pues estábamos en julio, nos envolvía una oscuridad propia de una noche de octubre, y de pronto, a la luz del relámpago, vimos con toda nitidez los árboles que quedaban de la tala y las pilas que se alzaban en la ribera y el agua del río e incluso la otra orilla. Justo después, un trueno hizo retumbar toda la cabaña.

—Me cago en la hostia —dije.

Mi padre se volvió hacia mí con expresión burlona.

—¿Qué has dicho? —dijo.

—Me cago en la hostia —dije.

Sacudió la cabeza y suspiró.

—Bueno, deberías pensar en tu confirmación —dijo—, hazlo.

Y luego empezó a llover, primero levemente, pero al cabo de unos minutos el agua azotaba el tejado con tal fuerza que apenas oíamos nuestros propios pensamientos. Mi padre echó hacia atrás la cabeza con el rostro vuelto hacia arriba como si la lluvia se trasluciera a través del techo y las vigas y las tejas de pizarra, y como si él esperase que una gota le salpicara la frente. Cerró los ojos, y la verdad es que, después de aquella jornada, a ambos nos hubiera sentado muy bien que nos cayera agua fría en la cara. Él debió de pensar lo mismo porque se levantó de la mesa y dijo:

—¿Te apetece una ducha?

—No me vendría mal —dije. Y de pronto nos entraron las prisas y nos levantamos de un salto y empezamos a arrancarnos la ropa a toda velocidad, arrojándola a diestro y siniestro, y mi padre corrió desnudo al lavabo y mojó el jabón en la palangana. Ofrecía un aspecto tan extraño como el mío: fibroso y moreno desde la cabeza hasta el ombligo y blanco como la tiza del ombligo a los pies, y se frotó con el jabón todas las partes del cuerpo a las que llegaba hasta que acabó cubierto de remolinos de burbujas, y luego me lanzó el jabón y yo hice lo mismo tan rápidamente como pude.

—A ver quién sale primero —gritó, y echó a correr hacia la puerta. Yo me abalancé hacia él como un jugador de rugby para interceptarlo y pegarle un empujón, y entonces él intento agarrarme del hombro, pero yo estaba tan escurridizo por el jabón que no lo consiguió. Se rió y gritó:

»¡Maldita anguila! —Y él tenía derecho a maldecir, porque hacía muchos años que había hecho la confirmación, y llegamos a la puerta al mismo tiempo y nos apretujamos el uno contra el otro, cuerpo contra cuerpo a través de la estrecha abertura, pugnando por salir el primero, y nos quedamos de pie frente a la puerta, bajo el alero del tejado, contemplando el agua que repiqueteaba en el suelo por todas partes. Era impresionante, casi intimidaba, y por un momento permanecimos quietos mirando. Luego mi padre tomó aire profunda y sonora y elocuentemente, y gritó:

»¡Ahora o nunca! —Y salió disparado hacia el centro del patio y se puso a bailar completamente desnudo y con los brazos en alto mientras el agua le salpicaba los hombros. Yo lo seguí, corriendo bajo el diluvio, y me puse a su lado y salté y bailé y canté *Noruega en azul, blanco y rojo*, y entonces él también empezó a cantar, y en un santiamén la lluvia se había llevado el jabón de nuestros cuerpos, así como el calor, y teníamos la piel brillante y reluciente como la de una foca y probablemente igual de fría al tacto.

—¡Me estoy helando! —grité.

—¡Yo también! —gritó él a su vez—, ¡pero aguantemos un poco más!

—¡Está bien! —grité yo, y comencé a darme palmadas en la tripa y en los muslos entumecidos para activar la circulación hasta que se me ocurrió hacer el pino, porque para hacer esas cosas estaba bastante en forma, y le grité a mi padre:

»¡Venga, vamos! —Y me agaché y me puse en posición

vertical con los pies hacia arriba, y a él no le quedó más remedio que imitarme. Y luego estuvimos andando sobre las manos en la hierba mojada mientras la lluvia nos golpeaba el culo de un modo tan glacialmente extraño que al cabo de un rato hube de ponerme en pie de nuevo, pero no creo que nadie haya tenido nunca el trasero tan limpio como nosotros cuando entramos a toda prisa en la cabaña y nos secamos con dos grandes toallas y nos friccionamos la piel con la tela rugosa para recuperar la sensibilidad y el calor, y mi padre ladeó la cabeza y me miró y dijo:

—Vaya, estás hecho todo un hombre.

—No del todo —dije yo, porque sabía que alrededor de mí ocurrían cosas que los adultos entendían pero yo no, aunque estaba muy cerca de entenderlo.

—No, quizá no del todo —dijo.

Se pasó la mano por el cabello mojado, se acercó a la estufa con la toalla en torno a las caderas, rasgó un periódico viejo en tiras que arrugó y metió en la cámara de la estufa, colocó tres leños alrededor del papel y le prendió fuego. Luego cerró la portezuela, pero dejó abierto el tiro para que corriera el aire, y la vieja madera reseca comenzó a crepitar inmediatamente. Mi padre se quedó muy cerca de la estufa con los brazos en alto y, medio inclinado sobre las placas negras que usaba para cocinar, dejó que el incipiente calor le subiera por el vientre y el pecho. Yo permanecí donde estaba. Le miraba la espalda. Sabía que iba a decir algo. Era mi padre, lo conocía bien.

—Lo que ha pasado hoy —dijo, sin volverse hacia mí— era completamente innecesario. Al paso que íbamos, la cosa tenía que acabar mal. Debería haberlo dejado correr mucho antes. Estaba en mis manos, no en las suyas. ¿Lo entiendes? Somos hombres hechos y derechos. Lo ocurrido ha sido culpa mía.

Yo guardé silencio. No sabía si se refería a que él y yo éramos hombres adultos, o a que lo eran él y el padre de Jon. Supuse que se trataba de esto último.

—Ha sido imperdonable.

Tenía razón, yo lo entendía, pero no me gustaba que asumiera la culpa así, sin más; me parecía discutible, y si él tenía la culpa, yo también la tenía, y por muy terrible que fuera compartir la responsabilidad de una desgracia como aquélla, él me estaba menospreciando al dejarme fuera. Sentí que la amargura me invadía de nuevo, aunque esta vez más suavemente. Mi padre le dio la espalda a la estufa y por su cara supe que había adivinado lo que yo estaba pensando, pero no había un modo de comentarlo que nos facilitara las cosas. Todo resultaba demasiado complicado, yo ya no podía continuar pensando en ello, no esa noche. Sentí que se me caían los hombros y que los párpados se me cerraban; alcé las manos y me restregué los ojos con los nudillos.

—¿Estás cansado? —dijo.

—Sí —dije. Y lo estaba. Tenía cansado el cuerpo y la mente, y la piel maltratada, y no deseaba otra cosa que meterme en la litera, taparme con el edredón y dormir y dormir hasta que ya no pudiera dormir más.

Él alargó el brazo y me alborotó el pelo, y luego agarró una caja de cerillas del estante que estaba sobre la estufa y se acercó a la mesa y encendió el quinqué, apagó la cerilla de un soplido y abrió la portezuela de la estufa y la tiró a las llamas. Quizá la apariencia de nuestros cuerpos morenoblanquecinos fuera aún más extraña bajo la luz amarilla de la lámpara. Mi padre sonrió y dijo:

—Ve a acostarte tú primero, anda. Yo voy luego.

Pero no lo hizo. Cuando me desperté de madrugada porque tenía que salir un momento al retrete, él había desaparecido. Crucé la sala, adormecido, y no lo vi allí, y abrí la puerta de entrada y me asomé al exterior, y comprobé que había dejado de llover, pero él tampoco estaba en la explanada, y cuando regresé a la habitación, descubrí que su cama seguía hecha con primor militar, exactamente como él la había dejado la mañana anterior.

7

El abeto seco ya está limpio de ramas y troceado con la motosierra en pedazos de la longitud adecuada, y he trasladado los leños de tres en tres con la carretilla y los he descargado en una pila ante la leñera, y ahora están apilados en una pirámide bidimensional de casi dos metros de alto, apoyados contra la pared, bajo el alero. Mañana acometeré la labor de partirlos. Hasta ahora todo ha ido bien, estoy contento conmigo mismo, pero esta espalda mía no aguanta más por hoy. Además, son las cinco pasadas, el sol se ha puesto por lo que supongo que es el oeste, o más bien el suroeste, la oscuridad viene deslizándose desde el bosque donde he estado trabajando, y es el momento adecuado para dejarlo. Quito con un trapo el serrín pegajoso y el pringue de gasolina y aceite de la motosierra hasta que queda prácticamente limpia y la coloco sobre un taburete en la leñera para que se airee, cierro la puerta y cruzo el patio con el termo vacío bajo el brazo. Luego me siento sobre un escalón ante la puerta y me quito las botas húmedas de los pies y las aporreo para sacudirles el serrín y me cepillo la parte de abajo de las perneras. Me cepillo también los calcetines, los azoto con los guantes de trabajo y quito las últimas virutas con los dedos. Se ha formado un bonito montón sobre la gravilla. *Lyra* está sentada mirándome con una piña de abeto en la boca, que le sobresale del hocico como un puro de los más gruesos, y quiere que se la lance lejos para salir corriendo a buscarla, pero una vez que empezamos con ese juego ella se empeña en continuar y continuar, y a mí ya no me quedan fuerzas.

—*Sorry* —le digo—, otra vez será. —Le doy palmaditas en la cabeza amarilla, le acaricio el cuello y le tiro ligeramente de las orejas, eso le gusta mucho. Suelta la piña y entra y se tumba sobre el felpudo.

Dejo las botas ante la puerta, con los talones contra la pared, y atravieso descalzo el recibidor hacia la cocina. Allí enjuago el termo con agua muy caliente del grifo y lo pongo a secar sobre la encimera para usarlo más adelante. Hace sólo dos semanas que me instalaron el calentador de agua. Aquí nunca había habido ninguno. Sólo una pila con desagüe en la pared y con un grifo de agua fría encima. Llamé a un fontanero que conocía bien mi casa, y me indicó que excavase una zanja de dos metros de largo por la parte exterior de la pared para que él pudiera llegar hasta la cañería y cambiar el ángulo del tubo que entraba en la cocina por debajo de los pilares de cimentación. Y me apremió a hacerlo a toda prisa, antes de que la tierra se helara. El fontanero no quería cavar él mismo, no era un peón, dijo. Por mí estaba bien, pero ha sido un trabajo duro, no había más que piedras y gravilla hasta el fondo. Algunas de las piedras eran muy grandes. Por lo visto vivo en la cima de una morrena.

Ahora tengo un fregadero como el de todo el mundo. Me miro en el espejo que hay sobre la pila. El rostro que me devuelve la mirada no es distinto del que había esperado ver a los sesenta y siete cumplidos. Hasta cierto punto estoy acompasado conmigo mismo. Que me guste o no lo que veo es otra cuestión. Pero eso carece de importancia. No me voy a exhibir ante mucha gente, y éste es el único espejo de que dispongo. Para ser franco, no tengo nada en contra de la cara del espejo. La acepto, me reconozco en ella. Más no puedo exigir.

La radio está encendida. Hablan de la próxima celebración del milenio. Hablan de los fallos que sin duda se producirán en todos los sistemas informáticos en la transición desde los sólidos 97, 98 y 99 hasta el 00, dicen que no se sabe lo que va a pasar, pero que hay que protegerse contra eventuales catástrofes, y que la industria noruega se ha revelado pasmosamente lenta a la hora de tomar medidas. Para mí todo eso no tiene pies ni cabeza, y no me interesa. De lo único de lo que estoy seguro es de que hay un montón de consultorías que saben tan poco como yo sobre lo que va a ocurrir, y que se proponen ganar un montón de dinero. Cosa que seguramente también conseguirán, si es que no lo han conseguido ya.

Saco la cacerola más pequeña, lavo unas patatas y las echo dentro, la lleno con agua y la pongo sobre la estufa. Noto que tengo hambre, el trabajo con el abeto seco me ha abierto el apetito. Hace días que no me entran verdaderas ganas de comer. Las patatas las he comprado en la tienda, el año que viene espero cultivar las mías propias en el viejo huerto que está detrás del cobertizo. Se ha asilvestrado completamente y hay que cavarlo de nuevo, pero eso estoy en condiciones de hacerlo. Basta con tomarse el tiempo necesario.

Es importante no volverse descuidado con la cena cuando uno está solo. Es fácil caer en eso, con lo aburrido que resulta cocinar para uno mismo. Ha de haber patatas, salsa y verduras, una servilleta y un vaso recién lavado y una vela encendida sobre la mesa, y nada de sentarse en la silla con la ropa de labor. Así que cuando el agua de las patatas rompe a hervir, me dirijo a la alcoba y me cambio de pantalones, me pongo una camisa blanca limpia y regreso a la cocina y extiendo un mantel sobre la mesa antes de echar mantequilla en la sartén y freír el pescado que yo mismo he atrapado en el lago.

Fuera ha empezado la hora azul. Todo parece más cercano; el cobertizo, la linde del bosque, el lago situado más allá de los árboles, como si el aire teñido mantuviese unido el mundo y nada estuviese desligado ahí fuera. Me gusta pensar eso, pero no tengo la certeza de que sea verdad. Es mejor estar libre, pero por el momento el mundo azul me proporciona un consuelo que no sé si quiero, que no necesito, y que de todos modos acepto. Me siento a la mesa con una sensación agradable y empiezo a comer.

Y entonces suenan unos golpes a la puerta. Que la golpeen no es extraño, claro, puesto que no tengo timbre, pero nadie aparte de mí ha tocado esa puerta desde que vivo aquí, y siempre que ha venido alguien, he oído antes el ruido del coche y he salido a las escaleras a recibirlo. Pero esta vez no he percibido ruido alguno, ni he visto luces de faros. Dejo a medias la cena, un poco irritado, y salgo al recibidor y abro la puerta. Sobre las escaleras está Lars, y detrás de él, en el patio, está sentado *Poker*, obediente y tranquilo. La claridad exterior se antoja casi artificial, como la iluminación en algunas películas; es azul, poco natural, la fuente no está visible, pero cada objeto individual se distingue claramente, aunque todos parecen vistos a través del mismo filtro, o compuestos de la misma materia. Incluso el perro es azul, no se mueve; un perro modelado en arcilla.

—Buenas noches —digo, aunque supongo que en realidad sigue siendo por la tarde, pero con esta luz no es posible decir otra cosa. Lars permanece ahí de pie, aparentemente cohibido, o quizá lo que noto sea otra cosa, algo que ocurre con su cara, y lo mismo le pasa al perro; ambos están rígidos y ninguno de ellos me mira directamente, esperan y callan, y al final Lars dice:

—Buenas noches. —Y luego simplemente se calla y no dice más, no me explica qué quiere, y yo no sé cómo animarlo a hablar.

—Justamente me iba a sentar a cenar —digo—, pero no importa, pasa y quédate un rato. —Abro la puerta completamente y le tiendo la mano y estoy seguro de que va a rechazar mi invitación y me dirá lo que ha venido a decirme ahí, en las escaleras, si es que logra articular las palabras que ahora se le atragantan. Pero entonces se decide y da el último paso hacia la puerta, se vuelve hacia *Poker* y dice:

—Tú te quedas aquí. —Y señala el umbral, y *Poker* sube los escalones y se sienta ahí, y yo me aparto y dejo pasar a Lars. Lo guío hasta la cocina y me quedo junto a la mesa, y la llama de la vela que descansa encima oscila con la corriente cuando él entra detrás de mí y cierra la puerta.

—¿Tienes hambre? —le digo——. Aquí hay comida suficiente para dos. —Y hasta cierto punto es verdad, siempre preparo demasiada, sobrevaloro mi propio apetito, y lo que sobra siempre se lo doy a *Lyra*, y ella lo sabe y por eso siempre está encantada cuando me siento a comer. Se echa junto a la estufa, me sigue atentamente con los ojos y espera. Ahora se ha levantado de su sitio y está de pie meneando el rabo y olisqueando los pantalones de Lars. Les vendría bien un lavado, no tardaríamos en ponernos de acuerdo sobre eso.

»Siéntate —le digo, sin aguardar respuesta, pero saco

un plato del armario rinconero y pongo los cubiertos, la servilleta y el vaso. Lleno su vaso de cerveza, y el mío también. Si ahora cayera un poco de nieve contra el cristal, parecería Nochebuena. Él se sienta, y advierto que le echa un vistazo a mi camisa blanca y limpia, algo angustiado. A mí me da completamente igual lo que lleve él, las reglas que sigo sólo son válidas para mí, pero caigo en la cuenta de que, sea lo que sea lo que quiere decirme, no se lo he puesto más fácil. Me siento y lo invito a servirse, y él se pone en el plato un trozo de pescado y dos patatas y un poco de salsa, y yo no me atrevo a mirar a *Lyra*, porque eso es más o menos lo que le hubiera tocado a ella. Empezamos a comer.

—Está bueno —dice Lars—. ¿Lo has pescado tú?

—Desde luego —digo yo—, abajo en la desembocadura del río.

—Ahí se puede encontrar buen pescado. Sobre todo perca —dice—, pero también lucio, junto a las mimbreras, y a veces trucha, con un poco de suerte.

Yo asiento con la cabeza y como con calma mientras espero a que vaya al grano. No por nada, no es que me parezca mal que venga a cenar sin tener un asunto concreto que tratar. Pero al final pega un gran trago a su cerveza, se limpia los labios con la servilleta antes de posarse las manos en el regazo, carraspea y dice:

—Sé quién eres.

Dejo de masticar. Imagino mi cara tal y como la acabo de ver en el espejo, ¿él sabe quién es ése? Sólo yo lo sé. O quizá Lars recuerde la enorme fotografía que salió en los periódicos hace tres años en la que aparezco de pie en medio de la carretera bajo la lluvia gélida, con el cabello chorreando sangre y agua que me corrían por la frente hasta la camisa y la corbata, y los ojos vueltos hacia la cámara, con una expresión aturdida y brillante como un espejo, y justo detrás de mí, apenas visible, el Audi azul con el culo levantado y el morro empotrado contra la roca. La pared oscura y mojada de la montaña, la ambulancia con las puertas traseras abiertas para dejar entrar una camilla en la que yacía mi mujer, el coche de policía con la luz azul encendida, la manta azul sobre mis hombros, y un camión tan grande como un tanque atravesado sobre la línea amarilla, y lluvia, lluvia sobre el asfalto frío y brillante en el que todo se reflejaba doble, tal como veía yo a lo largo de las semanas siguientes. Todos los periódicos publicaron esa fotografía. Perfectamente encuadrada por un fotógrafo *freelance* que iba sentado en uno de los coches de la cola que se formó en la media hora siguiente al siniestro. Iba a cumplir con un encargo aburrido y en cambió acabó ganando un premio por la fotografía que tomó bajo la lluvia. El cielo gris y bajo, la valla protectora hecha trizas, las ovejas blancas en el monte al fondo. Todo eso en una sola imagen. ¡Mire aquí!, me gritó.

Pero Lars no se refiere a eso. Quizás haya visto una de esas fotografías, es muy posible, pero no se refiere a eso. Me ha reconocido, como yo a él. Hace más de cincuenta años de aquello, entonces no éramos más que unos niños, él contaba diez años y yo quince y aún me atemorizaba todo lo que sucedía en torno a mí y no comprendía, a pesar de que me sabía tan cerca de la clave que, si estiraba el brazo al máximo, quizá llegaría hasta el fondo del asunto. Al menos ésa era mi sensación, y recuerdo que aquella noche de verano de 1948 salí corriendo del dormitorio con la ropa en la mano, súbitamente aterrorizado porque había entendido que lo que mi padre decía y la realidad no coincidían necesariamente, y eso convertía el mundo en un fluido difícil de aprehender. Se abrió ante mí una oscuridad que no alcanzaba a penetrar con la mirada, y quizás esa noche, apenas un kilómetro río abajo, estuviera Lars acostado, despierto y solo en su cama, intentando aprehender su propio mundo, mientras el disparo cuyo origen aún resultaba inconcebible seguía llenando cada metro cúbico del aire de la pequeña casa, impidiendo que él oyera otra cosa que aquel estampido cuando la gente le hablaba, dijeran lo que dijesen, y aquel estampido era lo único que iba a oír en mucho, mucho tiempo.

Ahora, más de cincuenta años después, está sentado a la mesa, frente a mí, y sabe quién soy, y a eso no tengo nada que decir. No es que sea una acusación, aunque por una razón u otra siento como si lo fuera, y tampoco es una pregunta, así que no estoy obligado a contestar. Pero si me quedo callado, nos sumiremos en un silencio demasiado incómodo.

—Sí —digo, clavando en él la vista—. Yo también sé quién eres tú.

Él asiente con la cabeza.

—Eso pensaba. —Asiente otra vez y toma el cuchillo y el tenedor y continúa comiendo, y me percato de que está satisfecho. Es para eso para lo que ha venido. No hay nada más, nada que añadir. Ha venido para decirme eso y para obtener una confirmación que ya ha recibido.

Me paso el resto de la cena un poco agobiado, atrapado en una situación que no he provocado yo mismo. Comemos sin intercambiar muchas palabras, inclinados hacia delante, mirando por la ventana al patio, donde la oscuridad desciende rápida y silenciosa, y nos hacemos gestos de asentimiento el uno al otro y convenimos en que esta época del año es precisamente la que es; vaya, qué temprano oscurece, la verdad, y otros comentarios por el estilo, como si fuera una novedad. Pero Lars se muestra complacido y da buena cuenta de todo lo que tiene en el plato, y luego dice, casi con alegría:

—Gracias por la comida. Hay que ver lo bien que sienta una comida de verdad. —Y hace ademán de marcharse y, cuando realmente se va, se aleja por el camino con pies ligeros y sin linterna, mientras que yo me quedo apesadumbrado, y *Poker* sale trotando detrás de él en dirección al puente y la pequeña cabaña, y la noche se lo traga lentamente.

Permanezco un rato ante la puerta escuchando sus pasos sobre la gravilla hasta que éstos también se apagan, y me quedo allí otro ratito más, y luego a través de la penumbra llega hasta mí el débil golpe de la puerta de Lars al cerrarse y veo que se ilumina la ventana allá abajo, en la cabaña junto al río. Me vuelvo y paseo la mirada en derredor, pero la luz de Lars es la única que diviso. Empieza a correr el aire, pero yo no me muevo de donde estoy, escrutando la negrura, y el viento arrecia, aúlla desde la linde del bosque, y me entra frío, voy en mangas de camisa, y de pronto estoy tan aterido que me entrechocan los dientes, y al final me rindo, y paso al interior y cierro la puerta.

Despejo la mesa de la cocina, por primera vez en esta casa hay dos platos sobre el mantel. Me siento invadido, así es, y no por cualquiera.

Así es. Saco el cuenco de *Lyra* de la despensa y lo lleno de pienso seco y me lo llevo al fondo de la casa y lo coloco en su sitio ante la estufa de leña. La perra me mira, no es lo que se había esperado, olisquea su plato y empieza a comer muy despacio, traga con elocuente melancolía, y se gira para observarme, largamente, con esos ojos, luego suspira y continúa, como si estuviera apurando una copa de veneno. Perra mimada.

Mientras *Lyra* se termina su comida, yo entro en la alcoba y me quito la camisa blanca, la cuelgo de una percha y me pongo la camisa de cuadros de diario y un jersey y salgo al recibidor y descuelgo la chaqueta de paño del perchero y también me la pongo. Encuentro la linterna y le silbo a *Lyra* y salgo a las escaleras y me cambio las zapatillas por las botas. Ahora el viento sopla con fuerza. Descendemos por el camino. *Lyra* va delante, y yo un metro por detrás. Apenas vislumbro su piel clara, pero, mientras no la pierda de vista, ella me servirá de guía, y no enciendo la linterna, dejo que los ojos absorban la oscuridad hasta que dejo de forzarlos buscando una claridad que hace ya mucho que desapareció.

Al llegar al puente, me detengo por un momento allí donde empieza el pretil y le echo una ojeada a la cabaña de Lars. Sale luz de las ventanas, y dentro del marco amarillo entreveo sus hombros y la parte de atrás de su cabellera totalmente libre de canas y el televisor encendido en el otro extremo del cuarto. Está viendo el telediario. No sé cuándo fue la última vez que vi el telediario. No me traje un televisor cuando me vine a vivir aquí, cosa de la que a veces me arrepiento cuando las noches se alargan mucho, pero he llegado a la conclusión de que si estás solo es fácil que te enganches a las imágenes parpadeantes y a la silla en la que te quedas sentado hasta la madrugada, y de ese modo dejas pasar el tiempo mientras son otros los que actúan. Eso no lo quiero. Me basta mi propia compañía.

Nos desviamos del camino y avanzamos a lo largo del riachuelo por el sendero que suelo tomar, pero no oigo el agua correr porque el viento agita los árboles y los arbustos, y enciendo la linterna para no tropezar y caer de bruces al río por no oír dónde está.

Cuando llego al lago, camino junto a las mimbreras hasta el lugar donde está el banco que he fabricado y arrastrado hasta aquí para disponer de un sitio en el que sentarme a contemplar la vida que se desarrolla en la desembocadura, veo si los peces saltan y miro los patos y los cisnes que incuban sus huevos aquí en la bahía. No lo hacen en esta época del año, por supuesto, pero por las mañanas todavía se pasean por aquí con las nidadas que tuvieron en primavera, crías de cisne ya tan crecidas como los padres, pero aún grises, y el conjunto presenta un aspecto extraño, como si constara de ejemplares de dos especies diferentes, nadando en fila, con movimientos idénticos, y seguramente ellos se creen iguales, aunque salta a la vista que no lo son. Otras veces simplemente me quedo aquí sentado y dejo volar mis pensamientos mientras *Lyra* despacha sus asuntos conforme a una rutina invariable.

Encuentro el banco y me siento, pero ahora no hay nada que observar ni en lo que fijarse, claro, así que apago la linterna y permanezco sentado en la oscuridad escuchando el viento que sopla entre los juncos con un susurro agudo y áspero. Me noto agotado tras un largo día, hoy he trabajado más horas que de costumbre, cierro los ojos y pienso que no debo dormirme ahora, que sólo me quedaré un ratito aquí sentado. Y luego me duermo a pesar de todo y me despierto con todo el cuerpo helado, con el viento rugiendo ensordecedor en torno a mí, y lo primero que se me ocurre es que desearía que Lars no hubiera dicho lo que dijo, que sus palabras me atan a un pasado que creía haber dejado atrás y desechan los últimos cincuenta años con una ligereza que resulta casi indecente.

Me levanto agarrotado del banco, llamo a *Lyra* con un silbido que no me sale muy bien a través de los labios entumecidos, y luego advierto que ella ya está sentada, muy cerca del banco, gimiendo suavemente con el hocico pegado a mi rodilla. Enciendo la linterna. En medio de aquel ventarrón infernal, el haz alumbra una escena de caos, juncos aplastados en el lago, crestas blancas sobre el agua, y el ulular del viento en las copas desnudas de los árboles que se cimbrean hacia el sur. Me agacho sobre *Lyra* y le acaricio la cabeza.

—*Good dog* —le digo en inglés, y suena bastante tonto, debo de haberlo sacado de alguna película que he visto, quizá de *Lassie*, de la época en que iba al cine, no me sorprendería, o quizás he soñando algo que ahora se me ha olvidado, y esta réplica se me ha quedado en la punta de la lengua. Una cita de Dickens no era, desde luego, no recuerdo que aparezca la frase «*good dog*» en uno solo de sus libros, y en todo caso me parece muy boba. Me enderezo y me subo la cremallera de la chaqueta hasta la barbilla.

»Vamos —le digo a *Lyra*, y nos encaminamos hacia casa, y ella va pegando brincos de puro alivio y sube disparada por el sendero con el rabo en alto, y yo la sigo, no exactamente tan ágil, arropándome la cabeza con el cuello de la chaqueta y agarrando la linterna con fuerza.

8

Recuerdo claramente aquella noche en la cabaña cuando descubrí que mi padre no estaba durmiendo donde había dicho que iba a dormir. Salí del dormitorio al salón y me vestí rápidamente ante la estufa. Al inclinarme sobre ella noté que no se había enfriado del todo desde la noche anterior, y agucé los oídos para captar los sonidos de la madrugada que me rodeaba, pero no oí más que mi propia respiración, demasiado acelerada y extrañamente ronca y jadeante en una habitación que parecía grande e inabarcable con la vista aunque supiera exactamente cuántos pasos había hasta cada pared. Me forcé a respirar de forma más tranquila, tomé una profunda bocanada de aire y lo solté poco a poco mientras pensaba: la vida me ha ido bien hasta esta noche, nunca he estado solo, verdaderamente solo, y aunque mi padre pasaba fuera largas temporadas, yo aceptaba su ausencia con una confianza que ahora se había desvanecido al cabo de sólo un día de julio.

Quedaba muy lejos aquella ocasión en que abrí la puerta y salí al calor sofocante calzado con mis botas largas. La explanada estaba desierta y casi fresca, pero no me envolvía la oscuridad, era noche de verano, y las nubes se deshacían sobre mi cabeza al surcar el cielo a gran velocidad, y la pálida luz caía vacilante permitiéndome seguir el camino hacia el río. Ahora, tras el chaparrón, la corriente había aumentado, el nivel había subido respecto a las rocas de la orilla, y el agua se elevaba y ondulaba y relucía levemente como la plata mate, el brillo se divisaba de lejos, y el murmullo del río era el único sonido que se oía.

La barca no estaba en su sitio. Di unos pasos con los pies dentro del agua y me quedé escuchando por si sonaba el chapaleo de los remos, pero sólo estaba el río, que corría en torno a mis piernas, y nada alcanzaba a ver ni hacia arriba ni hacia abajo. Las pilas de troncos estaban ahí, claro, impregnando con su fuerte aroma el aire húmedo, y el pino retorcido con su cruz clavada en el tronco estaba ahí, y los prados estaban ahí, al otro lado, entre la orilla del río y la carretera, pero sólo las nubes del cielo se movían, y la luz vacilante. Era una extraña sensación la de estar fuera a solas en la noche, casi como si un resplandor o un sonido me atravesara el cuerpo, como la luna suave o el tañer de los cencerros, mientras el agua se deslizaba alrededor de mis botas, y todo cuanto me rodeaba me parecía muy grande y sosegado; pero no me sentía perdido, sino señalado. Ahora estaba completamente tranquilo, yo era el centro de todo. Era el río el que producía ese efecto en mí, sin duda, si me hubiese hundido en el agua hasta la barbilla y me hubiese quedado quieto resistiendo el empuje de la corriente, no habría dejado de ser el mismo, el centro de todo. Me volví hacia la cabaña. Las ventanas estaban oscuras. Ya no quería regresar allí, ese lugar ya no despedía brillo alguno, en su interior sólo había dos habitaciones abandonadas y vacías, y con edredones húmedos y una estufa apagada, y seguro que ahora hacía allí más fresco que aquí fuera, y no tenía nada que hacer en aquella cabaña.

Así que vadeé el río hasta tierra firme y eché a andar.

Primero ascendí entre los tocones frescos hasta el angosto camino de gravilla que discurría tras nuestro terreno y empecé a bajar entre los árboles hacia el sur en vez de subir hacia el norte como solíamos cuando queríamos cruzar el puente en dirección a la tienda, y ahora no me costaba orientarme porque el cielo se había despejado y la luz inundó de nuevo la noche como si flotara harina blanca por doquier, un filtro que podía ver claramente y quizá también tocar, aunque luego resultó que no podía, por supuesto. Pero lo intenté. Separé los dedos mientras caminaba entre los oscuros troncos de árboles que formaban una columnata a cada lado y dejé que mis manos atravesaran el aire, subiendo y bajando lentamente en aquella claridad empolvada, pero no sentía nada, y todo estaba como siempre, como en una noche cualquiera. Pero la vida había desplazado su peso de un punto a otro, de una pierna a la otra, como un gigante callado entre las grandes nubes que destacaban sobre la colina, y yo no me sentía como la persona que era al principio de aquel día, y ni siquiera sabía si eso me apenaba.

No lo sabía, y era demasiado joven para mirar atrás, así que seguí descendiendo por el camino. Oía el sonido del río allá abajo, al otro lado del bosque, y pronto percibí unos ruidos procedentes de la cabaña más cercana a la nuestra por el sur. Eran las vacas, que estaban detrás de las paredes de troncos rumiando, tumbadas sobre la paja, moviéndose de un lado a otro entre las sombras, y de repente guardaron un silencio sepulcral, y luego volvieron a empezar, y el tintineo de los cencerros llegaba mitigado hasta mí, y me pregunté qué hora de la madrugada sería ya, si pronto amanecería, y pensé en tomar el sendero que conducía al establo y meterme sigilosamente y quedarme un rato sentado para comprobar si notaba mucho calor allí dentro antes de proseguir la marcha. Y eso fue lo que hice. No había más que bajar por la vereda por la que las vacas solían subir, pasar junto a la cabañilla en la que todo estaba en silencio y nadie miraba por las ventanas, por lo que alcancé a ver, y luego abrir la puerta y entrar en el establo en penumbra. Allí dentro se respiraba un olor muy fuerte y agradable a la vez, y hacía tanto calor como yo esperaba. Encontré un taburete de ordeñar en el pasillo central y me senté en él, recostado contra la pared junto a la puerta que acababa de cerrar detrás de mí, y bajé los párpados y escuché la respiración tranquila de las vacas ante cada pesebre y el sonido de sus quijadas al trabajar con la misma calma y el campanilleo de los cencerros y los crujidos de la madera y el susurro de la noche sobre el tejado, un sonido que no era producto del viento, sino la suma de todos aquellos rumores con los que la noche me iba a llenar. Y entonces me dormí.

Me desperté porque alguien me acarició la mejilla. Creí que era mi madre. Creí que era un niño pequeño. Tengo una madre, pensé, se me había olvidado. Y luego evoqué su aspecto, rasgo a rasgo, hasta que su imagen casi estaba completa en mi mente y era la que yo siempre había visto, pero el rostro que tenía ante mí no le pertenecía a ella, y por un momento navegué entre dos mundos con un ojo medio despierto en cada uno de ellos, porque era la vaquera de la cabaña quien estaba allí, lo que significaba que ya habían dado las cinco de la mañana. Me había cruzado con ella muchas veces, e incluso habíamos hablado. Me gustaba. Cuando subía por el camino llamando a las vacas, su voz sonaba como una flauta de plata, había dicho mi padre, llevándose las manos a un lado de la boca para realizar una demostración agitando los dedos con los labios fruncidos. Yo no sabía cómo sonaba una flauta de plata, que yo recordara nunca había oído tocar una, pero ella sonrió y me miró y dijo:

—Buenos días, zagal. —Y la verdad es que eso me sonó bastante bien.

—Me he quedado dormido —dije—, aquí se está bien y hace calorcito. —Me incorporé con la espalda bien recta y me froté la cara con las manos—. Necesitas el taburete.

Ella negó con la cabeza.

—No, no, quédate ahí tranquilo. Tengo otro, no te preocupes. —Y luego se alejó por el pasillo central con cubos brillantes en ambas manos, agarró otro taburete y se sentó sobre él ante la primera vaca y empezó a lavar la ubre rosada con movimientos suaves y hábiles. Ya había barrido los excrementos y esparcido serrín por todas partes, y el suelo parecía muy limpio y agradable, y ahora estaban todas de pie, en fila: cuatro vacas moteadas a cada lado, llenas de expectación y de leche. Ella recogió el otro cubo y agarró las tetas con la misma suavidad, y brotó un chorrito de líquido blanco que repiqueteó contra el metal, y ordeñar parecía tan fácil…, pero yo lo había intentado varias veces y nunca había sacado ni una gota.

Me quedé sentado, admirándola, con la espalda contra la pared, bajo la luz de la lámpara que ella acababa de colgar en un rincón; el pañuelo atado a la cabeza, el rostro bañado en el resplandor amarillo, la mirada vuelta hacia dentro y la media sonrisa, los brazos desnudos y las rodillas también desnudas que asomaban por debajo de la falda, ligeramente brillantes, a ambos lados del cubo, y no pude remediarlo: el pantalón se me tensó tan repentinamente y con tal fuerza que me costaba respirar, y ni siquiera había pensado en ella de ese modo antes. Me agarré al taburete con las dos manos y me sentí infiel para con quien de verdad me importaba, y sabía que si ahora me movía un solo centímetro, la leve fricción ocasionaría que todo acabara fatal, y ella lo vería y quizás oiría el desesperado gemido que me oprimía el pecho y pugnaba por salir, y entonces ella entendería lo indefenso que estaba y yo no sería capaz de soportarlo. Así que me obligué a pensar en otras cosas para relajar la presión, e imaginé primero unos caballos, tal y como los había visto correr por la carretera que pasaba por el pueblo, varios caballos de muchos colores distintos golpeando con los cascos la gravilla reseca, y el polvo que levantaban y quedaba suspendido en el aire caliente como cortinas amarillas entre las casas y la iglesia, pero esto no me ayudó gran cosa, porque había algo en el calor que desprendían aquellos caballos y en la sinuosidad de su cuello y en el ritmo de su respiración al galopar y en todas esas cualidades propias de los caballos, tan difíciles de explicar, pero que sabes que están ahí, y entonces me puse a pensar en el fiordo de Bunne. Pensé en el fiordo de Bunne, allá en mi ciudad, y en el primer chapuzón del año en el mar verde grisáceo que nos dábamos el 1 de mayo, con independencia del tiempo que hiciera o del viento que soplara. Recordé lo fría que estaba entonces el agua, y que los pulmones expulsaban el aire de golpe cuando saltabas desde el monte pelado junto a la playa de Katten y atravesabas la superficie relumbrante, y que sólo podíamos saltar de uno en uno, porque el otro tenía que quedarse en tierra con una cuerda para salvar la vida al que estaba en el agua si le daba un calambre. Yo no contaba más que siete años cuando decidimos convertir aquello en un rito anual, mi hermana y yo, y no porque fuera un placer, sino porque creíamos necesario tomar una decisión que nos exigiera un esfuerzo fuera de lo normal, que nos doliera lo suficiente, y en esos momentos aquello parecía doler lo suficiente. Los soldados alemanes habían llegado a Oslo tres semanas antes, y habían desfilado por la calle de Karl Johan en una columna inacabable, y ese día hacía frío y la calle estaba silenciosa, y sólo el chasquido unísono de las botas militares, semejante al restallido de un látigo, resonaba entre las columnas que se alzaban junto a las aulas, rebotaba allí en las paredes y retumbaba como un eco por encima de la plaza adoquinada de la universidad. Y luego el repetido estruendo de los cazas Messerschmitt que volaban bajo sobre la ciudad provenientes del fiordo, de mar abierto y de Alemania, y todos los mirábamos de pie, callados, y mi padre no dijo nada, y yo no dije nada, y nadie en toda la multitud dijo nada. Levanté la vista hacia mi padre y él la bajó hacia mí y negó lentamente con la cabeza, y entonces yo negué con la cabeza también. Él me tomó de la mano y me sacó de la aglomeración que se había formado sobre la acera y caminamos calle abajo, por delante del Parlamento en dirección a la estación del Este para ver si pasaba el autobús de Mosseveien o si salía el tren hacia el sur o si, por el contrario, todo estaba paralizado aquel día a excepción de las tropas alemanas que de pronto pululaban por todas partes. No recuerdo cómo entramos en la ciudad finalmente, si fue en tren o en autobús o si nos llevaron en coche, pero en todo caso conseguimos llegar a casa, y es posible que fuese a pie.

No mucho tiempo después, mi padre desapareció por primera vez, y mi hermana y yo empezamos a bañarnos en el frío fiordo, con el corazón desbocado y la cuerda preparada.

No se puede negar que me refrescaba pensar en la primavera de 1940, en mi padre tal y como era en aquellos días fríos, y en el agua fría del fiordo de Bunne, desde Katten hasta la playa de Ingier, que eran las playas a las que íbamos, y pronto pude soltar el taburete del establo y levantarme sin que me pasara nada. La vaquera se había situado junto a la vaca siguiente y estaba tarareando para sí, sentada sobre el otro taburete, con la frente contra el costado de la vaca, y lo único en lo que pensaba era en aquella vaca, o eso me parecía, y entonces arrimé mi taburete a la pared y me dispuse a escabullirme por la puerta para volver a subir por el sendero hasta el camino. Pero entonces oí su voz detrás de mí:

—¿Quieres beber un poco?

Y me sonrojé sin saber por qué, y me volví hacia ella.

—Desde luego, me encantaría —dije, aunque llevaba tiempo intentando evitar la leche fresca. Me daban náuseas sólo de verla en el vaso o en la taza y de pensar en lo tibia que estaba y en lo espesa que era, pero me había quedado dormido en el establo de la vaquera y había fantaseado con ella de un modo que no se imaginaba y que sin duda no le hubiera gustado, y decidí que no podía rechazar la oferta. Me acerqué a ella y tomé el cazo que me ofrecía y me lo bebí todo de un trago. Me limpié los labios y, cuando estuve seguro de haberlo tragado todo, dije:

»Gracias. Pero ahora me voy a tener que ir. Mi padre me espera en la cabaña con el desayuno preparado.

—Vaya, ¿tan temprano? —Me miró completamente tranquila, como si entendiera perfectamente quién era yo y lo que me traía entre manos, cosa que yo mismo no tenía muy clara, y asentí un poco demasiado enérgicamente, y giré sobre los talones y me alejé a toda prisa por entre las vacas y salí por la puerta del establo y, cuando tuve que vomitar, ya casi había llegado al camino. Arranqué unos puñados de hierba y tapé con ellos la porquería blanca para que la del establo no la viera cuando acabara de ordeñar y subiera por el sendero, pues quizá se pondría triste.

Seguí el camino durante largo rato, hasta que acabó estrechándose en una vereda que serpenteaba hacia el río a través de la hierba crecida y húmeda de rocío de un llano, y fui a dar a un muelle que estaba casi oculto entre las mimbreras de un remanso, junto a la ribera oriental. Caminé hasta el extremo del muelle y me senté con las piernas colgando del borde y las botas rozando el agua, era ya completamente de día y el sol asomaba tras la loma, y a través de los juncos entreveía la otra orilla del río, donde se hallaba la granja en la que vivía Jon, o quizás en la que había vivido, eso ya no lo sé. También ellos tenían un muelle, y amarradas a él había tres barcas de remo: la que usaba normalmente Jon y la que había usado su madre durante la tala. La primera estaba pintada de azul y la segunda era roja, y la tercera era verde y solía estar junto a nuestra cabaña a no ser que algún idiota la hubiera dejado en la orilla equivocada, y ese idiota era yo. Ahora la barca verde estaba allí. Sobre aquel muelle alguien había instalado un banco, y en el banco estaba sentada la madre de Jon, y junto a ella estaba sentado mi padre. Estaban sentados muy juntos, él recién afeitado, y ella con el vestido azul de flores amarillas que se ponía para viajar a Innbygda. Sobre los hombros tenía la chaqueta de él, y también el brazo de él, allí donde yo había colocado el mío hacía menos de un día, pero él hizo algo que yo no había hecho. La besó, y me di cuenta de que ella lloraba, pero no porque él la estuviera besando, y él la besaba de todos modos, y ella lloraba de todos modos.

Es posible que en aquella época me faltara cierto tipo de imaginación, y es posible que me siga faltando, pero lo que sucedía en aquel banco justo al otro lado del río me pilló tan por sorpresa que me quedé sentado mirando boquiabierto, sin sentir frío ni calor ni siquiera tibieza, pero con la cabeza llena a reventar de vacío, y si alguien se hubiera fijado en mí en ese momento, probablemente habría creído que me había escapado de un hogar para niños retrasados.

Quizás hubiera podido persuadirme de que me equivocaba, de que en realidad no veía lo que estaba pasando con la suficiente claridad, porque la distancia a la otra margen era demasiado grande, y de que lo que tenía ante mí era a un hombre que consolaba a una mujer que acababa de perder a un hijo y cuyo marido estaba en un hospital a muchos kilómetros de distancia y que se encontraba sola y desamparada. Pero era una hora del día bastante extraña para algo así y, por otra parte, no estaba mirando de una orilla a otra del Misisipí ni del Danubio ni del Rin, ni siquiera de nuestro propio Glomma, ya que estamos, sino de este río no demasiado grande que formaba un semicírculo que cruzaba la frontera de Suecia y bajaba por el valle y este pueblo y luego regresaba a Suecia unos kilómetros más al sur, de modo que se podía discutir si el agua era en realidad más sueca que noruega y si sabía o no a sueco, en caso de que tal cosa fuera posible, cuando tomabas un sorbo. Y tampoco estábamos en el tramo más ancho del río, yo sentado en mi muelle, y ellos sentados al otro lado.

Así que no creo que me equivocara. Se besaban como si fuera lo último que hacían en la vida, y yo no podía mirarlo, pero lo miraba de todos modos, e intentaba pensar en mi madre, que es seguramente lo que todo hijo debe de hacer cuando de pronto se topa con una escena semejante, pero no conseguía pensar en ella. Su recuerdo se me escapaba y se desvanecía y no guardaba relación alguna con esto, y entonces me quedé vacío otra vez y permanecí sentado observando hasta que ya no aguanté más. Me levanté despacio oculto tras los juncos y caminé muy silenciosamente sobre las tablas del muelle y volví al sendero y subí un trecho, y cuando eché la vista atrás, también ellos se habían levantado del banco y se habían encaminado hacia la casa, agarrados de la mano.

Así que no eché la vista atrás de nuevo, y simplemente crucé la explanada entre la hierba crecida y doblé la curva, llegué hasta donde el sendero se convertía en camino y pasé junto a la cabaña con el establo en el que había dormido. Daba la impresión de que había pasado mucho tiempo. La luz era distinta y se respiraba otro aire, y el sol bañaba la loma. Hacía un calor agradable. Algo en la garganta me picaba y me dolía de un modo extraño, como queriendo salir, pero si tragaba con fuerza era capaz de mantenerlo dentro. Oía las vacas caminar allá arriba por la ladera del Furufjell, que no era una montaña de verdad, sino solamente un montículo con un bosquecillo en la cima, y los cencerros sonaban a diestro y siniestro, y sin duda había vacadas del resto de las cabañas que se dirigían hacia los prados de jugosa hierba. Al llegar a la parcela que habíamos talado y al sendero que bajaba hacia nuestra cabaña, me detuve y me quedé escuchando. Como los árboles ya no estaban, divisaba el río desde allí y sabía que pronto oiría acercarse una barca a contracorriente. Pero de aquella dirección no llegaba ningún sonido. La cabaña ofrecía un aspecto más amable a esa luz, y nada me impedía bajar, entrar en el salón y sacar el pan de la panera y untar unas rebanadas con mantequilla, porque ya tenía hambre, pero en lugar de eso avancé por el camino hacia el puente y la tienda. Tardé veinte minutos. Justo antes del puente se alzaba la casa de Franz, sobre un peñasco a pocos metros del río. Desde el camino alcancé a ver que la puerta estaba abierta, y que el sol inundaba el recibidor. Salía música de una radio. Sin pensármelo, bajé por la senda de gravilla y llegué a la escalera, subí los tres escalones y grité a través de la puerta:

—¡Hola! ¿Hay algo para desayunar?

—¡Hola, sí! Joder si lo hay —respondió alguien desde el interior.

9

El viento sopla violentamente durante toda la noche. Me despierto varias veces y lo oigo ulular a lo largo de las paredes, y no sólo eso: se agarra a la casa de tal manera que los viejos maderos se quejan, llegan sonidos de todas partes, sonidos agudos, silbantes, casi amenazadores, del bosque, allá fuera, y un chirrido metálico y un fuerte estrépito procedente de algún lugar cercano al cobertizo, creo, y esto me preocupa un poco mientras yazgo aquí en la oscuridad con los ojos abiertos y clavados en el techo, pero bajo el edredón hace calor y no tengo la menor intención de levantarme ahora. Y luego me pregunto si las tejas permanecerán donde deben estar, o si pronto saldrán despedidas del tejado y formarán un remolino en el patio, y golpearán y abollarán el coche. Decido con total seguridad que esto no va a ocurrir y me vuelvo a dormir.

Cuando me despierto de nuevo, el viento ha arreciado aún más si cabe, pero ahora se trata de una especie de succión que abre surcos en el aire y que parte en dos el caballete del tejado, sin chirridos, sin golpes, sino más bien como el zumbido que se percibe en el fondo de un barco, cerca de las máquinas, porque en la oscuridad todo se mece y se mueve hacia delante, y la casa está dotada de mástiles y luces de navegación, y deja tras de sí una espumosa estela de agua, y me gusta, me gusta viajar en barco, y quizá no esté tan despierto como creía.

Son las siete y media de la mañana cuando abro los ojos por última vez. Es tarde para lo que estoy acostumbrado, demasiado tarde. Por la ventana entra la tenue claridad del alba, y reina un extraño silencio al otro lado del cristal. Me quedo tumbado inmóvil, escuchando. No me llega ni un crujido del mundo exterior, sólo el sonido de las patas y las garras de *Lyra* al arrastrarse sobre el suelo de la cocina en dirección al cuenco de agua. El universo estaba repleto de sonidos, a punto de estallar, y ahora se ha vaciado. Sólo queda una perra paciente. Bebe y traga ruidosamente y luego suelta un gemido suave y discreto con el que me comunica que le encantaría salir a hacer lo que no puede hacer dentro. Si no es demasiada molestia.

Noto que mi espalda no está del todo bien y me doy la vuelta hasta quedar boca abajo, repto hacia el borde de la cama y primero apoyo en el suelo las rodillas y luego, lentamente, intento alcanzar la postura erecta. Lo consigo, pero tengo muchas agujetas del día de ayer. Salgo descalzo a la cocina y paso por delante de la perra y continúo hasta el recibidor.

—Vamos, *Lyra* —digo, y ella me sigue, arrastrando las patas. Abro la puerta principal y la dejo salir a la penumbra. Luego regreso a mi habitación y me visto, levanto la tapa de la caja de la leña, donde afortunadamente hay suficientes tarugos, y enciendo la estufa lo más sistemáticamente posible. A diferencia de mi padre, nunca lo logro al primer intento, pero si me lo tomo con calma, lo cierto es que al final prende. A mi hermana le resultaba totalmente imposible. Por más que tuviese a su disposición leña seca, papel de periódicos y una estufa que tirara bien, nunca conseguía quemar otra cosa que el papel. ¿Cómo surge el fuego? ¿Me lo puedes explicar?, decía. Echo de menos a mi hermana. Ella también murió hace tres años. De cáncer. Ya no se podía hacer nada, se puso en tratamiento demasiado tarde. Con el tiempo, ella y mi mujer se habían hecho buenas amigas. A menudo mantenían charlas telefónicas por las noches y comentaban el curso del mundo. A veces me elegían a mí como tema de conversación y se partían de risa del «chico de los pantalones de oro», como me llamaban. «Siempre has sido el chico de los pantalones de oro, no lo puedes negar», decían y prorrumpían en carcajadas. La primera en usar esa expresión fue mi hermana, creo. No me molestaba, no había malicia en esa risa, simplemente eran dos mujeres con sentido del humor y se divertían metiéndose conmigo. Yo, por mi parte, siempre he sido un poco más serio, pero eso también puede llevarse al exceso. Y supongo que no les faltaba razón, he tenido suerte. Ya lo he dicho antes.

Ambas murieron con menos de un mes de diferencia y, desde entonces, la verdad es que prácticamente he perdido todo interés en hablar con la gente. No sé bien de qué hablar. Ésta es una de las razones por las que vivo aquí, claro. Otra razón es esto del bosque. Hace muchos años estaba unido a mí de un modo en que ninguna otra cosa lo ha estado, y luego desapareció de mi vida durante mucho, mucho tiempo, y cuando finalmente se impuso el silencio absoluto en torno a mí, tomé conciencia de cuánto lo había echado de menos. Poco después, no pensaba en otra cosa, y decidí que si yo no me iba a morir también, justamente ahí y en ese momento, tenía que irme al bosque. Así lo sentía, y así de sencillo era. Y todavía lo es.

Enciendo la radio. Pillo empezado el noticiario matutino de la P2. Granadas rusas llueven sobre Grozny. Han vuelto a las andadas. Pero nunca ganarán, a la larga no, eso es evidente. Ya Tolstói lo entendía, como demuestra en *Hadzji Murat*, y ese libro se escribió hace cien años. En realidad, me cuesta comprender que los grandes estados no hayan aprendido esa lección, la de que son ellos mismos los que al final se desintegran. Por otro lado, claro, se puede arrasar toda Chechenia. Hoy en día es un poco más factible que hace cien años.

El fuego crepita alegremente. Abro la panera y corto un par de rebanadas, pongo agua a hervir para el café y oigo a *Lyra* emitir un ladrido breve y agudo desde la escalera. Es su modo de llamar a la puerta y resulta fácil distinguirlo de otros ruidos que hace. La dejo pasar. Ella se tumba junto a la estufa, que poco a poco irradia cada vez más calor. Pongo la mesa para desayunar y preparo el cuenco de *Lyra*, pero ella tendrá que esperar su turno. El jefe soy yo. Yo como primero.

Ya se acerca el día, por el bosque. Me inclino hacia delante y echo un vistazo por la ventana y no es poco mi pasmo ante lo que descubro a la luz de la mañana. El árbol de mi patio, el grande y viejo abedul, ha sido derribado por el ventarrón y yace, irrealmente enorme, entre el cobertizo y el coche; las ramas más altas llegan casi a la ventana de la cocina, otras cubren la baca del coche y las restantes han arrastrado consigo el canalón del cobertizo, doblándolo hasta formar una enorme V que cuelga hacia abajo obstruyendo la puerta de la leñera. Menos mal que la había rellenado antes.

Eso explica el estrépito de esta noche. Me pongo de

pie automáticamente y estoy a punto de salir ahora mismo, pero eso no tendría sentido, claro. El abedul no se va a ir a ningún sitio. Así que me siento de nuevo y continúo comiendo y mirando por la ventana mientras intento elaborar un plan para deshacerme del gigante que se ha tendido a descansar en mi patio. Primero debo liberar el coche, eso es obvio, y luego quitar el árbol de allí. Las ramas primero, incluidas las que bloquean el paso a la leñera, para ver si se puede entrar. La leña y el coche son indispensables para mí. Eso es lo más importante. Tendré que volver a afilar la cadena de la motosierra, no me queda más remedio, después del rato largo que trabajé con ella ayer, y quizá me haga falta más aceite y gasolina, he de comprobarlo porque de pronto no me acuerdo, y en ese caso necesitaría el coche para ir a buscar más, pero es probable que el coche esté atascado. Empieza a entrarme el pánico y no entiendo por qué. Esto no es una crisis. Me encuentro aquí por voluntad propia. Dispongo de comida suficiente en la nevera y de agua corriente, puedo llegar a pie a donde quiera, estoy en forma y tengo todo el tiempo del mundo. ¿O no? No es eso lo que siento en absoluto. De pronto me invade una sensación de estrechez. Puedo morirme en cualquier momento, así son las cosas, pero eso hace al menos tres años que lo sé, y me ha importado una mierda, igual que ahora. Contemplo el abedul tumbado ahí fuera. Ocupa prácticamente todo el patio y es tan grande que lo sume todo en sombras. Me levanto rápidamente de la mesa y entro en la alcoba y me acuesto en la cama con la ropa puesta, acto que choca frontalmente con las reglas que intento seguir, y fijo la vista en el techo, y la cabeza me da vueltas como una ruleta, y la bola salta del rojo al negro y del negro al rojo y acaba en una casilla, y obviamente es la casilla del verano de 1948, o más exactamente del día que terminó aquel verano. Yo estaba bajo el roble ante la tienda, con la mirada en alto, observando los destellos de sol que se colaban a través de la susurrante hojarasca y variaban según si el viento soplaba con más fuerza o remitía, y por breves instantes me cegaron obligándome a guiñar dolorosamente los ojos, que me lagrimeaban, y cerré los párpados y noté en ellos un calor rojizo, y oía a mi espalda el mismo murmullo del río que llevaba oyendo cada día durante casi dos meses, y me pregunté cómo serían ahora las cosas, cuando ya no lo oyera más.

Hacía calor bajo el roble. Me sentía cansado. Nos habíamos levantado temprano y habíamos desayunado sin mediar palabra, luego habíamos echado a andar por el camino de gravilla desde la cabaña hasta el puente, y habíamos pasado por delante de la casa de Franz, en la que la luz entraba por la puerta abierta proyectando sobre la jarapa una franja de claridad que subía en diagonal por una de las paredes, pero a él no se lo veía por ningún sitio, y eso me apenó.

El autobús esperaba al sol, vibrando con el motor diésel en marcha. Iba a marcharme del pueblo y a tomar el tren en Elverum para emprender el largo camino de regreso a Oslo. Mi padre estaba justo detrás de mí en la plaza, delante de la tienda, con la mano sobre mi cabeza, y me revolvió ligeramente el pelo y se agachó y dijo:

—Todo irá bien. Sabes dónde te tienes que bajar para ir a la estación de Elverum, y de qué lado sale el tren, y a qué hora sale. —Y prosiguió así, dándome más detalles, y lo decía como si todo aquello tuviera alguna importancia, como si yo, con mis quince años cumplidos, no fuera capaz de apañarme solo en ese viaje sin sus instrucciones.

En realidad me sentía mucho mayor, pero no se me ocurría ninguna manera de demostrarlo, y aunque se me hubiera ocurrido, no creo que él lo hubiera aceptado.

»Menudo verano hemos pasado —dijo—, en eso seguro que estarás de acuerdo conmigo. —Continuaba detrás de mí, con la mano en mi cabeza, pero ya no me revolvía el cabello, sólo me agarraba con tal firmeza que casi me dolía, no creo que se percatara de ello, y yo no le pedí que me soltara. Se agachó de nuevo y dijo:

»Pero así es la vida. Eso es lo que aprendes cuando ocurren las cosas. Sobre todo a tu edad. Basta con que lo asimiles y después te acuerdes de pensar en ello y de no olvidarlo y de no amargarte por ello. Tienes derecho a pensar. ¿Entiendes?

—Sí —dije en voz alta.

—¿Entiendes? —dijo, y yo volví a decir que sí y asentí con la cabeza, y entonces él cayó en la cuenta de la fuerza con la que me estaba agarrando el pelo y lo soltó con una risilla que no supe cómo interpretar, porque no le veía la cara. Y aunque había oído lo que me decía, no estaba seguro de entenderlo. ¿Cómo iba a entender? Y tampoco entendía por qué empleaba precisamente esas palabras, pero desde entonces he reflexionado sobre ello mil veces, porque justo después me agarró del hombro y me volvió de cara a él y me pasó la mano por el cabello una vez más mientras me miraba con los ojos casi entornados y con esa media sonrisa en la boca que tanto me gustaba.

»Ahora subirás a ese autobús y tomarás el tren en Elverum que te llevará hasta casa, en Oslo, y luego yo despacharé mis asuntos por aquí y, cuando esté todo listo, iré para allá. ¿Está bien?

—Sí —dije—, está bien. —Y sentí un frío glacial en

la boca del estómago, porque no estaba bien. Ya había oído esas palabras antes, y la gran pregunta que me he planteado una y otra vez desde aquel día es si luego ocurrieron cosas que no estaban bajo su control o si ya entonces sabía que nunca iba a regresar a casa. Que era la última vez que nos veíamos.

Obviamente me monté en el autobús y me senté con la mochila en el regazo y me volví hacia la ventanilla, y me quedé mirando la tienda y el puente sobre el río y a mi padre, que estaba allí, alto y moreno y delgado, entre las trémulas sombras que arrojaba el roble y bajo el cielo que nunca había sido tan ancho ni de un azul tan profundo como durante el verano de 1948 precisamente sobre aquel pueblo, y entonces el autobús se puso en marcha y describió un amplio semicírculo hasta la carretera. Aplasté la nariz contra el cristal y contemplé la nube de polvo que ascendía lentamente en el exterior, ocultando a mi padre en un remolino gris y marrón, y luego hice todo lo que se supone que hay que hacer en una situación así, en una escena así: me levanté rápidamente y corrí por el pasillo central entre los asientos hasta el fondo y me subí de un salto en el banco y, arrodillado en él, apoyé las manos en la ventanilla y sin despegar la vista del camino hasta que la tienda y el roble y mi padre desaparecieron tras una curva, y lo hice todo como si hubiera ensayado meticulosamente mi papel en esa película que todos hemos visto, en la que la inevitable despedida ocupa el centro de todo y la vida del protagonista cambia para siempre y toma un rumbo nuevo e inesperado que no siempre es igual de agradable, y todos los que están sentados en el cine tienen claro lo que va a ocurrir. Y unos se tapan la boca, y otros muerden sus pañuelos mientras se les saltan las lágrimas, y algunos intentan en vano tragarse el bulto que les oprime la garganta mientras entornan los ojos clavados en una pantalla que se funde en una maraña de colores; y otros se ponen tan furiosos que están a punto de levantarse y abandonar la sala, porque han vivido experiencias parecidas que nunca han llegado a perdonar, y uno de ellos se pone de pie bruscamente en la oscuridad.

—¡Maldito cabrón! —le grita al hombre de debajo del roble, cuya figura aparece ahora en su nuca, y grita en su nombre y en el mío, y yo le agradezco su apoyo. Pero el caso es que aquel día yo ignoraba por completo lo que iba a suceder. ¡Nadie me lo había contado! Y no tenía manera de saber qué significado encerraba la escena que acababa de protagonizar. Simplemente corría de acá para allá, entre mi asiento y la ventanilla trasera, con una súbita y errática inquietud en el cuerpo, y me senté y me levanté de nuevo y recorrí de un lado a otro el pasillo central y me senté en otro sitio completamente distinto, y también de allí me levanté, y así continué mientras fui el único pasajero del autobús. Veía que el conductor me seguía con la mirada por el retrovisor mientras maniobraba por la sinuosa carretera de gravilla, y era evidente que esto le producía frustración, pero no dejaba de observarme, y no decía una palabra. Y luego se subieron dos familias, en una parada que estaba a medio camino de Innbygda, allí donde el río formaba un meandro y desaparecía por el bosque en dirección a Suecia, y venían arrastrando niños y perros y mochilas, y una señora llevaba una gallina en una jaula, que cacareaba y cacareaba, y entonces me forcé a permanecer sentado quieto en mi asiento, y al final me quedé dormido con el cristal vibrante de la ventanilla golpeándome la cabeza y el zumbido del motor diésel cantándome en los oídos.

Abro los ojos. La cabeza me pesa sobre la almohada. He dormido. Levanto la mano y echo un vistazo al reloj. Media hora sólo, pero no es normal. Al fin y al cabo, acababa de levantarme, y demasiado tarde, por cierto. ¿Tan cansado estaba?

Hay una claridad absoluta en el interior del marco de la ventana. Me incorporo rápidamente y paso las piernas por encima del borde de la cama, y entonces me entra un mareo tan repentino que me caigo hacia delante y no puedo detenerme, se produce un fogonazo en la parte posterior de mis ojos, y me golpeo el hombro contra el suelo. Me oigo a mí mismo soltar un fuerte gemido que suena extrañamente lejano en el momento en que me pego el trastazo. Y aquí estoy, tirado. Y encima me duele. Me cago en la hostia. Respiro con cuidado, tratando de no hacer un esfuerzo excesivo. No me resulta fácil. Es demasiado pronto para que me llegue la muerte. Sólo tengo sesenta y siete años, estoy en forma. Salgo tres veces al día a pasear con *Lyra*, como actividades sanas, y hace veinte años que no fumo. Eso debería bastar. En todo caso, no quiero morir de este modo, tumbado en el suelo. Me parece que debería moverme, pero no me atrevo, porque quizá no pueda, y entonces ¿qué hago? Ni siquiera tengo teléfono. He pospuesto la decisión de instalarlo, no quiero estar accesible. Pero claro, entonces tampoco los demás están accesibles para mí, eso es evidente. Sobre todo en este momento.

Cierro los ojos y me quedo completamente quieto. Noto el suelo frío contra mi mejilla. Huele a polvo. Oigo a *Lyra* respirar junto a la estufa de la cocina. Hace ya un buen rato que tendríamos que haber salido de paseo, pero ella es paciente y no da la lata. Me siento un poco mareado. Quizá sea un síntoma que debería decirme algo. No me dice nada. Simplemente estoy mareado. Entonces me irrito y guiño los ojos con fuerza y vuelvo la mirada hacia dentro y giro hasta que tengo las rodillas debajo de mí y apoyo la mano en el marco de la puerta y me levanto con cuidado. Me tiemblan las rodillas, pero lo consigo. Mantengo los párpados cerrados hasta que desaparece cualquier asomo de mareo, y luego los abro y miro directamente a *Lyra*, que está ante mí en el suelo de la cocina, que me devuelve oblicuamente la mirada con sus sabios ojos.

—*Good dog* —digo sin avergonzarme—. Ahora nos vamos.

Y nos vamos. Me tiemblan un poco las piernas cuando me dirijo al recibidor, me pongo la chaqueta y la abotono sin demasiada dificultad y salgo por la puerta seguido por *Lyra* y me pongo las botas. Y escucho atentamente mi propio cuerpo para ver si se ha fastidiado algo en el mecanismo de precisión que es el organismo, incluso el de un viejo, pero cuesta determinarlo con seguridad. Aparte del mareo y del entumecimiento del hombro, todo parece normal. Quizá la cabeza se me va algo más de lo habitual, pero tampoco creo que sea eso tan raro cuando uno continúa vivito y coleando después de haber quedado fuera de combate durante un rato.

Intento no mirar el abedul, y es difícil porque, me vuelva hacia donde me vuelva, no hay muchos más sitios en los que posar la mirada, pero entorno los ojos y camino pegado a la pared de la casa, rodeando las ramas más largas, y tengo que doblar una para apartarla, y luego otra, y me abro paso hasta la entrada de coches y, de espaldas al patio, enfilo el camino que baja hacia el río y la cabaña de Lars, con *Lyra* delante de mí, ejecutando una danza amarilla. Tuerzo por el sendero que arranca junto al puente y avanzo a lo largo del río hasta que me detengo y me quedo de pie en la orilla, muy cerca de la desembocadura. Noviembre, y alcanzo a ver el banco en el que estuve sentado anoche en la ventosa oscuridad y dos cisnes pálidos sobre el agua gris y los árboles desnudos contra el pálido sol de la mañana y el bosque de abetos verde mate que se extiende al otro lado de la laguna, hacia el sur, cubierto por una bruma lechosa. Una tranquilidad completamente anormal, como la de los domingos por la mañana cuando era pequeño, o la de los Viernes Santos. Un chasquido de dedos que suena como un disparo de rifle. Pero oigo la respiración de *Lyra* detrás de mí, y el sol rubio me hiere los ojos, y de pronto, incapaz de contener las náuseas, me agacho sobre el sendero, vomitando sobre la hierba marchita. Cierro los párpados, estoy mareado, joder, no estoy bien. Vuelvo a abrir los ojos. *Lyra* está quieta, contemplándome, y luego se acerca a olisquear lo que he arrojado.

—No —le digo, en un tono inusualmente tajante—, apártate. —Y ella gira en redondo y arranca a correr por el sendero, y se detiene y mira hacia atrás, expectante, con la lengua colgando.

»Que sí —murmuro—, que sí. Que vamos a seguir con el paseo.

Echo a andar otra vez. Las náuseas se me han calmado un poco y, si me lo tomo con calma, conseguiré dar la vuelta al lago. ¿O no? Me entra inseguridad. Me seco los labios y el sudor de la frente con un pañuelo y llego hasta el borde mismo de las mimbreras y me dejo caer sobre el banco. Así que vuelvo a estar sentado aquí. Un cisne se prepara para aterrizar. Pronto habrá hielo sobre el lago.

Cierro los ojos. De pronto me acuerdo de algo que he soñado esta noche. Es raro, no lo tenía presente al despertar, pero ahora me viene a la memoria con absoluta claridad. Estaba en un dormitorio con mi primera mujer, no era nuestro dormitorio, y teníamos mucho menos de cuarenta años, de eso estoy seguro, lo sentía en mi cuerpo. Acabábamos de hacer el amor, yo me había esmerado al máximo, y eso solía ser más que suficiente, o al menos eso creía. Ella yacía en la cama, y yo estaba de pie junto a la cómoda donde me veía entero en el espejo salvo por la cabeza, y en el sueño presentaba buen aspecto, mejor que en la realidad. De pronto ella echó el edredón a un lado y debajo estaba desnuda, y también presentaba buen aspecto, estaba espectacular, casi desconocida en realidad, y no parecía exactamente la misma con la que acababa de acostarme. Me dedicó una mirada que yo siempre había temido y dijo:

—Hombre, no eres más que uno de tantos. —Se incorporó, desnuda y pesada, tal como yo la conocía, y me produjo un asco que me subió hasta la garganta, y al mismo tiempo me invadió el pánico.

—No, nunca —grité, y luego rompí a llorar, porque siempre había sabido que aquel día iba a llegar tarde o temprano, y comprendí que lo que más me aterraba en el mundo era ser aquel del cuadro de Magritte que se mira a sí mismo en el espejo y solamente ve su propia nuca, una y otra vez.

II

10

Franz y yo estábamos sentados en la cocina de su casita construida sobre el peñasco, junto al río. El blanco del sol brillaba a través de la ventana y bañaba la mesa, en la que teníamos cada uno un plato blanco y una taza blanca con su café marrón y dorado salido de la reluciente cafetera que estaba sobre la estufa en la que siempre ardía el fuego, tanto en invierno como en verano, según decía, pero en verano mantenía las ventanas abiertas. La cocina estaba pintada del color azul que se solía usar en aquella zona, porque, según decían muchos, espantaba las moscas, y quizá tuvieran razón, y todos los muebles los había fabricado él mismo. Me sentía a gusto en aquella habitación. Tomé la jarrita y eché un poco de leche en mi taza. El café se tornó más mate y más semejante a la luz, más suave, y yo entorné los ojos y contemplé el agua que corría justo debajo de la ventana. Brillaba y centelleaba como un millar de estrellas, como la Vía Láctea, quizás, en algún momento del otoño, cuando surge como una cascada espumosa y surca la noche en un flujo interminable, y podrías pasarte la noche tendido a la orilla del fiordo, en la inmensa oscuridad, con la áspera roca del monte pelado contra la espalda, mirando fijamente al cielo hasta que te dolieran los ojos y notaras en el pecho el peso del universo en toda su extensión hasta quedarte sin aliento o, al revés, hasta que te elevaras y simplemente desaparecieras como una mota de carne humana en un vacío infinito y no volvieras nunca. Bastaba con pensar en ello para desaparecer.

Me volví y me fijé en la estrella roja que Franz tenía en el antebrazo. Relucía al sol y ondeaba como la estrella del centro de una bandera cada vez que él movía los dedos o cerraba el puño. Y lo hacía con frecuencia. Probablemente fuera comunista. Muchos trabajadores del bosque lo eran, y tenían buenos motivos para ello, en opinión de mi padre.

Lo que Franz me contó fue lo siguiente:

Fue en 1942. Mi padre llegó a través del bosque desde el norte buscando un sitio próximo a la frontera donde pasar inadvertido, un sitio desde donde ir a Suecia para entregar a la resistencia documentos y cartas, y de cuando en cuando películas, y al que regresar luego, una vez cumplida la misión y borradas las huellas, un sitio en el que pudiera cobijarse repetidamente. No tenía prisa. No huía de nadie en ese momento, o al menos no lo parecía por su comportamiento. No intentaba en modo alguno ocultarse, y era abierto y amable con toda la gente con que se cruzaba. Lo que necesitaba era un lugar donde pensar, decía, y por alguna razón nadie puso en duda esa explicación. Él venía de «ahí dentro». ¿Has estado ahí dentro?, preguntaban en las raras ocasiones en que alguien volvía a casa después de estar en la capital. Allí la gente era distinta. Eso lo sabía todo el mundo. Así que lo que él decía tenía sentido. Quería un sitio donde pensar. Los demás eran capaces de pensar allí donde anduviesen. Nada que discutir.

Sólo Franz sabía para qué iba a usar en realidad el sitio. Los dos habían oído hablar el uno del otro desde antes, pero no se habían conocido personalmente hasta el día en que mi padre se presentó en su casa y llamó a la puerta y dijo las palabras acordadas previamente:

—¿Te vienes? Vamos a salir a robar caballos.

Dejé de mirar por la ventana y clavé la mirada en Franz y dije:

—¿Qué dices que dijo?

—Dijo: «Vamos a salir a robar caballos.» No sé a quién se le ocurrió aquello. Quizás a tu propio padre. En todo caso, a mí no. Pero sabía qué responder. Me habían mandado recado con el autobús de Innbygda.

—Ah —dije.

—Me cayó bien en cuanto lo vi, la verdad —dijo Franz.

Y a quién no. Mi padre caía bien a los hombres y caía bien a las mujeres, yo no conocía a nadie a quien no le cayera bien, excepto quizás el padre de Jon, pero eso era por otro tema, y yo tenía la impresión de que en realidad no se caían mal el uno al otro y de que en otras circunstancias habrían podido ser amigos fácilmente. Y lo extraño es que no sucedía lo mismo que en los casos tan frecuentes con los que me he encontrado más tarde en la vida, en los que aquel que cae tan bien a menudo se difumina y se vuelve blando y se apea enseguida del burro para no provocar a los demás. Mi padre no era en absoluto así, aunque es cierto que sonreía y se reía mucho, pero de forma espontánea y no para satisfacer la necesidad de los demás de estar rodeados de armonía. Al menos no lo hacía para satisfacer la mía, y eso que a mí me caía muy bien, a pesar de que a veces me cohibía, probablemente, sobre todo, porque yo no lo conocía como un niño debe conocer a su padre. En los años anteriores él había estado mucho tiempo fuera, y mientras los alemanes permanecieron en el país, yo a menudo pasaba meses sin verlo, y cuando por fin mi padre volvía a casa y se paseaba por las calles como un hombre normal, me parecía distinto, por motivos que me cuesta determinar. Pero él cada día cambiaba un poco, y yo tenía que concentrarme mucho para aferrarme a él.

A pesar de todo, nunca dudé de que yo ocupaba un lugar completamente especial en su corazón, junto con mi hermana, y quizás un lugar mayor que ella porque yo era muchacho y él era hombre, y nunca se me pasó por la cabeza que no pensara mucho y con frecuencia en mí cuando no estaba donde estaba yo. Como cuando vino a este pueblo en 1942, y yo me quedé en la casa en que vivíamos junto al fiordo de Oslo, y todos los días iba al colegio y soñaba con los viajes en los que íbamos a embarcarnos juntos en cuanto venciéramos y nos libráramos para siempre de los alemanes, mientras él, digo, andaba en busca de un lugar donde pensar, como decía él, y que le sirviera como escondite y como base para sus incursiones en Suecia con el fin de llevar documentos, y algunas veces películas, a la resistencia.

Fue el propio Franz quien le enseñó a mi padre la cabaña, que, antes de la guerra, había salido a subasta judicial, pero había quedado sin adjudicar y llevaba cuatro años vacía. En aquella ocasión Barkald había intervenido y comprado la granja, a precio de ganga, claro, así que él era en realidad el dueño de la cabaña. Pero no la utilizaba para nada. Había dejado que se deteriorara; el establo ya se había derrumbado, aunque de todos modos no había ganado que encerrar en él, y a mi padre el sitio le gustó enseguida. Sobre todo porque estaba en la orilla este del río, a veinte minutos a pie del puente más cercano, y porque detrás de la cabaña no había casas, ni una barraca siquiera, hasta bien pasada la frontera con Suecia. Pero no era sólo eso. Franz opinaba que a mi padre le gustaba estar ahí. Que le gustaba hacer lo necesario para no despertar sospechas, encargarse de tareas que de todos modos había que realizar: cortar la hierba, reunir los restos del establo y quemarlos, apilar las tejas, limpiar la maleza de la orilla del río, reparar el tejado y cambiar las tablas de los aleros, sustituir los cristales rotos de las ventanas por otros nuevos… Aplicó sellador a la estufa. Deshollinó la chimenea. Construyó dos sillas de madera nuevas. Todas estas cosas se le daban bien, pero en Oslo, en el piso de tres dormitorios que habíamos alquilado en la segunda planta de un gran chalé estilo suizo ubicado en Nielsenbakken, junto a la estación de Ljan, con vistas al fiordo de Oslo y al de Bunne, no disponía ni de tiempo ni de libertad para hacerlas.

En principio, él no iba a pasar allí grandes temporadas seguidas, sólo lo suficiente para que la gente se acostumbrara a verlo al otro lado del río, subido en el tejado o trajinando en la explanada o sentado en alguna de las rocas de la orilla, pensando, como decía él, porque para ello necesitaba estar cerca del agua. Esto también resultaba un poco extraño, pero tampoco era como para ponerse a discutir, y lo veían atravesar el prado de Barkald en dirección a la tienda con la mochila vacía, sobre la hora en que llegaban los autobuses de Innbygda y de Elverum, o camino de casa con la compra. Pero cada vez que regresaba de Suecia, después de cruzar la frontera al abrigo de la noche y de entregar lo que había que entregar a quien correspondiese, descubría que había más de una cosa que arreglar o reformar antes de volver a Oslo. Así que al final se quedaba un poco más, y cortaba de nuevo la hierba o restauraba la albañilería de la chimenea en el tejado antes de marcharse, porque se había resquebrajado de arriba abajo y podía derrumbarse y caérsele a alguien en la cabeza, y fue así como, a lo largo de un par de años, se forjó poco a poco una vida alternativa sobre la que nosotros, su familia en Oslo, no sabíamos nada. No es que yo tuviese esa impresión en aquel momento, cuando Franz y yo estábamos sentados en su cocina y él me hablaba de mi padre, que hacía más de cinco años se había instalado en la destartalada cabaña de Barkald, para emplearla como tapadera del último eslabón de una cadena de mensajeros que intercambiaban información con Suecia durante el segundo año de la guerra en Noruega, inaugurando así lo que llamaban el «tráfico». No fue sino hasta muchos años después cuando comprendí cuál debía de ser su situación. Mi padre pasaba tanto tiempo en el pueblo junto al río como en casa con nosotros en el fiordo de Bunne. Pero eso nosotros no lo sabíamos, ni teníamos que saberlo; no sabíamos si se trataba siempre del mismo sitio ni tampoco dónde estaba ese sitio. Nunca sabíamos dónde estaba. Desaparecía y luego volvía a casa. Una semana más tarde, o un mes, y nos fuimos habituando a vivir sin él, día a día, semana a semana. Aunque yo pensaba en él todo el rato.

Todo lo que me contó Franz era nuevo para mí, pero yo no tenía motivos para dudar de sus palabras. Durante la conversación yo me preguntaba por qué me hablaba él de aquellos tiempos, cuando mi padre siempre había guardado absoluto silencio al respecto, pero no estaba seguro de ser capaz de vivir con la respuesta a esa pregunta, pues sin duda él pensaba que yo ya estaba enterado de todo eso y que simplemente me divertiría escuchar otra versión. También me preguntaba por qué mi compañero Jon o su madre o su padre o el señor de la tienda con el que charlaba con tanta frecuencia o Barkald o quien coño fuera no me lo habían mencionado, que hasta hacía sólo cuatro años mi padre estaba en el pueblo con frecuencia, aunque fuera al otro lado del río, donde se hallaban las cabañas de verano, por qué no me habían dicho que casi lo consideraban un residente permanente. Pero eso no lo pregunté en voz alta.

Había una patrulla alemana estacionada permanentemente en una de las granjas más cercanas a la iglesia y la tienda. Se habían instalado en la vivienda principal, sin más, habían echado a la familia y la habían mandado al edificio de la granja destinada a los ancianos, donde ya andaban faltos de espacio, y con frecuencia, pero no siempre, había un guardia apostado ante el puente sobre el río. Éste llevaba una metralleta colgada al hombro de una correa y un cigarrillo en la boca cuando no lo veía ninguno de los suyos. Algunas veces incluso se sentaba sobre una roca, dejaba la metralleta en el suelo ante sí y se quitaba el casco y se rascaba la cabeza durante un buen rato mientras fumaba con la vista fija entre sus rodillas, en sus relucientes botas, hasta que el cigarrillo se consumía completamente, y casi le quemaba los dedos, y luego le faltaban fuerzas para levantarse. Detrás de él el río caía burbujeante entre los pequeños rápidos, y el tono de su burbujeo no cambiaba, hasta donde él alcanzaba a distinguir; y allí se aburría, nunca pasaba nada, la guerra se libraba en otros lugares. Pero aquello era mejor que el frente del Este.

Cuando mi padre decidía dar un rodeo y atravesar el puente, pasar por la casa de Franz y bajar por el estrecho camino de gravilla por la margen oriental del río, primero se detenía a charlar con el guardia, porque sabía bastante alemán, como muchos otros en aquella época, ya que, hasta bien entrados los setenta, tenías que aprender este idioma en el colegio, quisieras o no. El guardia no era siempre el mismo, pero se parecían lo suficiente entre sí como para que fueran pocos los que notaban la diferencia, y la mayoría de la gente no estaba interesada en ellos, sino que más bien intentaba fingir que no existían, y de pronto olvidaba el alemán que sabía. Pero mi padre no tardó en averiguar de dónde venía cada uno de los centinelas, si tenían esposa en Alemania, si lo que más les gustaba era el fútbol o el atletismo o la natación quizá, si echaban de menos a su madre. Eran diez, quince años más jóvenes que él, a veces más, y hablaba con ellos en un tono muy considerado, cosa que pocos lugareños hacían. Franz lo observaba desde la ventana, cuando mi padre se acercaba al hombre, o niño casi, de uniforme verdigris, y ambos se ofrecían mutuamente cigarrillos, uno le daba fuego al otro según quién hubiera invitado y, aun cuando no había viento, protegía la cerilla con una mano ahuecada, y Franz los veía inclinar el cuerpo hacia delante formando un arco de intimidad sobre la pequeña llama y, si era de noche, sus rostros despedían reflejos dorados, y los dos se quedaban de pie sobre la gravilla, en el aire quieto, y hablaban y fumaban hasta que los cigarrillos se reducían a colillas que aplastaban contra el suelo, cada uno con su bota, y entonces mi padre levantaba la mano y decía «*Gute Nacht*» y recibía un agradecido «*Gute Nacht*» como respuesta. Cruzaba el puente sonriéndose y proseguía la marcha camino abajo, hacia la cabaña, cargado con la vieja mochila grisácea y con lo que había dentro de esa mochila. Y tenía la certeza de que si de pronto hacía algo inesperado, como volverse bruscamente o echar a correr, el agradable chico alemán se descolgaría la metralleta del hombro y gritaría «*Halt*», y de que, si en ese momento no se detenía, recibiría una ráfaga de tiros y quizá moriría.

Otras veces iba por la carretera general, cuando llevaba la mochila un poco más llena, y atravesaba los prados a lo largo de la valla de Barkald y cruzaba el río en barca. Saludaba con la mano a todo el que veía, ya fuera alemán o noruego, y nadie se interponía en su camino. Sabían quién era; era el hombre que le estaba reformando la cabaña a Barkald, habían interrogado a Barkald y éste lo había confirmado, y habían estado tres veces en la cabaña y encontrado mucha herramienta y dos libros de Hamsun, *Pan* y *Hambre*, que aceptaban sin grandes reservas, pero nunca hallaban nada sospechoso. Él era el hombre que a intervalos regulares tomaba el autobús para salir del pueblo y desaparecía durante una buena temporada, porque trabajaba en varios proyectos del mismo tipo, y su documento de residente fronterizo y el resto de sus papeles estaban perfectamente en orden.

Durante dos años mi padre mantuvo la línea de comunicación abierta, tanto en verano como en invierno, y, en caso necesario, cuando él no estaba en la cabaña, alguien del pueblo recorría el último trecho hasta la frontera, como por ejemplo Franz o la madre de Jon cuando se le presentaba la oportunidad de ausentarse, pero era muy peligroso, porque en aquel lugar todo el mundo conocía a los demás y también sus rutinas, claro, y quien se salía de lo normal se hacía notar, y se apuntaban cosas sobre él en el diario mental que todos llevamos de la vida de los otros. Pero luego regresaba, y quienes no debían saber nada del «tráfico» seguían sin saber. Yo, entre otros, y mi madre y mi hermana. A veces él mismo iba a recoger el «correo» a la terminal del autobús o a la tienda, tanto antes como después de la hora de cierre; otras veces lo recogía la madre de Jon y se lo llevaba en barca por el río, junto con la comida que con frecuencia preparaba por encargo de Barkald, porque al carpintero había que darle de comer, claro, o eso debía parecer, como si él no fuera capaz de manejar una estufa de leña solo y necesitara la ayuda de una mujer. A mí me extrañaba un poco que necesitara ayuda para eso, cuando por lo demás se las apañaba perfectamente. En realidad cocinaba igual de bien que mi madre, cuando hacía falta, eso lo sabía yo porque había visto y probado sus platos en varias ocasiones, aunque quizá simplemente fuera un poco más vago para esas cosas, por lo que cuando él y yo estábamos solos nos alimentábamos a base de lo que llamábamos «cocina sencilla de jornalero». Huevos fritos, por lo general. A mí no me disgustaba. Cuando era mi madre la que estaba en la cocina, nos preparaba lo que ella llamaba «comida digna», al menos cuando teníamos dinero. Que no era siempre.

Pero la madre de Jon subía remando el río una o dos veces por semana, con alimentos o sin ellos, con «correo» o sin él, para servirle de cocinera a mi padre con el fin de que disfrutara de un par de comidas dignas y no se pusiera enfermo y se librara de la monótona dieta a la que se somete la mayoría de los hombres que viven solos, y para asegurarse de que estuviera en condiciones de llevar a cabo el trabajo que le habían encomendado. Al menos eso era lo que contaba Barkald cuando iba a la tienda.

El padre de Jon no participaba en el «tráfico». No estaba en contra, nunca había dicho que lo estuviera, o al menos Franz no se lo había oído decir, pero el padre de Jon no quería tener nada que ver con el asunto. Cada vez que iba a suceder algo, miraba para otro sitio, y miraba para otro sitio cuando su mujer bajaba al río con la cesta en la mano y se sentaba en la barca pintada de rojo para subir remando hasta mi padre. Miró para otro sitio incluso cuando un hombre desconocido, que sujetaba con ambos brazos un maleta fuertemente atada con una cuerda y que llevaba un sombrero urbano sobre la cabeza, fue conducido hasta su propio pajar al amanecer y se quedó ahí sentado solo sobre la rueda de un carro, desconcertado y mudo, con su atuendo tan fuera de lugar, esperando a que oscureciera. Y cuando aquella misma noche transportaron al hombre en barca río arriba, en el más absoluto silencio, después de cruzar el patio y dirigirse al muelle sin mediar palabra, sin encender una sola luz, tampoco hizo el menor comentario al respecto, ni entonces ni más tarde, y eso que aquel hombre fue el primero de varios, porque ya no era sólo correo lo que pasaba por el pueblo de camino hacia la frontera con Suecia.

Y el otoño tocaba a su fin y había nieve, pero no se había formado hielo en el agua, y aún se podía navegar por el río. Y fue una suerte, porque una mañana temprano, antes de que el gallo se cayera de su percha, como lo expresó Franz, un vehículo dejó en la penumbra de la carretera general a un hombre vestido de traje que, con su mochila a la espalda, subió por el camino nevado de la granja hasta el patio de Jon y su familia. El hombre llevaba zapatos de verano con suelas finas, y era evidente que pasaba frío con sus pantalones amplios, y las rodillas le temblaban tan violentamente que las perneras se le arrugaban y ondulaban, desde las caderas hasta su calzado ligero, cuando la madre de Jon salió a la escalera con una toquilla sobre los hombros y una manta bajo el brazo. Era una escena de lo más estrambótica, le contó ella a Franz cuando regresó de Suecia en mayo del cuarenta y cinco, casi como un número de circo. Le entregó la manta y le indicó el pajar donde debía permanecer oculto entre el heno durante todas las horas de aquel blanco día, hasta el atardecer, unas doce horas en total, porque anochecía sobre las cinco, y eran las cinco cuando él había aparecido andando por el camino. Pero el hombre no pudo soportarlo. Se le cruzaron los cables allí dentro, según la madre de Jon, se derrumbó hacia las dos de la tarde y perdió los papeles. Se puso a gritar incoherencias, empuñó un tubo de hierro y empezó a aporrear todo lo que estaba a su alcance, de modo que saltaron astillas de las vigas del techo, y varios de los listones del carro del heno que estaba allí se rompieron en pedazos. Se oía perfectamente desde el patio, y quizá lo oyeran también río arriba, porque el aire estaba en calma y transmitía los gritos sobre el agua, o quizá lo oyeran allá abajo en el camino por el que pasaban los alemanes en coche al menos dos o tres veces al día, lo más alerta posible. Y entonces los animales del establo de al lado comenzaron a inquietarse. *Bramina* relinchaba y piafaba en su casilla, y las vacas mugían ante sus pesebres, como si estuviera a punto de llegar la primavera y quisieran salir a pastar, y algo había que hacer cuanto antes.

Había que sacarlo del pajar. Había que enviarlo río arriba inmediatamente. Pero todavía había mucha claridad y se distinguían fácilmente los objetos desde lejos ahora que los árboles estaban desnudos y las siluetas destacaban nítidamente contra la nieve que recubría el suelo y el primer trecho del río se dominaba desde el camino. A pesar de todo, había que llevárselo de allí. Jon todavía no había vuelto del colegio, y los gemelos jugaban en la cocina. Ella los oía reír y revolcarse en el suelo y pelearse en broma como siempre. Se puso ropa de abrigo en silencio, gorro y manoplas, bajó las escaleras y atravesó el patio en dirección al pajar en el momento en que su marido se despertaba en el diván y se levantaba, y seguramente estoy cargando las tintas y nada de esto me consta, pero de todos modos estoy convencido de que una criatura extraña como un fantasma entró en el salón y lo levantó y lo empujó hasta el vestíbulo, donde pendía la bombilla desnuda que siempre estaba encendida y brillaba a través del ventanuco para que la gente se orientara en la oscuridad, y allí colgaba la fotografía de su padre con sus largas barbas, en un marco amarillo sobre el perchero, y allí él se quedó de pie, desconcertado y sin zapatos, cuando la puerta se abrió hacia a fuera, y tenía que abrirse hacia fuera para que no entrara la nieve cuando hacía mal tiempo, y él ya no era capaz de mirar en ninguna otra dirección, estaba petrificado, siguiéndola con la vista. Ella intuyó que él estaba allí, a su espalda, y esto la sorprendió y le dio un mal presentimiento, pero no se volvió, simplemente levantó la barra de madera que mantenía cerrada la puerta del pajar y la abrió y entró y permaneció allí una eternidad. Él continuó allí de pie, mirando al exterior. Finalmente su esposa salió con el hombre desconocido a rastras, ella con botas gruesas y chaqueta y él con zapatos de verano y traje y la mochila gris a la espalda. El hombre llevaba bajo el traje el jersey que le habían dado, y ahora la chaqueta, le venía pequeña y estaba arrugada y no resultaba muy elegante. Él ya no sujetaba ningún arma contundente, y ella prácticamente lo guiaba de la mano, ahora que mostraba una actitud dócil, casi sumisa, y estaba lánguido y quizás agotado tras un arrebato para el que no estaba preparado. De pronto, en mitad del patio, cuando pasaban junto a la casa principal camino del muelle, ella echó la mirada atrás. Sus pisadas habían quedado claramente marcadas en la nieve, primero las que había dejado el desconocido al subir por el sendero de la granja, luego las de ella, que partían de la casa, y finalmente las de los dos, que iban desde el pajar hasta el punto donde se encontraban en ese momento. Las huellas de los zapatos de verano urbanos resultaban muy llamativas y eran muy distintas de las que se veían por aquella región en esa época del año, y ella miró al suelo y se esforzó por pensar y se mordió los labios, y el hombre ya no quería esperar más y empezó a tirarle de la manga de la chaqueta.

—Vamos —le dijo en voz baja y de pito—, tenemos que irnos ya. —Y sonaba como un niño mimado. Ella alzó la vista hacia su marido, que seguía de pie en el umbral. Era un hombre corpulento, llenaba completamente el vano de la puerta, bloqueando por completo la luz.

—Tienes que caminar pisando sus huellas —dijo ella—. No te queda otro remedio.

Algo en el rostro de él se puso rígido en el momento en que ella pronunció aquellas palabras, pero ella no se percató porque el hombre de traje estaba impaciente y le había soltado el brazo y se había adelantado y ya estaba casi abajo en el muelle, y ella se apresuró a ir tras él, y doblaron la esquina de la casa y se perdieron de vista.

El padre de Jon estaba allí, en calcetines, con los ojos clavados en el patio. A través de la oscuridad le llegaron los sonidos que indicaban que los dos estaban subiendo a la barca, y el golpe sordo de los remos al colocarse en su sitio y el plaf amortiguado cuando alcanzaron la superficie del agua y el rítmico crujido del hierro contra la madera cuando su mujer empezó a remar con esos fuertes brazos que él conocía tan bien tras incontables abrazos por las noches y años a sus espaldas. Ella estaba remontando el río para visitar una vez más al hombre de Oslo que se alojaba allí, en la cabaña. Cada vez que surgía algún problema, ella subía allí, cada vez que iba a suceder algo importante, ella subía allí, y ahora llevaba en la barca a un bobalicón tembloroso que presumiblemente venía de la misma ciudad, y era pleno día, la nieve resplandecía intensamente al sol, y él le echó un último vistazo al patio y tomó una decisión de la que más tarde se arrepentiría, y después cerró la puerta y entró en el salón y allí se sentó. Los gemelos continuaban jugando en la cocina, él los oía perfectamente a través de la pared. Creían que todo seguía igual que antes.

11

Me quedo un buen rato sentado sobre el banco contemplando el lago. *Lyra* corretea por ahí. No sé qué está pasando. Noto que se me quita un peso de encima. Las náuseas han desaparecido, tengo la mente despejada. Me siento ingrávido. Como si alguien me hubiera salvado. De la amenaza del mar, de las obsesiones, de los malos espíritus. Un exorcista ha venido, me ha levantado y se ha llevado toda la mierda consigo. Respiro libremente. Sigue habiendo un futuro. Pienso en la música. Probablemente me compre un reproductor de CD.

Subo la cuesta desde el río con *Lyra* pisándome los talones y diviso a Lars de pie en el patio. Tiene una motosierra en una mano, y con la otra aferra una de las ramas del abedul. Intenta sacudir el árbol, pero, hasta donde alcanzo a ver, éste no se mueve. Sólo cede la rama, doblándose un poco. El sol luce ahora más amarillo, la luz que me da en la cara es más dura. Lars lleva una gorra calada hasta los ojos y, cuando se vuelve al oírme llegar, casi tiene que echar la cabeza hacia atrás para dirigirme una mirada por debajo de la visera. *Poker* y *Lyra* se persiguen alrededor de la casa, en la medida en que lo que lo permite el abedul atravesado en el patio, y luego se enzarzan en una juguetona pelea y se gruñen y chillan y se revuelcan sobre la hierba tras el cobertizo y se lo pasan de maravilla.

Lars sonríe y sacude la rama de nuevo.

—¿Allá vamos? —dice.

—Por supuesto —digo, con mi sonrisa más entusiasta. Y lo digo de verdad. Resulta liberador. Es muy posible que Lars me caiga bien. Supongo que hasta ahora no he estado seguro, pero es muy posible que la cosa vaya por ahí. No me sorprendería.

»Entonces lo mejor será que cortes primero esa rama —le digo, señalando la que ha arrancado el canalón y está obstruyendo la puerta del cobertizo—, porque tengo la motosierra ahí dentro.

—Eso está hecho —dice, y tira del estárter de su sierra, que es una Husqvarna y no una Jonsered, y también esto resulta cómicamente liberador, como si estuviéramos haciendo algo que no deberíamos, pero que nos divierte mucho; y acciona el acelerador un par de veces y mete el estárter y le pega un buen tirón a la cuerda, y al mismo tiempo deja caer la mano con que sujeta la sierra, y ésta se pone en marcha con un rugido saludable, y en un pispás la rama ha desaparecido y está troceada en cuatro leños. La puerta está libre. Es una visión reconfortante. Empujo a un lado el canalón descolgado y entro a buscar mi sierra, que está allí sobre el taburete, donde la dejé la última vez, y al salir agarro el bidón amarillo con gasolina de dos tiempos. Queda un poco. Dejo la sierra apoyada de costado sobre la hierba y me pongo en cuclillas y desenrosco la tapa del bidón y vierto la gasolina dentro, y justo cuando acabo de llenar el depósito, el bidón queda vacío. No derramo ni una gota, no me tiemblan las manos, y la verdad es que eso es bueno cuando alguien te está mirando.

—Tengo un par de bidones de gasolina en la leñera —dice Lars—, así que podemos seguir trabajando hasta que terminemos. No tiene sentido parar para ir al pueblo en coche cuando tenemos cosas que hacer.

—No tiene ningún sentido —digo yo, y tampoco me apetece en absoluto ir ahora al pueblo. No necesito nada de la tienda y hoy no es un día para excesos sociales. Arranco la Jonsered, por suerte lo consigo a la primera, y atacamos el abedul, Lars y yo, cada uno desde un lado; dos hombres un poco agarrotados, de entre sesenta y setenta años, con orejeras para protegerse del bramido ensordecedor de las dos sierras al penetrar en la madera; nos inclinamos sobre ellas y mantenemos los brazos separados del cuerpo para asegurarnos de que la cadena, mortalmente peligrosa, sea una prolongación de nuestra voluntad, y no nosotros de la sierra, y asimos primero las ramas y las cortamos a ras del tronco y las partimos en trozos de longitud adecuada y separamos todo lo que no me servirá como leña y arrastramos las ramillas a un lado y las juntamos en una pila a la que se puede prender fuego para encender una hoguera en la oscuridad de noviembre.

Me gusta ver a Lars metido en faena. No es rápido, pero trabaja de forma sistemática y se mueve con más elegancia pegado al tronco del abedul, con la pesada sierra entre las manos, que fuera en el camino con *Poker*. Su estilo contagia el mío, yo siempre funciono así, primero viene el movimiento y luego la comprensión, y poco a poco caigo en la cuenta de que el modo en que se inclina y se mueve y a veces se tuerce y se reclina es una forma lógica de mantener un suave equilibrio entre el peso del cuerpo y el fuerte tirón que da la cadena cuando se agarra al tronco, y todo ello para que la sierra alcance su objetivo de la manera más fácil y con el menor riesgo posible para el cuerpo humano, tan expuesto a todo; en un momento es fornido e invencible, y al momento siguiente suena un chasquido y de pronto está hecho jirones como una muñeca de trapo, y entonces todo ha terminado y el cuerpo queda destrozado para siempre, y no sé si él pensará en ello, Lars, mientras maneja la motosierra con tanta naturalidad. No creo, pero a mí sí que me vienen a la cabeza estos pensamientos, una y otra vez, no consigo evitarlos cuando me asaltan, cosa que no me levanta precisamente el ánimo. De todos modos, no me importa, estoy acostumbrado a esas cosas, pero tengo la certeza de que su madre pensaba cosas parecidas cuando remaba con todas sus fuerzas a contracorriente aquel día de finales de otoño de 1944, mientras Lars se revolcaba en el suelo de la cocina en alegre lucha con su hermano gemelo Odd, sin sospechar siquiera lo que sucedía alrededor de él, ni las consecuencias que tendría aquello, sin saber que tres años más tarde iba a quitarle la vida de un tiro justamente a Odd, con la escopeta de su hermano mayor, Jon, y a dejarle el cuerpo hecho jirones. Nadie lo sabía, y en el exterior aún era de día, y una luz gris inundaba los prados cubiertos de nieve y, en el agua, su madre actuaba como si aquello no fuese más que una excursión cualquiera a la cabaña.

Me lo imagino perfectamente.

Las manoplas azules agarrando firmemente los remos y la presión de las botas contra las tablas del fondo y la respiración blanca como el vapor saliendo en jadeantes vaharadas, y el forastero entre sus piernas al fondo de la barca, con zapatos de verano en los pies y aferrando con ambos brazos la mochila gris que se negaba a soltar, y no menos aterido que antes con sus finos pantalones de verano. Tiritaba con una violencia horrorosa, martilleando la madera como un motor de dos tiempos de tipo desconocido, ella nunca había visto cosa igual y tenía miedo de que oyeran su nuevo motor desde tierra.

Me lo imagino perfectamente.

La motocicleta alemana con sidecar subiendo a velocidad tranquila por la carretera recién despejada de nieve, y luego entrando en el patio de aquella granja precisamente, sin motivo aparente, nadie sabe qué es lo que él quería en realidad, el que conducía. Quizá simplemente se sentía solo y buscaba a alguien con quien charlar, o quizá tenía ganas de fumarse un pitillo y cuando iba a encenderlo la última cerilla estaba quemada, y, entonces, se acercó a la granja para pedir prestada una caja de cerillas y para estar en compañía mientras fumaba y contemplaba el paisaje y el río, y en ese preciso instante no quería ser más que uno de los dos hombres de países distintos unidos en camaradería con el pretexto de un inocente cigarrillo, ajenos a todo el horror y la guerra, o quizás había otra razón que no se le ocurrió a nadie ni entonces ni más tarde. Sea como fuere, detuvo la motocicleta en el patio, se apeó y se encaminó sin prisa hacia la puerta de la casa principal. Pero nunca llegó. De pronto se quedó inmóvil, con la vista fija en el suelo, y luego comenzó a caminar de acá para allá, y luego en círculo, y después se acuclilló, y al final bajó hacia el río, pasando por delante de la casa, hasta el muelle. Lo que le sucedió fue que se le encendió una luz en medio de la profunda oscuridad del cerebro. La moneda cayó en la ranura de la máquina tragaperras y algo hizo «clic». De pronto lo entendía todo. Y tenía prisa. Subió la cuesta a la carrera y se montó de un salto sobre la motocicleta y pisó el pedal de arranque enérgicamente, pero el puto motor no quería arrancar, y lo intentó de nuevo una y otra vez y luego otra, y entonces el motor arrancó, brusco como un tiro, y él se encorvó sobre el manillar y bajó volando por el camino de la granja y entró derrapando en la carretera general, mientras el asiento lateral traqueteaba en la parte exterior de la curva, esparciendo nieve hacia los lados. Justo por aquella curva venía Jon caminando del colegio, con la cartera bajo el brazo, y oyó el zumbido de la motocicleta, pero apenas tuvo tiempo de arrojarse a la cuneta para evitar que lo atropellara y quizá lo lesionara de por vida. En la caída, la cartera se le abrió y los libros que contenía salieron despedidos en todas direcciones. Pero eso no le importó en absoluto al soldado, que se limitó a acelerar y a alejarse en dirección al cruce donde estaban la tienda y la iglesia, y donde el puente cruzaba el río.

Me lo imagino perfectamente.

Jon de pie en la cuneta, recogiendo los libros de la nieve mientras su madre sigue en el río con el hombre del traje escondido en el fondo de la barca. Resulta duro remar río arriba con dos personas a bordo aunque la corriente es débil en esa época del año, y avanzan muy despacio. Todavía queda un buen trecho hasta el refugio donde mi padre, inclinado sobre una mesa en el cobertizo, se ocupa de algún trabajo de carpintería, sin saber que ella se dirige hacia allí. El hombre de la barca tiembla y masculla por lo bajo, y luego llora un poco y vuelve a mascullar, y la que rema le ruega encarecidamente que se calle, pero él aprieta las manos en torno a las correas de la mochila, perdido en su propio mundo.

Franz estaba en la cocina de su casa con la ventana abierta, porque había avivado mucho el fuego en la estufa al regresar de trabajar en el bosque, y hacía ya tanto calor en la habitación que había que ventilarla. Todavía había claridad, y él estaba allí de pie fumando e intentando acordarse de por qué no se había casado. Eso era algo sobre lo que cavilaba cada año, desde que el frío llegaba arrastrándose hasta unos días después de Navidad, pero en Año Nuevo dejaba de pensar en ello. No era por falta de oportunidades, pero allí de pie, fumando ante la ventana abierta, no conseguía recordar cuál era exactamente el motivo, y en ese preciso instante le parecía absurda su situación, eso de vivir solo. Y entonces oyó que una motocicleta se acercaba a toda velocidad por el camino al otro lado del río. El puente estaba a cincuenta metros de su casa, y en la orilla opuesta, veinte metros más abajo, estaba el guardia en su puesto con su largo abrigo verdigris y la metralleta al hombro, y tenía un poco de frío, y se aburría. También él oyó la motocicleta, y se volvió hacia aquel sonido cada vez más intenso y dio algunos pasos en esa dirección. Entonces avistó el casco que llevaba el motorista y que empezaba a asomar tras el matorral a lo lejos, y luego avistó la motocicleta completa y al conductor, que estaba encorvado sobre el manillar para aminorar la resistencia del aire, y se hallaba a unos pocos cientos de metros del cruce. Desde la mañana había sido un día nublado y brumoso, y en esos momentos, justo antes de que se pusiera el sol, éste apareció de pronto por el suroeste, a punto de ponerse, emitiendo destellos dorados sobre el valle en un ángulo bajo, iluminando el río y todo lo que había sobre él y lanzando a los ojos de Franz una luz cegadora que lo despertó de sus cavilaciones sobre posibles casamientos y sobre la larga fila de candidatas rubias y morenas que él pensaba que hacían cola para conquistarlo, y de pronto tomó conciencia de qué era aquello que veía allá abajo en la carretera. Tiró el cigarrillo por la ventana, giró en redondo y salió corriendo al vestíbulo mientras se sacaba la navaja del cinturón, y se dejó caer de rodillas y enrolló la jarapa. Hincó la hoja de la navaja en una grieta que había en el suelo e hizo palanca, y cuatro tablas unidas entre sí se levantaron, y él las dejó a un lado y metió la mano en el hueco que había debajo. Siempre había sabido que llegaría ese día. Estaba preparado. Se trataba de no vacilar, y él no vaciló ni por un segundo. Del pequeño hueco sacó un detonador, se cercioró rápidamente de que los cables estuvieran en su sitio y no se hubieran enredado, se lo colocó bien entre las rodillas, aspiró a fondo mientras sujetaba la palanca con firmeza, y luego la bajó de golpe. Toda la casa se estremeció, y los cristales tintinearon, y él soltó el aire y guardó de nuevo el detonador en el pequeño hueco, tapó la apertura cuadrada con las tablas y las aporreó con el puño para colocarlas en su sitio y extendió la jarapa encima para que todo presentara el mismo aspecto que un momento antes. Se puso de pie y corrió hasta la ventana y miró hacia fuera. El puente había saltado por los aires y todavía había trozos de madera revoloteando como en una película muda e iniciando su descenso en el súbito silencio que siguió a la explosión, y unos pedazos de la estructura caían sobre las rocas de la orilla de un modo extrañamente silencioso, y otros caían al agua y la corriente se los llevaba, y era como si Franz lo estuviera viendo todo a través de un cristal, aunque la ventana estaba abierta.

Al otro lado del puente destrozado yacía el guardia boca abajo, con la nariz contra el suelo, a un buen trecho de donde Franz lo había visto antes. La motocicleta no había llegado a tiempo, y ahora iba más despacio y se acercaba casi vacilante al cuerpo tirado en la nieve, hasta que se detuvo. El motorista se apeó, se quitó el casco de la cabeza y se lo colocó bajo el brazo como si fuera a un entierro, y recorrió los últimos metros que lo separaban del guardia y se situó a su lado con la cabeza gacha. Una ráfaga de aire le revolvió el pelo. No era más que un chiquillo. Se arrodilló ante quien bien podía ser su mejor amigo, pero entonces el guardia se incorporó sosteniéndose sobre las manos y las rodillas, y no estaba muerto. Permaneció en esa posición, vomitando ostensiblemente, y luego se puso de pie usando la metralleta como apoyo, y el motorista también se puso en pie y se inclinó hacia él y le dijo algo, pero el guardia negó con la cabeza señalándose los oídos. No oía nada. Ambos se volvieron hacia el puente que ya no existía, y luego arrancaron a correr hacia la motocicleta, y el guardia se sentó en el sidecar, y el conductor en el sillín, y puso en marcha el motor y se marcharon de allí. No se dirigió a la granja donde se alojaban con el resto de la patrulla, sino que bajó por el camino por el que acababa de subir, y aceleró tanto como se atrevió, y la motocicleta avanzaba más pesadamente ahora que llevaba un pasajero en el asiento lateral, pero luego tomó impulso y su velocidad aumentó y, cuando unos minutos más tarde pasaron ante la granja de Barkald, iban realmente deprisa. Justo después salieron del camino y los dos se inclinaron pesadamente, como en un velero contra el que sopla un viento muy potente, para no volcar por la brusquedad del viraje. El sidecar se despegó del suelo por un momento, y con una sacudida salieron al prado cubierto de nieve, se abalanzaron hacia la valla de la verja que no se tomaron el tiempo de abrir, sino que la embistieron directamente, haciendo que los listones de madera saltaran en todas direcciones y les golpearan los cascos, pero ellos no se pararon, y apenas lograron colarse por entre los postes de la verja. Y luego cruzaron el prado a todo gas, a lo largo de la valla de alambre de espino, y las estacas pasaban por su lado con la regularidad de un tictac, y la motocicleta botaba y daba bandazos sobre los montículos mientras bajaba hacia el río por el sendero que seguía mi padre cuando iba a la tienda a recoger el «correo», el mismo que seguía yo, sólo cuatro años después, en compañía de mi amigo Jon, que un día simplemente desapareció de mi vida, porque uno de sus hermanos había hecho desaparecer de su vida al otro disparándole con la escopeta que a él, a Jon, se le había olvidado descargar. Eso ocurrió en pleno verano, le habían encargado que cuidara de sus hermanos, y en un momento todo había cambiado y se había venido abajo.

Al otro lado del río la madre de Jon acababa de dejar su barca junto a la que solía usar mi padre, había saltado a tierra con el fin de arrastrarla y acercarla lo suficiente a la orilla para que no se la llevara la corriente, quizás incluso hasta la otra margen, donde no convenía que estuviera, y el hombre de traje se puso en pie, impaciente, y cometió la estupidez de intentar desembarcar antes de que ella terminase. La cosa fue mal. Él cayó hacia delante cuando ella pegó un tirón a la proa y se golpeó la cabeza contra uno de los bancos porque mantenía la mochila asida con las dos manos. Ella estaba a punto de echarse a llorar.

—¡Me cago en la mar salada! ¿Es que no eres capaz de hacer una puta cosa bien? —gritó, y eso que apenas había soltado un taco en su vida, y sabía que era un error gritar, claro, pero no lo pudo evitar, y agarró al hombre de la chaqueta como un saco vacío y lo subió a tierra sin demasiada consideración. Cuando se enderezó, vio y oyó la motocicleta, que atravesaba la dehesa al otro lado, y mi padre salió apresuradamente del cobertizo contiguo al refugio, porque él también la había oído y entendió inmediatamente que algo estaba pasando. Los divisó al final del sendero que se acababa en el agua, la madre de Jon con su gorro y sus manoplas, y el forastero con su traje, a cuatro patas junto a la barca, y la motocicleta que se había detenido justo antes de la pendiente cubierta de gravilla y piedras que descendía hasta la ribera.

»¡Que te levantes! —chilló la madre de Jon al oído del hombre de traje, y él hacía lo que podía mientras ella le tiraba de la chaqueta.

—*Halt!* —gritó el chico alemán de uniforme, mientras corría cuesta abajo con el guardia pisándole los talones, y ¿es posible que gritara también un implorante «por favor» en alemán? Eso le pareció a Franz, estaba seguro de ello: «*Bitte, bitte*», dice que suplicó el joven soldado. En cualquier caso, se pararon al llegar al borde del agua y no se animaban a zambullirse. Hacía demasiado frío, estaba demasiado profundo y, si intentaban cruzar a nado, se convertirían en un blanco indefenso, y aunque resultaran ilesos, alcanzarían la otra orilla mucho más abajo a causa de la corriente, que en aquella época del año no era demasiado fuerte, pero sí lo suficiente. Tras ellos, en lo alto de la pendiente, estaba la motocicleta resoplando como un animal sin aliento, y los dos se descolgaron las metralletas del hombro, y mi padre gritó:

—¡Corred joder! —Y él mismo salió disparado y bajó hacia el río entre los árboles que nadie había sacrificado aún en alguna tala, zigzagueando rápidamente entre ellos, para escudarse tras los gruesos troncos, y justo en ese momento los soldados en la otra margen abrieron fuego. Primero se trataba de disparos de aviso sobre la cabeza de las dos personas que se alejaban demasiado lentamente de la barca y oían las balas impactar en la corteza de los árboles, haciendo saltar astillas, y también un ruido completamente especial que la madre de Jon supo que recordaría siempre, según contó más tarde. Ningún otro ruido la había asustado tanto en la vida, era como si los abetos jadearan; y luego los soldados empezaron a disparar en serio y alcanzaron inmediatamente al hombre de traje. La chaqueta oscura contra el suelo blanco era un blanco bien visible, y él dejó caer la mochila, se desplomó de bruces sobre la nieve y dijo, sobre todo para sí y tan bajo que la madre de Jon apenas entendió las palabras:

—Aaay. Lo sabía.

Y luego comenzó a deslizarse pendiente abajo, de vuelta hacia la barca, y pasó junto a los retorcidos pinos cuyas ramas colgaban sobre el río, y no se detuvo hasta que uno de sus zapatos de verano tocó el agua. Lo hirieron otra vez, y ya no dijo nada más.

Mi padre se encontraba justo enfrente, parapetado tras un abeto.

—¡Recoge la mochila y sube corriendo hasta aquí! —gritó, y la madre de Jon agarró la mochila gris con la mano enfundada en el guante azul y se dirigió a la carrera hacia arriba haciendo eses, con la espalda encogida, y quizá fuera porque nunca antes habían matado a nadie, pero de pronto los dos soldados ya no disparaban tan intensamente, o quizá fuera porque la fugitiva era una mujer. Sea como fuere, los disparos que realizaban eran más bien para asustar, y la madre de Jon consiguió remontar el sendero sana y salva, y llegar con mi padre hasta la cabaña. Entraron a toda prisa y reunieron los objetos más imprescindibles, y los documentos que mi padre tenía escondidos. A través de la ventana vieron dos coches que se aproximaban por el prado a gran velocidad desde la carretera, y de los que se bajaron unos soldados que echaron a correr hacia el río. Mi padre metió todo lo que necesitaban en la mochila del hombre del traje y la envolvió en una sábana blanca. Luego ambos salieron descolgándose de la ventana trasera y, embutidos en la ropa interior de mi padre, larga y blanca, que se habían puesto encima de las otras prendas, huyeron casi de la mano hasta Suecia.

El sol había seguido su curso, ya no entraba tanta luz en la cocina azul, y el café de mi taza estaba frío.

—¿Por qué me cuentas estas cosas, cuando mi padre no quiere hablar de ellas? —le dije.

—Porque él me pidió que te lo contara —dijo Franz—. Cuando se presentara la ocasión. Y ahora se ha presentado.

12

Mientras Lars y yo estamos liados con el abedul, ha bajado la temperatura, el sol se ha ido y se ha levantado algo de viento. Una capa gris de nubes se extiende por el cielo como un edredón, la menguante franja azul se queda arrinconada contra el cerro del este y finalmente desaparece por completo. Nos tomamos un respiro sentados en el suelo, desencorvamos nuestras agarrotadas espaldas e intentamos aparentar que no nos duelen. No lo logramos del todo, tengo que apretarme la columna con la mano para poder mantener una postura más o menos erecta, y por un momento miramos hacia el bosque, cada uno en una dirección. Luego Lars lía un cigarrillo y lo enciende, se reclina contra la puerta del cobertizo y fuma tranquilamente. Recuerdo lo agradable que resultaba fumar tras un turno de trabajo, junto con uno o varios compañeros y, por primera vez en muchos años, lo echo en falta. Luego contemplo la pila de leños que se alza donde hasta hace un momento estaban esparcidos grandes trozos del abedul. Lars también se vuelve hacia allí.

—No está mal —dice tranquilamente, y sonríe—. Llevamos la mitad del trabajo.

Lyra y *Poker* también están cansados. Jadean tendidos el uno al lado del otro ante la puerta. Las motosierras están apagadas. Todo está en calma. Y entonces empieza a nevar. Es la una del mediodía. Levanto la vista hacia el cielo.

—Joder —digo en voz alta.

Él sigue mi mirada.

—No creo que cuaje, es demasiado pronto, la tierra no está lo bastante fría —comenta.

—Seguro que tienes razón —digo—, pero de todos modos me preocupa. No sé exactamente por qué.

—¿Tienes miedo de quedarte aislado por la nieve?

—Sí —confieso, y noto que me sonrojo—. Eso también.

—Entonces deberías conseguir a alguien que te la despeje. Eso es lo que he hecho yo. Åslien, un granjero que vive un poco más abajo, cerca del camino. Nunca falla, pase lo que pase, a mí hace varios años que me quita la nieve. No tarda mucho tiempo, una vez que empieza. No tiene más que subir por el camino con el quitanieves y volver a bajar. Le lleva un cuarto de hora, como mucho.

—Ya —digo, y carraspeo un poco antes de proseguir—, lo llamé ayer, justamente a él, desde la cabina de la Cooperativa. Dijo que podía hacerlo, setenta y cinco coronas por vez. ¿Es eso lo que pagas tú?

—Sí —afirma Lars—, eso mismo. Así que ya estás cubierto, entonces. No habrá problema este invierno. Pero eso de ahí arriba —dice en un tono casi agorero y se inclina hacia atrás y mira al cielo—, déjalo caer —sonríe y casi parece diabólico—. ¿Qué dices? ¿Seguimos?

Noto que su actitud es contagiosa, de hecho, me entran ganas de reanudar la tarea. Pero también me sorprende, y me preocupa, depender de pronto de otra persona para animarme a acometer un trabajo tan sencillo y tan necesario. Si hay algo que me sobra es tiempo. Una parte de mí se está transformando, yo me estoy transformando; el tipo al que conocía bien y en quien confiaba ciegamente, a quien sus seres queridos llamaban «el chico de los pantalones de oro», el tipo que cada vez que metía la mano en el bolsillo sacaba generosas cantidades de monedas relucientes, está convirtiéndose en otro al que casi no conozco y que no sabe cuánta calderilla lleva en el bolsillo, y me pregunto cuánto tiempo hace que se habrá iniciado esta transformación. Tres años quizá.

—Desde luego —digo—. Ahora mismo.

Después lo invito a entrar; tengo que hacerlo, claro, teniendo en cuenta la ayuda que me ha prestado. Cae bastante nieve, pero no acaba de cuajar. Al menos de momento. Hemos amontonado la madera en unas pilas enormes contra la pared del cobertizo, junto a los tarugos del abeto seco, y el patio está ya despejado, salvo por la gran raíz que hemos decidido quitar de allí mañana arrastrándola con el coche y una cadena. La cadena está en el garaje de Lars. Pero ya es suficiente por hoy, estamos cansados y bastante hambrientos y tenemos sed de café. Me pregunto si habrá sido una decisión inteligente la de ponerme a trabajar tan duro después del comienzo de día que he tenido, pero me siento en forma, la verdad, estoy cansado, pero de un modo agradable, salvo por la espalda, que está como de costumbre, y además no podía dejar que Lars me despejara el patio él solo. Mido la cantidad de café que voy a echar en el filtro y relleno el depósito de agua fría y pongo en marcha la cafetera eléctrica, y luego corto unas rebanadas de pan y las pongo en un cesto, y saco mantequilla y fiambres de la nevera y los reparto en un par de platos y lleno una jarrita amarilla con leche para el café y lo deposito todo sobre la mesa con tazas y vasos y cuchillos para dos.

Lars se ha acomodado sobre la caja de la leña junto a la estufa. Parece más joven así, sin zapatos, como todo el mundo cuando está sentado y los pies apenas le llegan al suelo. Al contrario que yo, tiene el cabello seco porque fuera llevaba la gorra en la cabeza, y desde que ha entrado no ha dicho una palabra, se ha limitado a mirar fijamente al suelo, meditabundo, y en realidad yo tampoco he abierto la boca, y esto ha supuesto un alivio para mí, pues he perdido la costumbre de charlar, y luego él dice:

—¿Enciendo la estufa?

—Bueno —digo yo—, enciéndela. —Porque es verdad que aquí dentro empieza a hacer fresco, pero al mismo tiempo me sorprende un poco que él, siendo mi invitado, quiera tomar las riendas y que en cierta forma opine sobre cómo llevo mi casa, yo nunca haría eso, aunque la verdad es que ha pedido permiso antes, así que supongo que está bien. Lars se baja de un salto de la caja de la leña, abre la tapa y saca tres leños astillados y un par de hojas de un ejemplar del periódico de la semana pasada que guardo en la caja para ese uso, y al poco rato tiene encendida la estufa, y ha tardado mucho menos de lo que yo suelo tardar, lleva toda la vida haciéndolo, y luego, desde la encimera, la cafetera eléctrica empieza a borbotear y a escupir; mi vieja amiga de hace tanto tiempo, y unos instantes después me acerco y vierto el café en un termo. Con éste en la mano intento pensar en la que solía beber el café conmigo cada mañana durante muchos, muchos años, pero su recuerdo se me escurre, y no consigo representármela. En cambio, miro por la ventana el patio de hierba que hemos desembarazado del árbol y en el que no ha quedado más que el serrín, que forma pequeños montones dorados en torno a la gran raíz, y los enormes copos de nieve que descienden flotando silenciosamente y se posan antes de desaparecer, al cabo de pocos segundos, de modo misterioso. Como siga así toda la noche, seguro que cuaja.

¿He desayunado esta mañana? No lo recuerdo, tengo la impresión de que ha pasado tanto tiempo... Han sucedido muchas cosas desde entonces. En todo caso ahora tengo mucha hambre. Aparto la vista de la ventana, me vuelvo hacia Lars y extiendo la mano en dirección a la mesa.

—Adelante, está *servío* —digo.

—Gracias por la invitación —dice él, y cierra la tapa de la caja de la leñera, y nos sentamos, un poco cohibidos, y atacamos la comida.

Durante los primeros minutos no decimos nada. Todo sabe sorprendentemente bien, y me levanto a echar un vistazo a la panera para ver si he comprado otro tipo de pan del que suelo adquirir en la tienda, pero es el mismo de siempre. Me siento de nuevo y continúo comiendo y he de admitir que disfruto con cada bocado. Intento contenerme para no acabar demasiado deprisa, y Lars sigue masticando con la mirada fija en el plato. Por mí, mejor, no tengo la menor necesidad de conversar.

—En realidad se suponía que yo debía hacerme cargo de la granja.

—¿A qué granja te refieres? —digo, aun sabiendo que sólo puede tratarse de una granja. Pero en estos momentos estaba pensando en otra cosa, y me pregunto si será eso lo que te ocurre cuando llevas mucho tiempo viviendo solo, si te da por ponerte a hablar en voz alta cuando estás abstraído en tus pensamientos, y la diferencia entre hablar y no hablar se borra poco a poco, y el eterno diálogo interno que sostenemos con nosotros mismos se confunde con el que sostenemos con las pocas personas con la que aún nos tratamos, y me pregunto si, cuando uno vive solo durante demasiado tiempo, la línea que separa lo uno de lo otro no se difumina de manera que uno la traspasa sin darse cuenta. ¿Es éste el futuro que me espera?

—La granja de allí donde vivíamos. En el pueblo, hombre.

Seguro que en Noruega hay cien mil pueblos, ahora mismo estamos en uno de ellos, pero claro, sé de cuál me habla.

—Supongo que te habrás preguntado por qué vivo aquí y no en el pueblo del que provengo —dice.

Lo cierto es que eso no me lo he preguntado, al menos en el sentido en que él lo plantea, pero quizá debería habérmelo preguntado. Lo que sí me he preguntado es cómo hemos acabado los dos en el mismo pueblo después de tantos años. Cómo puede ser posible algo así.

—Bueno, hasta cierto punto —digo.

—Se suponía que debía hacerme cargo de la granja, yo era el único que quedaba en casa. Jon estaba en el mar, Odd estaba muerto, yo llevaba toda la vida trabajando en aquella granja, todos los días, sin tomarme vacaciones, como hace ahora la gente. Y mi padre nunca volvió, se puso enfermo. Nadie sabía qué le pasaba en realidad. Se partió la pierna y se partió algo en el hombro, y se lo llevaron en coche al hospital de Innbygda, eso fue en 1948, tú te acuerdas de ese año, yo no era más que un niño. Pero nunca volvió. Y pasaron los años, y luego volvió Jon, del mar. No lo reconocí. Para mí era como si hubieran dejado de existir, los dos. No pensaba en ellos. Y de pronto Jon apareció en el camino, había venido en autobús, y entró por la puerta y dijo que estaba listo para hacerse cargo de la granja. Tenía veinticuatro años. Estaba en su derecho, dijo. A eso mi madre no replicó nada, ni metió baza para defenderme, pero recuerdo la cara que puso, y que en ningún momento me miró a los ojos. El trabajo en aquella granja era todo lo que yo conocía y sabía hacer. Jon se había cansado del mar, según él ya lo había visto todo. Es posible. A lo largo de los años había mandado un puñado de postales, desde Port Said y sitios así; Adén, Karachi, Madrás, ya sabes, ese tipo de sitios que no tienes ni la menor idea de dónde están hasta que consultas el atlas del colegio. *M/S Tijuka* se llamaba uno de los barcos, recuerdo muy bien esos sobres porque llevaban un sello con el nombre del barco en la parte de delante, y yo nunca había oído un nombre semejante. Jon no tenía un aspecto muy saludable, a mi modo de ver. Estaba demasiado flaco y encorvado para llevar una granja, pensé. Parecía un drogadicto de los que ves en Oslo en estos tiempos, se lo notaba nervioso, irascible. Pero no había nada que hacer. Estaba en su derecho.

Y entonces Lars se queda callado. Ha sido un discurso largo para él. Devuelve su atención a la comida, no me ha seguido el ritmo, pero él también la está disfrutando. Le sirvo café en la taza y le ofrezco leche, y él agarra la jarrita amarilla que le tiendo y se echa un chorrito en la taza y continúa en silencio mientras acaba de comer y, una vez que ha dejado el plato vacío, pregunta si puede fumarse un pitillo aquí dentro.

—Por supuesto que puedes —le digo, y él se lía un cigarrillo con su tabaco «mezcla roja», y lo enciende y aspira y se queda contemplando la brasa, así que aprovecho y le pregunto—: Y entonces, ¿qué hiciste?

Lars alza la vista del cigarrillo, se lo lleva a los labios y le pega una profunda calada y, mientras suelta lentamente el humo, se le deforma el rostro en una mueca grotesca como para esconderse tras una máscara de guasa, y lo hace tan de golpe que me pilla desprevenido y me deja con la boca abierta, nunca antes lo había visto así. Lo cierto es que es una visión extrañamente cómica; es como un payaso del circo que quiere hacer llorar al público justo después de matarlo de risa, o como Chaplin en algún apuro extremo, o como alguna otra de las viejas estrellas del cine mudo, como aquel que siempre bizqueaba, quizás, y no cabe duda de que tiene la cara de goma, Lars, pero allí no encuentro nada de lo que reírme. Aprieta la boca hasta reducirla a una raya, y cierra los ojos con fuerza, y luego retuerce la cara cuarenta y cinco grados hacia la derecha, hasta quedar por debajo de la oreja, o ésa es al menos la impresión que da, y las facciones con las que me he familiarizado un poco desaparecen entre los pliegues, y él la mantiene así aplastada por un buen rato antes de abrir los párpados y dejar que cada parte del rostro vuelva a su sitio mientras el humo sigue saliendo de entre sus labios, y lo cierto es que no sé a qué viene el espectáculo que acabo de presenciar. Toma aire pesadamente y espira de la misma manera y clava en mí una mirada vidriosa.

—Me marché —dice—. El día que cumplí veinte años. No he estado en casa desde entonces. Ni cinco minutos.

Se impone el silencio en mi cocina, Lars calla y yo callo, y luego digo:

—Carajo.

—No he visto a mi madre desde los veinte años —dice.

—Pero ¿sigue viva? —digo.

—No lo sé —dice Lars—. No lo he investigado.

Miro por la ventana. No estoy seguro de querer enterarme de eso. Un gran cansancio me invade y se apodera de mí y me arrastra hacia abajo. Yo sólo pregunto porque me siento obligado, porque resulta evidente que para Lars es importante contarme estas cosas, y en más de un sentido me interesan, claro, si él supiera…, pero luego me pregunto si en realidad quiero oír hablar del asunto. Ocupa demasiado espacio. Cada vez me cuesta más concentrarme porque mi encuentro con Lars me ha desequilibrado, ha ocasionado que mis planes para mi vida en este lugar se emborronen y pierdan casi por completo su importancia en los momentos en que no me esfuerzo por pensar en ellos, he de reconocerlo. Mi estado de ánimo sube y baja como un ascensor, del desván al sótano en un par de horas, y mis días ya no son como los había imaginado. Surge la menor dificultad, y yo la agrando hasta que cobra dimensiones catastróficas. No es que librarse del abedul fuera poca cosa, no quiero decir eso, y tampoco es que no haya salido bien, sino todo lo contrario, gracias a la ayuda de Lars, lo que ocurre es que en realidad yo quería estar solo. Solucionar mis problemas solo, uno por uno, con la cabeza clara y buenas herramientas, como quizá lo hizo mi padre durante aquel tiempo que pasó en el refugio; acometía una tarea por vez y la sopesaba y sacaba los utensilios que necesitaba en el orden calculado, y empezaba en un extremo y a medida que trabajaba avanzaba hacia el otro, pensando y usando las manos, y le gustaba lo que hacía, como yo deseo que me guste lo que hago; superar los retos cotidianos, en ocasiones bastante difíciles, pero siempre con un límite claro, un comienzo y un fin que alcanzo a prever, y por la noche acabar cansado, pero no destrozado, y por la mañana despertarme fresco y prepararme café y encender la estufa y mirar la luz rojiza que se extiende sobre el bosque hacia el lago y vestirme y pasear por los senderos con *Lyra*, y luego emprender las labores en las que me he propuesto ocupar el día. Eso es lo que quiero, y sé que puedo lograrlo, que está en mí, la capacidad de estar solo, y que no tengo nada que temer. He visto y tomado parte en tantas cosas en esta vida mía..., aunque no voy a entrar en detalles sobre eso, porque también he tenido suerte, he sido el chico de los pantalones de oro, pero ahora me gustaría descansar un poco.

Pero luego está Lars, que seguramente me cae bien, por más que yo trate de evitarlo; está Lars, que se levanta de la mesa y se baja y se sube la visera hasta que la gorra encuentra su sitio, pero es que fuera ya anochece, y en cualquier caso ya no hay sol, y él me agradece la comida de un modo torpe, formal, como si acabáramos de tomar la cena de Navidad y él fuera el invitado que se muere de ganas de estar a cien leguas de allí. Sin duda se siente más a gusto al aire libre con un hacha o una sierra en las manos, que aquí dentro de mi casa, y me parece bien, yo lo entiendo. A mí me sucedería lo mismo, si yo fuera el invitado, y estuviéramos en su casa.

Me dirijo al vestíbulo y le abro la puerta a Lars y salgo para acompañarlo hasta las escaleras, y ahí está *Poker* sentado, esperando. Y cuando digo buenas noches y gracias por la ayuda, y él dice hemos hecho un buen trabajo con ese abedul, y ya nos encargaremos mañana de la raíz con una cadena, y entonces el perro se abre camino entre nosotros y se sienta a mirar fijamente a su dueño y gruñe, pero Lars se limita a girar sobre sus talones sin bajar la vista ni por un momento y pasa de largo delante de *Poker* y baja los dos escalones y cruza el patio y desciende por la cuesta hacia la cabaña en la que vive. El perro se queda desconcertado, con la lengua colgando, y se vuelve hacia mí, y yo simplemente me quedo reclinado contra la puerta, esperando, y no tengo ninguna orden liberadora que darle, y él de pronto agacha la cabeza y echa a andar detrás de Lars con actitud reticente, casi arrastrando las patas, yo en su lugar mejoraría mi comportamiento a toda prisa.

La hierba del patio está cubierta por una fina capa de nieve. No me he percatado de en qué momento ha empezado a cuajar, pero la temperatura ha caído, sigue nevando, y no hay signos de que vaya a remitir. Entro y cierro la puerta detrás de mí y aprieto el interruptor para apagar la luz de fuera. A Lars se le han olvidado sus guantes de trabajo, están donde él los ha dejado, sobre el zapatero, y los recojo y abro la puerta y me dispongo a gritarle algo, pero caigo en la cuenta de que no tiene sentido, claro, se los puedo dar mañana, no creo que ahora se vaya a poner a hacer algo para lo que necesite guantes.

Lars. Que dice que no pensaba en su hermano durante los años que estuvo en el mar, pero que se acuerda de las ciudades y de los puertos que éste visitó y del sello que llevaban los sobres que mandaba a casa y de cómo se llamaban los buques en los que se enrolaba y de los que se desenrolaba, y que consultaba el atlas del colegio para seguir con el dedo las rutas de los buques. El ya flaco y desgarbado Jon, bien agarrado a la borda, escudriña con ojos entornados y desafiantes la costa a la que se aproximan. Vienen de Marsella, y el dedo de Lars sigue el barco, que ha dejado atrás Sicilia y la punta de la bota italiana y después ha bajado en diagonal y ha pasado cerca de las islas griegas, y al sureste de Creta se respira algo nuevo en el aire, como si su consistencia no fuera la misma que hace sólo una jornada, pero eso Jon todavía no lo comprende, que el nuevo elemento en el aire es África. Y luego Lars lo acompaña en el trayecto a Port Said, al fondo del Mediterráneo, donde van a descargar y cargar el buque antes de atravesar el canal de Suez, con el desierto a ambos lados durante largos trechos y la extraña luz amarilla reflejada por millones de granos de arena relucientes al sol, y luego cruzar longitudinalmente el mar Rojo, primero hasta Yibuti en medio de un calor abrasador y luego hasta Adén, al otro lado del angosto estrecho que separa un mundo del otro, siempre tras la estela del joven poeta Rimbaud, que navegó por aquí casi setenta años antes para convertirse en alguien distinto de quien era y dejarlo todo a sus espaldas como un buceador del desierto de camino hacia el olvido y más tarde la muerte y eso yo lo sé, porque lo he leído en un libro. Pero Lars no lo sabe, ahí sentado frente al atlas abierto ante la mesa de la cocina de la casa situada junto al río, y Jon tampoco lo sabe, pero en Port Said ve sus primeras palmeras africanas bajo el cielo abrumadoramente bajo y azul. Ve los tejados planos de la ciudad, y ve bazares y mercados por todas las calles que bajan hasta el puerto y a lo largo del muelle en el que está atracado el *M/S Tijuka*. En esa ciudad no hay más que bazares, y voces que gritan en todos los idiomas y quieren venderte algo, que quieren que bajes por el *gangway*, precisamente tú, que estás ahí arriba aferrándote a la borda con los ojos reducidos a finas rendijas, y tienes que bajar y comprar algo que no te queda más remedio que poseer si sabes lo que te conviene, que transformará tu vida y te hará irreconociblemente feliz, y ofrecen un *special price for you today*, y se oye un vocerío ensordecedor y confuso, suenan platillos y timbales, y el hedor casi lo tumba de espaldas; una mezcla de olor a verduras pasadas y a carne de origen incierto que él no sospechaba siquiera que existiese en este mundo. Y huele a hierbas y especias y a algo que están asando en una fogata que vislumbra en la punta del muelle, y que no logra identificar, pero que despide un olor penetrante, y él se niega a abandonar el barco. Se entrega al trabajo de descarga con toda su energía juvenil, pero no baja por el *gangway*, ni en sus horas libres ni en ningún otro turno y, cuando cae bruscamente la oscuridad, se queda de pie sobre cubierta y contempla la vida que prosigue a un ritmo más pausado, suavemente iluminada por una combinación de lámparas eléctricas y velas, y todo resulta más atractivo que bajo la chillona luz del día, pero también más amenazador, con sus sombras vacilantes y sus estrechos callejones. Él tiene quince años y no desembarca en Port Said, y tampoco en Adén, ni en Yibuti.

Me despierto por la noche y me incorporo en la cama y escruto la oscuridad del exterior a través de la ventana. Sigue nevando, y sopla el viento, se ha formado un remolino ahí fuera, los copos de nieve arremeten contra la ventana. Allí donde estaba el camino que bajaba hacia el río, no hay ahora más que una gran manta blanca sin contornos de ningún tipo. Me arrastro hasta el borde de la cama, me levanto y entro en la cocina y enciendo la lamparita que descansa sobre la estufa. *Lyra* yergue la cabeza, tumbada en su sitio junto a la estufa negra, pero su mecanismo de relojería interno funciona perfectamente, ella sabe que no la voy a sacar ahora, son sólo las dos de la mañana. Voy al baño, o más bien al trastero que está junto a la entrada, donde hay una palangana, un cántaro grande con agua y un cubo en el suelo para cuando las inclemencias del tiempo me quitan las ganas de salir a la letrina. Allí hago un recado, y luego me pongo un jersey y un par de calcetines y me siento a la mesa de la cocina con una copa bastante pequeña y las últimas páginas de *A Tale of Two Cities*. La vida de Sydney Carton toca a su fin, en torno a él la sangre corre por todas partes, ve a través de un velo rojo la guillotina que trabaja a un ritmo regular, las cabezas caen en la cesta que se va llenando y es sustituida por otra cuando ya no caben más, y las mujeres que hacen calceta en las primeras tribunas van contando, diecinueve, veinte, veintiuno, veintidós, y él besa a la que lo antecede en la cola y le dice adiós y nos encontraremos en un país en el que no existen ni el tiempo ni el sufrimiento como aquí, y poco después sólo queda él, y murmura para sí y para el mundo: «*It is a far, far better thing that I do, than I have ever done.*» No es fácil contradecir a alguien que se encuentra en una situación así. Pobre Sydney Carton. Una lectura muy alentadora, todo hay que decirlo. Sonrío para mis adentros y me llevo el libro al salón y lo coloco en su sitio entre los otros libros de Dickens, y tras regresar a la cocina vacío la pequeña copa de un trago y apago la luz sobre la estufa y vuelvo a la alcoba y me acuesto. Me quedo dormido antes de que mi cabeza toque la almohada.

A las cinco de la mañana me despierta el zumbido de un tractor y el chirriante y traqueteante ruido de las palas de un quitanieves que se dirige a mi casa. Veo brillar las luces contra la ventana y entiendo inmediatamente de qué se trata, y me doy la vuelta y me duermo tranquilamente de nuevo, antes de que me venga a la cabeza un solo pensamiento negativo.

13

Tras aquella mañana que pasé con Franz el valle ofrecía otro aspecto. El bosque estaba distinto, y los prados estaban distintos, y quizás el río fuera el mismo, pero a la vez me parecía otro, y eso mismo me pasaba con mi padre cuando pensaba en las historias que me había contado Franz sobre él, por no hablar de lo que le había visto hacer en el muelle delante de la casa de Jon. No sabía si ahora lo consideraba más distante o más cercano a mí, si comprenderlo me costaba más o menos que antes, pero no cabía duda de que había cambiado, y no podía hablar con él sobre el asunto, porque no era él quien había abierto esa puerta, así que yo no tenía derecho a entrar, y ni siquiera estaba seguro de si quería.

Ahora yo notaba su impaciencia. No es que estuviera hosco ni irascible en modo alguno, estaba como había estado desde el momento en que llegamos aquí en el autobús, y aunque lo cierto es que percibía una gran diferencia en la sensación que me producía pensar en él, no conseguía ver esa diferencia en la realidad. Pero él se había hartado de esperar. Quería enviar los troncos río abajo. Y daba igual lo que hubiéramos hecho a lo largo del día: ir a la tienda, o remar hasta los pequeños rápidos para pescar desde la barca en el camino de regreso, o realizar labores de carpintería en el patio, o vagar por el terreno de la tala,

con guantes en las manos, recogiendo el desorden y apilando las ramas para encender una hoguera más tarde,
cuando el tiempo lo permitiera, puesto que él no quería
dejarlo todo hecho una mierda para cuando llegara el
futuro, el caso es que se acercaba al menos dos veces por
noche a las dos pilas de troncos que se alzaban a la orilla
del río, para darles unos empujones y pegar unos golpes
a la madera y calcular el ángulo de caída y la distancia
hasta el agua, con el propósito de comprobar si los troncos caerían en el sitio adecuado cuando los echasen abajo,
y luego lo revisaba todo una vez más. Lo cierto es que era
completamente innecesario, en mi opinión, porque saltaba a la vista que esos troncos irían a dar directamente al río
y que no se iban a trabar con nada, y seguramente él también lo sabía. Pero no podía evitarlo. A veces simplemente
olía los maderos, bueno, pegaba la nariz a las zonas desnudas, sin corteza, en las que aún relucía la resina, y aspi-
raba profundamente; y yo no sabía si lo hacía porque le
gustaba, como a mí, o porque su nariz era capaz de extraer
de ahí dentro información inaccesible para el resto de los
mortales. Tampoco sé si esa información era buena o mala,
pero en todo caso no lo ponía menos impaciente.

Luego llovió a mares durante dos días y, a la noche
siguiente, enfiló el camino cuesta arriba para hablar con
Franz y permaneció largo rato con él. Cuando regresó
a casa yo estaba tumbado en la litera de arriba leyendo
a la luz de un pequeño quinqué, porque ahora las noches
eran más oscuras, y él entró en el cuarto y se apoyó en
mi cama y dijo:

—Mañana nos arriesgaremos. Vamos a echar los troncos al río.

Al fijarme en su tono de voz comprendí inmediatamente que Franz no estaba de acuerdo con esta decisión.

Dejé un marcador de páginas en el punto del libro en que me había quedado y me asomé al borde del colchón y, con el brazo colgando, dejé caer el libro sobre la silla que estaba junto a la cama.

—Qué bien. Lo estoy deseando —dije. Y era verdad, lo estaba. Estaba deseando experimentar la parte física de la empresa, la presión sobre los brazos, la resistencia de los troncos y finalmente el momento en que éstos cedieran.

—Estupendo —dijo mi padre—. Franz bajará a ayudarnos. Ahora deberías dormirte para reunir fuerzas para mañana. Esto no va ser un juego de niños, eso seguro, porque sólo vamos a ser nosotros tres, y hay mucha madera. Ahora tengo que bajar a pensar un poco, y ya volveré dentro de una hora o así.

—Está bien —dije yo.

Él iba a bajar al río a sentarse en una roca a contemplar la vista, y a eso yo ya estaba acostumbrado, y no dudé de que fuera verdad lo que me había anunciado, pues bajaba a menudo a aquella roca.

—¿Apago la lámpara? —dijo, y yo se lo agradecí, y él se inclinó y llevó la mano detrás de la parte superior de la lámpara de queroseno y sopló dentro del tubo de cristal de modo que la llama se apagó y se redujo a una pequeña línea roja que brillaba a lo largo de la mecha y luego también desapareció, y todo quedó oscuro, pero no del todo. A través de la ventana vislumbraba el borde gris del bosque bajo el cielo gris, y mi padre dijo buenas noches, Trond, hasta mañana, y yo también dije buenas noches y hasta mañana, y luego se fue, y yo me volví hacia la pared. Antes de dormirme apoyé la frente contra los bastos troncos de la pared y aspiré el leve aroma a bosque que aún despedían.

Aquella noche me levanté una vez. Me descolgué de la litera con cuidado y no miré ni a derecha ni a izquierda, para atinar con la puerta, y luego salí un momento a la parte trasera de la cabaña. Allí estaba, descalzo, en calzoncillos, con el viento corriendo entre los árboles, muy por encima de mi cabeza, bajo unas nubes de color plomizo que me parecieron saturadas de lluvia y a punto de reventar, pero luego cerré los ojos y alcé la cara al cielo y no noté que cayera nada. Sólo notaba el aire fresco contra la piel, y el aroma de la resina y la madera, y el aroma de la tierra, y los sonidos de un pájaro cuyo nombre desconocía, que andaba a saltitos por el bosque y rascaba y hacía crujir las hojas y soltaba un piíto detrás de otro entre el denso follaje a un metro o dos de mi pie. Era un ruido extraño y solitario en medio de la noche, pero yo no sabía si era el pájaro el que me daba la impresión de estar solo o si era yo quien lo estaba.

Cuando volví a entrar mi padre estaba durmiendo en la cama, como había dicho que estaría. Me quedé quieto en la penumbra mirando su cabeza sobre la almohada: el cabello oscuro, la barba corta, los ojos cerrados y el rostro cerrado, sumido en el sueño de un lugar completamente distinto de esta cabaña en la que convivía conmigo. No había modo de llegar hasta él. Su respiración sonaba silenciosa y plácida, como si no tuviera una sola preocupación en este mundo, y quizá no la tuviera, y yo tampoco debería haberla tenido, pero estaba inquieto y no sabía qué pensar de nada, y aunque a él le resultaba fácil respirar, a mí no. Abrí bien la boca e inspiré tres o cuatro veces a grandes bocanadas hasta que se me ensanchó el pecho, y seguro que ofrecía un espectáculo extraño allí de pie, jadeando en una habitación en penumbra, y luego trepé a mi litera pasando por delante de mi padre, me acosté y me tapé con el edredón. No me dormí inmediatamente, sino que permanecí tumbado con la vista fija en el techo y estudiando los dibujos de las vetas que apenas entreveía y los nudos de la madera que parecían ir de acá para allá como diminutos bichos de patas invisibles; y al principio tenía el cuerpo agarrotado y se me relajó poco a poco al cabo de unos minutos, o quizás horas. Era imposible saberlo, porque no tenía noción del paso del tiempo ni de la habitación en que yacía, todo se limitaba a moverse como los radios de una rueda gigante a la que yo estaba atado, con la nuca en el eje y los pies en la circunferencia. Empecé a marearme y abrí los párpados para evitar que me vinieran náuseas.

Cuando desperté de nuevo la luz bañaba el alféizar de la ventana y era ya mediodía, y yo había dormido demasiado y estaba cansado y harto y no tenía las menores ganas de levantarme.

La puerta que daba al salón estaba abierta, la principal también y, si me incorporaba apoyándome en el codo, alcanzaba a ver el sol que entraba oblicuamente a través del vano y se reflejaba en el reluciente suelo. Flotaba un olor a desayuno en la cabaña, y oía a mi padre hablar con Franz allí fuera en el patio. Conversaban en un tono reposado, pacífico, casi perezoso, así que si ayer habían estado en desacuerdo sobre algo, en todo caso ya no lo estaban, y quizá Franz había comprendido lo importante que era el transporte de aquellos troncos para mi padre, y por eso los dos estaban dispuestos a arriesgarse, y coincidían en que eso era lo que se les daba bien a ellos, correr riesgos, mientras que yo no entendía en realidad por qué la madera no podía esperar un mes o dos o incluso hasta la primavera. Sea como fuere, ellos estaban en el patio al sol, trazando un plan sin precipitarse, por lo que llegué a entender, para la tarea que iban a acometer juntos en esta ocasión, como quizás habían hecho tantas veces antes cuando yo no sabía nada del asunto.

Me tumbé de nuevo sobre la almohada e intenté explicarme por qué me sentía tan pesado y tan harto, pero no me vino nada a la mente; ni frases, ni imágenes, sólo percibía un color lila tras los párpados y una sensación seca y dolorosa en la garganta, y luego pensé en los troncos apilados junto al río que serían derribados en cualquier momento, y yo quería participar. Quería ver aquellos troncos caer al agua, uno detrás de otro en un alud, y ver vaciarse el claro de la orilla, y entonces el olor a comida procedente del rincón de la cocina de pronto me ahuecó el estómago, y grité a través de las puertas:

—¿Habéis desayunado?

Los dos de fuera se echaron a reír, y fue Franz quien contestó:

—No, sólo estamos haciendo tiempo mientras te esperamos.

—Pobres de vosotros —respondí en voz alta—, entonces ya voy, si hay comida. —Y decidí que estaba de un humor estupendo a pesar de todo, y que me sentía ligero como una pluma. Me sobrepuse a mi apatía y salté de la cama como hacía siempre: aferrándome al canto de la cama, tomando impulso con el culo y describiendo una curva con las piernas desde la litera de arriba hasta el suelo, donde aterrizaba con la agilidad de un esquiador. Pero esta vez los muslos y las pantorrillas no consiguieron amortiguar el impacto, y mi rodilla derecha se golpeó contra las tablas del suelo, y me caí de costado. La rodilla me dolía tanto que estuve a punto de chillar. Los dos que se encontraban delante de la cabaña debieron de oír el golpe, porque mi padre gritó:

—¿Va todo bien ahí dentro? —Pero afortunadamente se quedó fuera con Franz. Yo cerré los ojos con fuerza.

—Sí, sí. Todo va bien aquí dentro —grité a mi vez, aunque no era eso lo que sentía. Me levanté trabajosamente agarrándome a la silla y me senté y me quedé sujetándome la rodilla con las dos manos. Al palparla me pareció que no tenía nada roto, pero el dolor, casi insoportable, me desesperaba y me aturdía un poco, y la cabeza me daba vueltas, y no me resultó fácil ponerme los pantalones, porque no podía doblar la pierna derecha, y estuve tentado de tirar la toalla y encaramarme de nuevo a la cama, si eso hubiera sido posible. Pero al final lo conseguí y me puse el resto de la ropa y salí cojeando al salón y me senté con la pierna estirada bajo la mesa antes de que Franz y mi padre terminaran de hablar y entraran.

Después de aquel desayuno tardío los dos adultos fregaron los platos inmediatamente, porque, según dijo mi padre, le gustaba que todo estuviera como una tacita de plata cuando regresaba cansado, y no encontrarse en medio del desorden y la porquería, y no entendí por qué, pero me dejaron quedarme sentado pese a que normalmente era mi obligación ayudar con los cacharros cuando mi hermana no venía con nosotros desde Oslo. En todo caso, me venía de perlas escaquearme en ese momento.

Estaban ahí de pie, de espaldas a la mesa, hablando y bromeando y entrechocando las tazas y los vasos, y Franz se arrancó con una canción que le había enseñado su padre sobre un glotón que colgaba en lo alto de un árbol. Resultó que mi padre también se sabía esa canción y que a él a su vez se la había enseñado su padre, y se pusieron a berrear a coro agitando los trapos y el cepillo al compás, y yo me imaginé al glotón con las piernas colgando de la punta de un abeto, y entonces aproveché la ocasión y apoyé la cabeza en las manos sobre la mesa ante mí, y quizás incluso eché un sueñecito. Pero cuando mi padre dijo: «Se acabaron las tonterías y las chorradas, ahora nos tenemos que poner manos a la obra, ¿no es verdad, Trond?», lo oí perfectamente y respondí con la boca llena de babas:

—Sí, eso es lo que tenemos que hacer. —Y erguí la cabeza y me sequé los labios, y de pronto no me sentía tan mal.

Al atravesar el patio hacia el cobertizo yo iba el último, intentando cojear lo menos posible, y en el trastero agarré una pértiga con gancho y me eché una soga al hombro, y mi padre también agarró una pértiga con gancho y dos hachas y un cuchillo, y Franz agarró una azada y una sierra recién afilada, todo eso guardábamos en aquel trastero, entre muchas otras cosas: varias sierras y martillos y dos guadañas y gatos y dos cepillos de carpintero y escoplos de diferentes tamaños, junto con varios alicates diferentes, colgaban de una serie de clavos a lo largo de la pared, y había un angular y una buena cantidad de herramientas que yo no sabía para qué servían, porque mi padre tenía un taller muy bien surtido allí en el cobertizo, y amaba aquellas herramientas y las limpiaba y las pulía y las untaba con diversos aceites para que olieran bien y duraran mucho, y cada una de ellas tenía su sitio especialísimo del que colgar o sobre el que descansar, y siempre estaban listas para usarse.

Mi padre cerró la puerta del cobertizo y la aseguró con la barra de madera, y luego bajamos por el sendero los tres, en fila, con los utensilios bajo el brazo y al hombro, camino del río y de las dos pilas de troncos, mi padre en cabeza y yo a la cola. Y el sol brillaba y cabrilleaba en el río, que bajaba crecido tras los chaparrones de los últimos días, y aquélla habría sido la imagen perfecta de aquel verano y de lo que hacíamos juntos, de no ser porque yo seguía renqueando pronunciadamente, y eso porque dentro de mí, no muy lejos de donde estaba el alma, pensaba yo, había algo desgastado y agotado que había debilitado mis pantorrillas y mis muslos e impedido que soportaran el peso que debían.

Al llegar a la orilla dejamos las herramientas sobre las piedras, y mi padre y Franz rodearon la primera pila y se detuvieron el uno al lado del otro, de espaldas al relumbrante y turbulento río, y con las cabezas ladeadas y las manos en la cintura estudiaron los pesados troncos apilados contra dos potentes soportes verticales, que a su vez estaban apuntalados por dos estacas bien clavadas en posición oblicua en el suelo, y, en principio, al retirar las estacas oblicuas los soportes caerían hacia delante y la pila se derrumbaría y todos los troncos echarían a rodar sobre los soportes, que funcionarían como rieles, y llegarían hasta el agua si la distancia y la pendiente estaban bien calculadas. Y, en opinión de Franz y de mi padre, todo estaba en orden. A continuación se arrodillaron para quitar las piedras y la gravilla de alrededor de las bases de las estacas oblicuas de modo que se pudieran tumbar con mayor facilidad. Una vez hecho eso, cada uno agarró una cuerda y la ató a una estaca, y los dos se apartaron hacia los costados de la pila con la punta de la cuerda en la mano, porque no querían estar en medio cuando el montón de maderos se viniera abajo. Había muchas maneras de hacer eso, y esta variante era patente de Franz. Aseguraba que nunca había conseguido echar todos los troncos al agua de un solo impulso, y no creía que fuera a conseguirlo tampoco esta vez, porque para eso se requería una pendiente muy concreta, además de un gran peso, y eran imprescindibles unas cuerdas y unos soportes increíblemente fuertes y quizá también una buena dosis de suerte, y por todo ello era un sistema bastante arriesgado, claro; quien es amante de la comodidad, a veces se ve obligado a correr grandes riesgos, decía Franz.

Entonces tensaron las cuerdas, cada uno desde su lado, e hincaron las botas en el suelo, y luego comenzaron la cuenta atrás en voz alta: ¡cinco, cuatro, tres, dos, uno, ahora!, y tiraron con todas sus fuerzas los dos a la vez de tal modo que las cuerdas restallaron, y las venas se les marcaban a los dos sobre la frente y se les oscureció el rostro. No pasó nada. Los troncos seguían donde estaban. Franz contó una vez más y gritó: ¡Ahora! Y volvieron a tirar y a jadear rítmicamente, y nada se movía a excepción de las facciones de ambos hombres, que apretaban los dientes y achicaban los ojos. Pero, por más muecas que hacían o por más fuerte que tiraran, las estacas se mantenían firmes.

—Hostia —dijo mi padre.

—Hostia puta —dijo Franz.

—Tendremos que cortarlas con el hacha —dijo mi padre.

—Es arriesgado —dijo Franz—, todos los maderos de mierda se nos pueden caer en la cabeza.

—Ya lo sé —dijo mi padre. Y luego fueron a recoger cada uno un hacha de la pila de herramientas y se dirigieron de nuevo a la parte delantera de la pila de troncos y arremetieron contra las estacas con brazos y cuerpos que destilaban irritación porque el plan no había dado resultado al primer intento, pues en ese sentido estaban malacostumbrados, y Franz volvió a exclamar «ostia puta», y luego dijo:

—Hay que dar los hachazos a compás.

—Eso haremos —dijo mi padre, y cada uno cambió de ritmo para ajustarlo al del otro, y los golpes de las hachas sonaban como un agudo chasquido por vez. Advertí que disfrutaban con ello, porque de pronto Franz sonrió y rompió a reír, y mi padre sonrió, y a mí me hubiera gustado ser como ellos, tener un amigo como Franz con el que manejar el hacha y trazar planes y emplear mis fuerzas y reírme y con el que asestar hachazos a compás junto a un río justamente como aquél, que era el de siempre y a la vez otro distinto, como ahora, pero el único amigo posible había desaparecido sin dejar rastro, y ya nadie hablaba de él. Tenía a mi padre, claro, pero no era lo mismo. Se había convertido en un hombre que llevaba una vida secreta tras la fachada que yo conocía, y quizás otra más oculta detrás de aquélla, y yo ya no sabía si confiar en él.

Ahora aceleró el ritmo junto a la pila, y Franz lo siguió, y entonces mi padre también rompió a reír y blandió el hacha con más energía, y de pronto oí un crujido procedente del punto que acababa de golpear con el hacha.

—¡Corre, hostia! —gritó, y giró sobre sus talones y se arrojó a un lado. Franz soltó una carcajada e hizo lo mismo. Las dos estacas se partieron una después de la otra. Los trozos clavados en el suelo se doblaron, y los soportes cayeron perfectamente hacia delante como estaba previsto, y entonces la pila se derrumbó con un estrépito como de cien cencerros juntos cuyo canto se propagó sobre el agua y se adentró en el bosque, y al menos la mitad de los troncos bajó rodando y prácticamente se precipitó al río. Se formó un hervor de burbujas por todas partes en un imponente caos de troncos y agua, y yo me alegré de estar ahí para presenciarlo.

Pero quedaron muchos maderos en tierra, y había que lanzarlos todos. Los tres pusimos manos a la obra, cada uno con su pértiga, y arrastrábamos y empujábamos y tirábamos, y a veces había que separar unos troncos de otros con la azada, cuando se quedaban atascados, o utilizar la cuerda para liberarlos de una aglomeración, y uno a uno iban cediendo. Los conducíamos con los ganchos hasta el río, entre dos hombres cada vez, y luego el agua salpicaba, y de pronto los troncos se alejaban lenta y dignamente corriente abajo con rumbo a Suecia.

Pronto empecé a notar cansancio. La sensación que estaba esperando, que debía elevarme y embriagarme e infundirme ánimos para llevar a cabo el trabajo e impulsarme con ligereza cada vez que daba un empujón a un tronco, nunca llegó a apoderarse de mis piernas ni de mis brazos ni de ninguna otra parte de mi cuerpo como yo había deseado. Por el contrario, me sentía vacío y desmañado y tenía que concentrarme en hacer una cosa cada vez para evitar que los demás se percataran del estado en que me encontraba. Me dolía la rodilla, y experimenté un gran alivio cuando mi padre por fin gritó que había llegado el momento de tomarse un descanso. La mayor parte de la pila ya había sido expedida al río, sólo faltaban unos pocos restos, pero nos quedaba otra pila entera que despachar, claro. Me arrastré hasta el pino en el que colgaba la cruz de madera que Franz había clavado una noche de 1944 porque un hombre de Oslo con unos pantalones demasiado anchos y finos había muerto allí, abatido por balas alemanas, y me tumbé sobre las matas bajo la cruz, con la cabeza apoyada sobre una de las grandes raíces, y me dormí inmediatamente.

Cuando me desperté, la madre de Jon estaba inclinada sobre mí, con el sol a la espalda y una mano en mi pelo, y llevaba puesto el vestido de algodón de flores azules y una expresión grave en la cara, y me preguntó si tenía hambre. Por un instante fui el hombre de los pantalones anchos, que al final no estaba muerto, sino que volvía en sí y se encontraba con la mirada de ella, que seguía allí a su lado, pero luego él se escurrió y desapareció. Se me cerraban los párpados y noté que me sonrojaba y supe inmediatamente que era porque había estado soñando con ella, y no recordaba qué, pero en aquel sueño había habido un calor intenso y extraño que no me atrevía a reconocer ahora que tenía sus ojos fijos en los míos. Asentí con la cabeza e intenté sonreír y empecé a incorporarme apoyándome sobre un brazo.

—Ya voy —dije, y ella comentó:

—Muy bien, ven rápido, anda, que ya está la comida. —Y me dedicó una sonrisa tan imprevista que tuve que desviar la vista, por encima del agua que fluía cada vez más alta detrás de ella, hasta la otra orilla, donde de pronto descubrí que dos de los caballos de Barkald nos observaban descaradamente desde la cima de la loma, al otro lado de la valla del prado, con las orejas de punta, levantando y dejando caer los cascos, como dos caballos fantasma que vaticinaban una crisis inminente.

Ella, que estaba de rodillas, se puso directamente de pie con un solo movimiento fluido, como si fuera la cosa más sencilla del mundo, y se dirigió hacia la chisporroteante fogata que había encendido Franz o mi padre, en el claro sobre el que se había alzado la primera pila. Olía a tocino asado y a café, y a humo olía, y a troncos y a matas y al calor del sol y a un aroma completamente especial que no había percibido en ningún otro sitio más que en aquel río, que no sabía de dónde procedía, pero que quizá fuera una combinación de todo lo que había precisamente allí; un denominador común, una suma, y tal vez, si me marchaba de allí y no regresaba, nunca volvería a percibirlo.

Un poco más allá de la hoguera estaba Lars sentado sobre una roca junto al agua. En la mano tenía un haz de ramillas, y las iba quebrando a la misma longitud y las disponía en un montón junto al agua, en una pendiente cubierta de hierba, y delante del montón había hincado en el suelo dos varas afiladas a manera de soportes. Iba apilando las ramillas contra ellas. Me acerqué a él y me acuclillé. La pierna me dolía mucho menos después de la cabezadita, así que supuse que no me iba a quedar inválido después de todo.

—Esa pila tiene muy buena pinta —dije.

—No son más que unas ramillas —dijo él, en voz baja y seria, sin volverse.

—Ya —dije—, supongo que no. Pero de todos modos tiene buena pinta. Es como una auténtica miniatura.

—No sé qué es una miniatura —dijo Lars en voz baja.

Me detuve a pensar. Yo tampoco lo sabía, en realidad, pero dije:

—Me imagino que será cuando algo muy pequeño es exactamente igual que algo grande. Sólo que en pequeño, vamos. ¿Lo entiendes?

—Psé. Bueno, no son más que unas ramillas.

—Está bien —dije—. No son más que unas ramillas. ¿No quieres comer nada?

Él negó con la cabeza.

—No —dijo, en un tono apenas perceptible—, no voy a comer nada. —Dijo «comer», como había dicho yo, y no «zampar», como habría dicho normalmente.

—Bueno —dije yo—. Eso también está bien. Tampoco es que sea obligatorio, joder. —Me levanté con cuidado, apoyando el peso sobre la pierna izquierda—. Lo que es yo, al menos, tengo hambre —dije, y le di la espalda y avancé un par de pasos y entonces lo oí decir:

—Maté a mi hermano.

Me di la vuelta y desanduve los dos pasos. Tenía la boca un poco seca.

—Ya lo sé —dije, casi en un susurro—. Pero no fue culpa tuya. No sabías que la escopeta estaba cargada.

—No —dijo—, no lo sabía.

—Fue un accidente.

—Sí. Fue un accidente.

—¿Estás seguro de que no quieres nada de comer?

—Sí —dijo—. Me quedo aquí.

—Muy bien —dije—, siempre puedes venir dentro de un rato, cuando tengas hambre. —Y contemplé su cabello y lo poco que alcanzaba a ver de su rostro, joder, no contaba más que diez años, y nada se movió, y él no tenía nada más que decir.

Me encaminé hacia la hoguera, junto a la que estaba repantigado mi padre, de espaldas al río, al lado de la madre de Jon, sobre uno de los troncos que todavía no habíamos echado al agua. No se hallaba tan pegado a ella como aquella mañana en el muelle, pero bastante cerca de todos modos, y aquellas espaldas rezumaban seguridad, casi autocomplacencia, y de repente eso me irritó enormemente. Franz estaba sentado solo frente a ellos, sobre un tocón, con un plato de hojalata en la mano, vislumbré su cara barbuda a través de la hoguera y el humo transparente, y ya habían partido el pan.

—Ven, Trond, siéntate aquí conmigo —dijo Franz con la voz un poco tensa y dando unas palmaditas a un tocón próximo al suyo—, ahora necesitas comer. Queda mucho trabajo por hacer. Tenemos que zampar para conseguirlo.

Pero no me senté sobre ese tocón. Hice algo que entonces me pareció inaudito, y me lo sigue pareciendo, porque me acerqué rápidamente hacia mi padre y la madre de Jon y pasé una pierna por encima del tronco sobre el que estaban sentados y me hice sin más un hueco entre ellos. En realidad no había espacio, así que me apretujé con fuerza contra ellos y sobre todo contra el suave cuerpo de ella, que apenas oponía resistencia a mis movimientos agresivos y torpes, y me entristecía al hacerlo, pero lo hice de todos modos, y ella se apartó, y mi padre estaba rígido como una tabla.

—Aquí sentado se está muy bien.

—Ah, ¿sí? ¿Tú crees? —dijo mi padre.

—Desde luego —dije—. En tan buena compañía... —Posé la vista directamente en los ojos de Franz y la mantuve allí, y él empezó a vacilar con la mirada y al final la clavó en su plato con la boca torcida en una extraña mueca, y apenas masticaba. Yo agarré un plato y un tenedor, y me incliné hacia delante y empecé a servirme de la sartén que estaba colocada en posición perfectamente horizontal sobre una roca, junto a la hoguera.

»Qué buena pinta tiene esto —dije, y me eché a reír y oí que la voz me salía con un timbre estridente y a un volumen mucho más alto de lo que yo pretendía.

14

Lucho por emerger del sueño, por subir hacia la luz, y, en efecto, veo la luz sobre mí. Es como estar bajo el agua; la superficie azul centellea allá arriba, tan cerca y tan inalcanzable al mismo tiempo, porque nada se mueve con rapidez en las capas violáceas de aquí abajo, y ya he estado aquí antes, pero ahora no sé si voy a llegar arriba a tiempo. Alargo los brazos al máximo, mareado de agotamiento, y de pronto noto un aire frío contra las palmas de las manos, y me impulso con las piernas y mi rostro atraviesa la membrana superior y consigo abrir la boca y tomar aire. Luego abro los ojos, y ya no hay luz, sino que está tan oscuro como abajo en las profundidades. La decepción me sabe a ceniza en la boca, no era aquí adonde quería ir. Inspiro profundamente y aprieto los labios y estoy a punto de zambullirme de nuevo cuando comprendo que estoy tendido en la cama, debajo del edredón, en esta alcoba contigua a la cocina, que aún falta para que amanezca y sigue siendo completamente de noche, que no hay motivos para seguir conteniendo la respiración. Suelto el aire y rompo a reír de alivio contra la almohada, y luego me deshago en llanto antes de que me dé tiempo a entender por qué. Esto es nuevo para mí, no recuerdo la última vez que se me escaparon las lágrimas, y la llorera me dura un rato, y pienso: si una mañana no alcanzo esa superficie, ¿querrá eso decir que me muero?

Pero no lloro por eso. Podría salir a tumbarme en la nieve hasta que el frío me dejara aterido y me llevara al borde de la muerte, para averiguar qué se siente. No me costaría mucho mentalizarme para eso. Pero es que no es la muerte lo que me asusta. Me vuelvo hacia la pequeña mesilla y miro la esfera luminosa del reloj. Son las seis. Es mi hora. He de ponerme en marcha. Aparto el edredón y me incorporo, echando el cuerpo a un lado. Esta vez no se me resiente la espalda, y me quedo sentado en el borde del colchón con los pies sobre una jarapa que he extendido junto a mi cama para que no me recorra un escalofrío cada vez que mis plantas tocan el suelo en la época fría del año. A la larga tendré que instalar un entarimado nuevo con una capa de aislamiento. En primavera, quizá, si hay suficiente dinero. Por supuesto que habrá suficiente dinero. ¿Cuándo dejaré de preocuparme por eso? Enciendo la lámpara junto a la cama. Me estiro para agarrar el pantalón que cuelga de la silla y lo alcanzo con la mano, pero me detengo ahí. No sé. No estoy despejado. Tengo cosas que hacer. Tengo que cambiar varias tablas del suelo del porche antes de que alguien las pise y se rompa una pierna, era en eso en lo que pensaba ocuparme hoy. He comprado madera ya tratada y clavos de tres pulgadas, eso debería bastar, a mí me parece que los de cuatro pulgadas son demasiado bastos, y luego debería partir los troncos del abeto seco en tarugos del tamaño apropiado, eso aún no lo he hecho y no debería esperar demasiado, es obvio, ahora que se acerca el invierno de verdad. Al menos eso parece, y más tarde vendrá Lars, y vamos a retirar la enorme raíz arrastrándola con el coche y la cadena. En realidad, creo que será divertido encargarse de eso. Echo un vistazo por la ventana. Ha dejado de nevar. Atisbo débilmente los contornos de la nieve acumulada junto al camino. Quizá no resulte fácil trabajar fuera hoy.

Dejo caer el pantalón y me vuelvo a tumbar sobre la almohada. Había algo inquietante en ese sueño. Sé que soy capaz de desentrañar el sentido si quiero, eso de reconstruir se me da bien o al menos antes se me daba bien, pero no sé si quiero. Era un sueño erótico, los tengo a menudo, lo reconozco, tampoco es que estén reservados para los adolescentes. En éste aparecía la madre de Jon, tal y como era aquel verano de 1948, y yo tal y como soy ahora, con sesenta y siete años y más de cincuenta años después, y quizá mi padre también estuviera por ahí en algún sitio, entre bastidores, en las sombras, se intuía su presencia, y basta con rozar ese sueño para que se me forme un nudo en el estómago. Creo que debo soltarlo para que se hunda hasta el fondo y se acomode allí abajo, en su sitio, entre todos los demás que he tenido y no me atrevo a tocar. Esa etapa de mi vida en que sabía sacar provecho de los sueños ha quedado atrás. Ya no voy a cambiar nada, voy a quedarme aquí. Si lo consigo. Ése es el plan.

Así que me levanto. A las seis y cuarto. *Lyra* deja su sitio junto a la estufa y se acerca a la puerta de la cocina y se pone a esperar. Vuelve la cabeza y me mira, y hay una confianza en esa mirada que no sé si merezco. Pero quizá no se trate de eso, de merecerla o no, quizás esa confianza simplemente exista, con independencia de quién seas y de lo que hayas hecho, y no haya que colocarla en uno u otro lado de la balanza. Esta idea me gusta. *Good dog*, *Lyra*, pienso, *good dog*. Le abro la puerta y la dejo salir al vestíbulo y de ahí al exterior. Enciendo la bombilla de fuera desde dentro y salgo yo también y me paro a contemplar. *Lyra* se planta de un salto en la nieve que la luz tiñe de amarillo y que forma grandes cúmulos excepto en la zona del patio que Åslien ha despejado tan hábilmente. Ha trazado un gran círculo, sorteando mi coche por unos pocos milímetros, y ha empujado la gran raíz de acá para allá con su pala quitanieves, probablemente porque le entorpecía el paso todo el rato, y al final la ha dejado a un lado, donde está ahora: en un lugar accesible y lista para ser retirada. Incluso ha quitado la nieve de una franja a lo largo de la pared de la casa, cerca de la linde del bosque, adonde suelo salir a orinar cuando no quiero sobrecargar la pequeña letrina exterior. Quizá sea su manera de proponerme sutilmente que aparque allí el coche para que no estorbe a la máquina en el futuro, ¿o quizás él también tenga letrina exterior?

Dejo a *Lyra* fuera en el patio para que olisquee por su cuenta ese nuevo mundo blanco y cierro la puerta y entro para encender la estufa. Hoy lo logro sin la menor dificultad, poco después la leña arde con un crepitar seco y tranquilizador tras las planchas de hierro negro, y dejo apagada durante un rato la lámpara del techo, manteniendo el cuarto en penumbra para que las llamas rojizas de la estufa arrojen un brillo claro y trémulo contra el suelo y las paredes. Esta imagen me baja el ritmo de la respiración y me tranquiliza como seguramente lleva haciendo miles de años con los seres humanos: deja que los lobos aúllen, aquí junto a la hoguera estamos seguros.

Pongo la mesa para el desayuno y sigo sin encender la luz. Luego dejo a *Lyra* entrar del frío para que se tumbe ante la estufa antes de que salgamos juntos. Me siento a la mesa y miro por la ventana. He apagado la bombilla del patio para que sólo reluzcan las superficies propias de las cosas, pero todavía es demasiado temprano para que salga el sol, sólo se insinúa un tenue resplandor rosado sobre los árboles próximos al lago, líneas difusas como las de un lápiz de color con una mina demasiado dura, aunque hay más claridad que antes, a causa de la nieve; la separación entre cielo y tierra se distingue perfectamente, por primera vez en todo este otoño. Y luego comienzo a comer, despacio, y me olvido del sueño por el momento y, cuando termino, quito la mesa y me dirijo al vestíbulo y me pongo las botas de caña alta y la vieja chaqueta de paño, que abriga mucho, y un gorro con orejeras y manoplas, y la bufanda de lana que llevo alrededor del cuello desde hace al menos veinte años, que una mujer me tejió cuando yo era un hombre divorciado, y no me viene a la cabeza su nombre, pero recuerdo sus manos durante el tiempo que pasamos juntos; nunca estaban quietas. Pero por lo demás era silenciosa y de carácter discreto; sólo el entrechocar de las agujas de punto rompía el silencio, y a mí me resultaba todo un poco demasiado insulso, y la relación acabó silenciosa e imperceptiblemente en nada.

Lyra me espera ante la puerta, alerta y meneando el rabo, y agarro la linterna del estante y le desenrosco la base y cambio las pilas viejas por unas nuevas que tengo ahí preparadas sobre el mismo estante, y luego nos vamos. Yo salgo primero, y ella me sigue cuando se lo ordeno. Es que yo soy el jefe, claro, pero a ella no le importa esperar, porque conoce bien nuestro sistema y sonríe como sólo puede sonreír un perro y pega un brinco de al menos un metro de silenciosa altura con el que salva toda la escalera de una sola vez cuando le digo «vamos» en voz baja. Casi aterriza en mis brazos. Todavía conserva el cachorro que lleva dentro.

Enciendo la linterna y empezamos a descender la cuesta que ha despejado Åslien, abriendo un camino estrecho con bordes de nieve elegantemente marcados y una curva que conduce al puente sobre el riachuelo y a la cabaña de Lars al otro lado y sin duda también a la carretera general por entre los abetos; y luego nos detenemos, y yo enfoco con la linterna el sendero por el que solemos pasear a lo largo de la corriente hasta la laguna. Ahora hay mucha nieve, y no sé si tengo fuerzas para abrirme paso por ahí. Pero entonces sólo queda otra dirección en la que continuar avanzando: de frente. Por ahí nunca hemos caminado juntos; nunca hemos recorrido el último trecho hasta la carretera general para luego seguir por ella, porque entonces tendría que llevar a *Lyra* atada a causa de los coches, y eso no resultaría muy satisfactorio para ninguno de los dos. Para eso mejor me hubiera quedado a vivir en la ciudad, yendo y viniendo por las mismas tristes calles por las que deambulé durante tres años pensando que algún día aquello terminaría, que algo tenía que suceder, porque si no yo estaría acabado. Y entonces pienso: ¿por qué no iba a cansarme? ¿Qué otra cosa quiero hacer con mi vida para la que necesito ahorrar las energías? Paso por encima del borde que ha dejado el quitanieves y sobre los primeros cúmulos, y empiezo a bajar con la linterna encendida, y en algunos sitios el viento se ha llevado la nieve del sendero y el suelo está duro y se puede caminar bien por él, pero en otros lugares la nieve forma altos montículos, y de verdad que ha sido muy buena idea ponerme las botas, las levanto muy bien y lanzo hacia delante una pierna detrás de la otra, primero la derecha y la dejo hundirse, y luego la pierna izquierda y la dejo hundirse, y luego repito los movimientos, y de este modo me abro paso en los tramos más malos. Sobre mi cabeza comienza a clarear, y hay estrellas visibles en el cielo, un poco pálidas ahora que la noche toca a su fin, pero por ahora no nevará más. Cuando el día llegue de verdad, brillará el sol, aunque no tan radiante, tan vibrantemente caluroso como un día que de pronto me da por rememorar, un día de finales de junio de 1945, en que mi hermana y yo estábamos de pie ante la ventana del segundo piso, con vistas a la parte interior del fiordo de Oslo y a los campos de Nesodd y al fiordo de Bunne, y era verano y una luz cegadora reverberaba en el agua, y los barcos histéricos, con todo el velamen desplegado, navegaban en zigzag de una playa a otra de la Noruega recién liberada, y en su entusiasmo casi volvían las velas contra el viento, y no se cansaban nunca, y los que iban a bordo cantaban y no se avergonzaban, mejor para ellos, claro. Pero yo ya me había hartado de todo, me había cansado de esperar, había visto a esa gente tantas veces, en el Studenterlund del centro y en el refugio de Østmarksetra, en los baños de las playas de Ingier y de Fager, cuando salíamos allí en una embarcación que nos prestaban, y en muchos otros sitios donde alborotaban y berreaban y nunca querían enterarse de que la fiesta había terminado. Por eso no era el fiordo lo que oteábamos, de ese lado no llegaba nada que valiera la pena esperar. Lo que estábamos haciendo aquel día, mi hermana y yo, era mirar fijamente el camino por el que mi padre subía a paso cansino por Nielsenbakken desde la estación de Ljan, de vuelta a casa desde Suecia una vez finalizada la guerra, con mucho retraso, con mucho cuidado, en un desgastado traje gris, con una mochila gris a la espalda de la que sobresalía algo que parecía una caña de pescar, y no arrastraba la pierna, no cojeaba, no estaba herido por lo que alcanzábamos a ver, pero andaba despacio de todos modos, como envuelto en un gran silencio, en un vacío, y no recuerdo por qué nos encontrábamos allí de pie ante la ventana, en lugar de haber ido a la estación un buen rato antes de que llegara el tren o de haber salido a recibirlo al camino. Quizás estábamos algo cohibidos. Al menos sé que yo lo estaba, como siempre, y mi madre lo aguardaba en el umbral de la puerta de la planta baja y se mordía el labio y retorcía el pañuelo empapado entre las manos y no conseguía mantener quietos los pies. Se removía inquieta, como si tuviera que ir al baño, y luego, incapaz de contenerse más, salió corriendo al camino y, ante los testigos que la observaban atentamente desde sus respectivos jardines, se arrojó en brazos de mi padre. Que era lo que debía hacer, claro, lo que se esperaba de ella, y entonces era todavía joven y ágil, pero la imagen que guardo de ella es la de la persona en que se convirtió más tarde: una mujer amargada, marcada, mucho más pesada.

Mi padre sin duda preveía un recibimiento así, estoy seguro de ello. No lo habíamos visto en ocho meses y no habíamos recibido noticias hasta dos días antes, así que sabíamos que venía. Mi hermana bajó las escaleras a grandes zancadas y salió al camino donde imitó cada uno de los movimientos de mi madre, para mi bochorno, y yo la seguí lentamente; no era fácil dejarse llevar por la alegría, yo no era así. Me detuve junto al buzón y me apoyé en él y me quedé contemplando a las dos que estaban en medio del camino apretujando a mi padre. Por encima de sus hombros atisbé la mirada de él; primero reflejaba aturdimiento, indefensión, luego buscó la mía y yo busqué la suya. Lo saludé tímidamente asintiendo con la cabeza. Él me devolvió el gesto y esbozó una sonrisa, una sonrisa dedicada sólo a mí, una sonrisa secreta, y comprendí que a partir de ese momento se trataba de nosotros dos y que teníamos un pacto. Y a pesar de todo el tiempo que él había pasado fuera, aquel día lo sentí más cercano que antes de que empezara la guerra. Yo contaba doce años, y una sola mirada bastó para que mi vida cambiara su eje de un punto a otro, de ella a él, y tomara un nuevo rumbo.

Pero quizá me emocioné demasiado.

Llego jadeando hasta el banco cubierto de nieve, a la orilla del agua, el lago de los Cisnes, así lo bautizo ahora para mis adentros, como lo haría un niño, y el lago de los Cisnes aparece despejado y negro a la luz de la linterna. Aún no se ha helado, no ha hecho tanto frío. Tampoco hay un solo cisne a la vista, a estas horas. Supongo que durante la noche se resguardarán entre los densos juncos de tierra firme, con sus largos cuellos blancos arqueados, como lazos revestidos de plumas, y la cabeza bajo el ala, los imagino claramente, y que, mientras no se congele la superficie, saldrán a nadar cuando el sol venga a pastar sobre la tierra a lo largo de la ribera. En cuanto a lo que hacen cuando el lago se hiela, la verdad es que no he reflexionado sobre ello. ¿Por qué no se marchan volando hacia el sur, hacia lagos libres de hielo? ¿Se quedarán aquí hasta la primavera? ¿Permanecen los cisnes en Noruega durante el invierno? He de averiguarlo.

Quito la nieve del banco con amplios movimientos circulares del brazo y luego me deshago de lo que queda con las manoplas y me tapo bien el trasero con la chaqueta de paño y me siento. *Lyra* resopla y corretea feliz, y en un sitio se tira al suelo y se revuelca, de un lado a otro, con las patas en alto, y restriega el lomo contra la nieve con gran deleite, para impregnarse el cuerpo del olor de lo que sea que ha estado allí antes. Un zorro, quizás. En ese caso habrá que lavarla cuando lleguemos a casa, porque no es la primera vez que pasa, y sé cómo olerá cuando estemos en la cocina. Pero todavía es de noche, y me puedo quedar aquí junto al lago de los Cisnes pensando en lo que se me antoje.

15

Camino cuesta arriba de regreso a mi casa. La luz del día irrumpe en un estallido de rojo y amarillo, la temperatura asciende, lo noto en la cara, y no descarto que la mayor parte de la nieve se derrita, quizás incluso antes del atardecer. Con independencia de lo que haya pensado antes, justo ahora eso supondría una decepción para mí.

En el patio hay un coche aparcado junto al mío. Lo veo perfectamente desde la parte baja de la pendiente, es un Mitsubishi Spacewagon blanco, más o menos como el que estuve pensando en agenciarme por la pinta tan robusta que tenía y porque encajaba con el sitio donde estaba la casa que me había comprado y a la que me iba a mudar, y así veía yo toda la situación en aquel momento, una vez que me hube decidido: como algo sólido, y me gustaba, yo mismo me sentía más sólido, tras pasar tres años en un pasillo de cristal donde el menor movimiento ocasionaba que todo se resquebrajara, y la primera camisa que me sedujo después de la mudanza fue una de cuadros rojos y negros, una camisa gruesa de franela como las que no había vuelto a usar desde los años cincuenta.

Delante del Mitsubishi blanco hay una persona de pie, una mujer, por lo que parece, con un abrigo oscuro, la cabeza descubierta y una cabellera rubia y rizada por causas naturales o técnicas, y advierto que no ha apagado el motor, pues veo el humo del tubo de escape elevarse silencioso y blanco contra los oscuros árboles que crecen detrás del patio. Espera tranquilamente con una mano en la frente, o en el pelo, y dirige la vista hacia el camino por el que subo yo, y hay algo en esa silueta que me resulta familiar, y entonces *Lyra* la ve y sale disparada hacia delante. No he oído el ruido del motor al acercarse ni me he fijado en las huellas de neumáticos cuando hemos pasado del sendero al camino, pero es que tampoco esperaba ningún coche, no a estas horas del día. No pueden ser más de las ocho. Echo un vistazo al reloj de pulsera; marca las ocho y media. Bueno.

Es mi hija la que está ahí. La mayor de las dos. Se llama Ellen. Ha encendido un cigarrillo y lo sostiene como siempre lo ha hecho, con los dedos extendidos a cierta distancia del cuerpo, como si estuviera a punto de pasárselo a otra persona, o quisiera aparentar que no es suyo. Este detalle me habría bastado para reconocerla. Calculo rápidamente que debe de tener treinta y nueve años. Todavía es una mujer guapa. No creo que lo haya heredado de mí, pero su madre desde luego era guapa. No veo a Ellen desde hace medio año, por lo menos, y no he hablado con ella desde que me mudé, o incluso desde un buen tiempo antes, de hecho. Para ser franco, no he pensado mucho en ella, ni tampoco en su hermana, en realidad. Ha habido tantas otras cosas... Alcanzo la cima de la cuesta, y *Lyra* está ante Ellen meneando el rabo y recibiendo caricias en la cabeza, y ellas dos no se conocen, pero a Ellen le gustan los perros y se gana su confianza inmediatamente. Así ha sido desde pequeña. Por lo que recuerdo, ella también tenía un perro cuando la visité en su casa por última vez. Un perro marrón. Eso es todo lo que he retenido. Ya ha llovido bastante desde entonces. Me detengo y sonrío con la mayor naturalidad posible, y ella se endereza y me mira.

—Eres tú —le digo.

—Sí, soy yo. Supongo que ha sido una sorpresa para ti.

—Eso no lo puedo negar —digo—. Has salido muy temprano.

En sus labios se dibuja una especie de media sonrisa que se desvanece lentamente, y ella pega una calada, suelta el aire despacio y se aparta el cigarrillo del cuerpo con el brazo casi estirado. Ya no sonríe. Eso me preocupa un poco.

—¿Temprano? —dice—. Quizá sí. De todos modos no podía dormir, así que me daba igual salir temprano. He salido sobre las siete, cuando ya se habían ido de casa los que tenían que irse. Hoy me he tomado el día libre, ya hace días que decidí hacerlo. No he tardado mucho más de una hora en llegar aquí. Pensaba que sería un trayecto más largo. Me ha producido una sensación extraña ver que esto no estaba más lejos. Acabo de llegar. Hace un cuarto de hora.

—No he oído el coche —digo yo—. Estaba en el bosque, allí abajo en la laguna. Había bastante nieve. —Me doy la vuelta y señalo, y antes de que me vuelva de nuevo ella tira el cigarrillo en mi patio, lo apaga con el zapato y avanza dos o tres pasos hacia mí y me echa los brazos alrededor del cuello y me abraza. Huele bien y tiene la misma altura que siempre. Eso no es tan raro, la gente no crece a los treinta y tantos años, pero hubo un tiempo en que yo me pasaba la mayor parte del año de viaje, yendo y viniendo, yendo y viniendo desde todos los rincones de Noruega, y cuando paraba en casa, encontraba más crecidas a las dos chicas, o eso me parecía a mí, y me esperaban tan calladas una junto a la otra en el sofá, y yo sabía que mantenían la vista clavada en la puerta por la que iba a entrar yo, y eso me desconcertaba, recuerdo, y me abrumaba a veces, cuando por fin entraba y las veía ahí sentadas, cortadas y expectantes. Ahora también estoy un poco abrumado, porque me estrecha contra sí y dice:

—Hola, padre mío. Me alegro de verte.

—Hola, hija mía, igualmente —digo yo, y ella no me suelta, sino que se queda en la misma posición y dice en voz apenas audible con la boca muy cerca de mi cuello:

—He tenido que llamar a todos los ayuntamientos en un radio de cien kilómetros para averiguar dónde vives. Me ha llevado semanas. Pero es que ni siquiera tienes teléfono.

—No, al parecer no tengo.

—No, desde luego que no tienes. Joder —dice, y me da varios golpes en la parte alta de la espalda, no demasiado suaves, por cierto.

—Oye, oye —digo—, recuerda que soy un pobre viejo. —Y tengo la impresión de que se pone a llorar, pero no estoy seguro. Comoquiera que sea, se abraza a mi cuello con tal fuerza que me cuesta respirar, y no la aparto de mí, me limito por ahora a contener el aliento y la rodeo con los brazos, quizás un poco demasiado tímidamente, y me quedo esperando así hasta que ella deja de apretarme, y entonces bajo los brazos y suelto el aire.

»Supongo que ya puedes apagar el motor —digo, jadeando un poco, y señalo con la cabeza el Mitsubishi, que ronronea por lo bajo. Los primeros rayos del sol se reflejan en el esmalte blanco recién pulido y me deslumbran. Me escuecen los ojos. Cierro los párpados por unos instantes.

—Ah, sí —dice ella—, tienes razón. Así que es verdad que vives aquí. Ni siquiera he reconocido tu coche, creía que me había equivocado de sitio.

Oigo sus pisadas en la nieve cuando rodea su coche, y me retiro un par de pasos mientras ella abre la portezuela, se agacha hacia el interior y gira la llave y apaga las luces. Se impone el silencio. Veo que efectivamente ha llorado un poco.

—Bueno, entra conmigo y toma un poco de café —digo—. Necesito sentarme, el paseo por la nieve me ha dejado completamente agotado. Soy un pobre viejo, ya te lo he dicho. ¿Has desayunado?

—No —dice ella—, no he querido perder tiempo en eso.

—Pues entonces prepararemos un poco de comida. Vamos.

Al oír la palabra «vamos», *Lyra* reacciona y va hasta la escalera y sube los dos escalones y se sitúa ante la puerta.

—Qué buena perra —dice mi hija—, ¿desde cuándo la tienes? Ya no es exactamente un cachorro.

—Desde hace medio año largo. Me pasé por la granja ésa de las afueras de Oslo donde se dedican a buscar hogares para los perros. No recuerdo cómo se llama el sitio. Decidí quedarme con ella inmediatamente, sin dudarlo, vino derecha hacia mí y se sentó y meneó el rabo. Prácticamente se me insinuó —digo con una risita—. Pero no sabían la edad que tenía, ni de qué raza es.

—Se llama CAA. Centro de Acogida de Animales. Yo estuve allí una vez. Me parece que tu perra no es de una raza muy definida. En Inglaterra los llaman British Standard, que es una manera fina de decir que es una mezcla de todo lo que anda por las calles. Pero es un encanto de perra, la verdad. ¿Cómo se llama?

Ellen estudió en Inglaterra durante un par de años y sacó mucho partido de aquella experiencia. Pero entonces era ya mayor. Antes de eso hubo un tiempo en que no sacaba partido de casi nada.

—Se llama *Lyra*. No se me ocurrió a mí. Lo ponía en el collar que llevaba. De todas maneras, me alegro de haberla elegido a ella —digo—. No me he arrepentido ni por un momento. Estamos bien juntos, y con ella me resulta mucho más fácil vivir solo.

Esto último me suena un poco quejumbroso y desleal para con mi vida en este lugar, no tengo por qué justificarla o explicársela a nadie, ni siquiera a esta hija mía, a la que aprecio bastante, todo hay que decirlo, y que ha venido hasta aquí fuera temprano por la mañana, atravesando varios municipios por oscuros caminos en su Mitsubishi Spacewagon, desde un lugar de los alrededores de Oslo, desde Maridalen, de hecho, para averiguar dónde vivo, porque probablemente yo no se lo he dicho ni he pensado en absoluto en eso, aunque debería haberlo hecho. Esto quizá le parezca un poco raro, ahora lo entiendo, y además se le han vuelto a humedecer los ojos, lo que me irrita un poco.

Abro la puerta, *Lyra* continúa sentada sobre las escaleras y se queda allí hasta que tanto Ellen como yo hemos entrado. Entonces la llamo con un pequeño gesto de la mano que tengo ensayado. Tomo el abrigo de mi hija y lo cuelgo de una percha libre y la guío a la cocina. Allí dentro aún se conserva algo de calor. Abro la puerta de la pequeña estufa y echo una ojeada dentro, y todavía quedan bastantes brasas en la cámara.

—Esto se puede salvar —digo, y levanto la tapa de la caja de la leña y echo algo de serrín y de tiras de papel sobre las brasas, y en torno a ellas coloco tres tarugos medianos. Abro el tiro para que corra el aire, y el fuego enseguida empieza a chisporrotear.

—Pues está muy bien esto —dice ella.

Cierro la puerta de la estufa y miro en derredor. No sé si tiene razón. Mi plan era que la casa quedara muy bien, con el tiempo, cuando hubiera llevado a cabo la mayor parte de las reformas, pero limpia está, y ordenada. Tal vez ella se refiere a eso, a que se esperaba otra cosa de un hombre mayor que vive solo, y que lo que ha visto la sorprende positivamente. En tal caso, no recuerda muy bien cómo era yo en la época en que convivía conmigo. Yo no estoy a gusto en el desorden y nunca lo he estado. De hecho, soy un persona pulcra; para mí cada cosa debe tener su sitio y estar lista para su uso. El polvo y la suciedad me ponen nervioso. Si dejo que la limpieza se descontrole, es fácil que todo se me vaya de las manos, sobre todo en esta casa tan vieja. Uno de mis muchos miedos es convertirme en el hombre de la chaqueta arrugada y la bragueta abierta ante la caja registradora de la Cooperativa, con manchas de huevo en la camisa, y de más cosas, porque el espejo de la entrada ha dejado de cumplir con su cometido; un hombre a la deriva sin anclaje en ningún sitio más que en sus pensamientos flotantes en los que el tiempo ha perdido su linealidad.

La invito a sentarse a la mesa y vierto agua limpia en la cafetera y la coloco sobre la placa eléctrica, que suelta un bufido en el acto. Seguramente he olvidado apagarla después de preparar el café esta mañana, un error bastante grave, pero no creo que Ellen se haya fijado en el ruido, así que finjo que no he oído nada y corto unas rebanadas de pan y las pongo en una cesta. De pronto, noto que estoy enfadado y que tengo un poco de náuseas, y advierto que me tiembla la mano, así que intento ocultársela a ella con el cuerpo cada vez que paso por delante para coger azúcar y leche y servilletas azules y todo lo necesario para hacer de esto una comida. En realidad, creo que yo ya desayuné más que suficiente hace un par de horas y todavía no me ha vuelto a entrar el hambre, pero aun así saco bastante comida para los dos, porque a lo mejor a ella la incomodaría comer sola. Al fin y al cabo, hace mucho que no nos vemos. Pero me doy cuenta de que preferiría no hacerlo, y luego ya no hay nada más que sacar y no me queda otro remedio que sentarme.

Ella ha estado un rato contemplando el paisaje por la ventana, el lago. Sigo la dirección de su mirada y digo:

—Lo llamo el lago de los Cisnes.

—¿Así que hay cisnes?

—Desde luego. Dos o tres familias, por lo que he visto.

Se vuelve hacia mí.

—Cuéntame, entonces. ¿Cómo te va en realidad? —dice, como si hubiera dos versiones de mi vida, y ya no tiene los ojos llorosos en absoluto, pero emplea un tono cortante como el de un policía en un interrogatorio. Es un papel que está interpretando, lo sé, y detrás de esa máscara sigue siendo como siempre, al menos eso espero; que la vida no la haya convertido en una maruja, si se me permite la expresión. Pero respiro hondo y hago de tripas corazón, deslizo las manos sobre la silla bajo mis piernas y le hablo de mi vida en este lugar, de lo bien que me va con la carpintería y la leña y los largos paseos con *Lyra*, de un vecino con el que puedo contar en momentos de crisis, Lars se llama, le digo, un hombre muy eficiente con la motosierra. Tenemos muchas cosas en común, añado, y le dedico un sonrisa que pretende ser misteriosa, pero veo que ella no capta mi intención, así que no sigo por ahí, le comento que me asustaba un poco toda la nieve que amenaza con caer ahora que se acerca el invierno de verdad, pero que he solucionado el problema, como sin duda ella misma habrá notado, porque me he puesto de acuerdo con un granjero que se llama Åslien. Él tiene un tractor con una pala para quitar la nieve y me despeja el camino cuando hace falta, a cambio de un dinero, por supuesto. Así que me las apaño, agrego y sonrío forzadamente. Y luego escucho la radio, le digo, me paso toda la mañana escuchando la radio cuando estoy dentro, y por la noche leo, cosas diversas, pero sobre todo a Dickens.

Ahora me sonríe con naturalidad, sin rastro de los ojos llorosos o del tono cortante.

—Tú siempre leías a Dickens cuando estabas en casa —dice—, lo recuerdo perfectamente. Estabas sentado en tu sillón con un libro, completamente absorto en la lectura, y entonces yo iba y te tiraba de la manga y te preguntaba qué leías, y entonces al principio era como si no me reconocieras, y luego respondías «Dickens» con cara muy seria, y entonces yo pensaba que eso de leer a Dickens no era lo mismo que leer otros libros, que era algo fuera de lo común, algo que quizá no hacía todo el mundo, ésa era la impresión que me daba. Ni siquiera entendía que Dickens era el nombre del autor de lo que estabas leyendo. Creía que era un tipo especial de libro que sólo teníamos nosotros. Algunas veces leías en alto, recuerdo.

—¿Eso hacía?

—Sí, eso hacías. Eran trozos de *David Copperfield*, por lo que descubrí más tarde, cuando me hice mayor y decidí leerlos yo misma. Creo que nunca te hartabas de *David Copperfield* en aquella época.

—Ése hace mucho que no lo leo.

—Pero lo tendrás, ¿no?

—Sí, sí, aquí lo tengo.

—Entonces creo que deberías volver a leerlo —dice, y luego apoya la barbilla sobre una mano, acodada sobre la mesa, y dice—: «Si soy yo el héroe de mi propia vida, o si algún otro ocupará ese sitio, estas páginas lo habrán de determinar.» —Sonríe de nuevo y dice—: Ese principio siempre me pareció un poco inquietante, porque abre la posibilidad de que, de hecho, no lleguemos necesariamente a ser los protagonistas de nuestras propias vidas. No me cabía en la cabeza algo tan horrible; una especie de existencia fantasmal en la que tenía que limitarme a mirar al que había ocupado mi lugar y quizás odiar mucho a esa persona y reconcomerme de envidia, pero sin poder hacer nada, porque en algún momento me había caído de mi propia vida, que yo me imaginaba como un asiento de avión, y me había precipitado en el vacío, y allí flotaba sin rumbo y sin conseguir volver, y había alguien sentado en mi asiento con el cinturón puesto, aunque el sitio fuera mío y yo tuviera el billete en la mano.

No me resulta fácil responder a eso. Ignoraba por completo que ella hubiera hecho esas reflexiones. Jamás me lo había contado, seguramente por la sencilla razón de que yo nunca estaba en casa cuando ella necesitaba hablar con alguien, pero no sospecha siquiera la cantidad de veces que he pensado lo mismo y he leído las primeras líneas de *David Copperfield* y luego me he visto obligado a continuar, página tras página, casi petrificado de pánico, ansioso por asegurarme de que al final todo acaba en su sitio, como en efecto acaba, pero siempre he tardado mucho tiempo en recuperar la sensación de seguridad.

En el libro. En la realidad todo es distinto. En la realidad me ha faltado valor para formularle a Lars la pregunta evidente: «¿Ocupaste tú el sitio que me pertenecía? ¿Te tocaron años de mi vida que me correspondían a mí?»

Nunca he creído que mi padre se marchara a un país como Sudáfrica o Brasil o a una ciudad como Vancouver o Montevideo para iniciar una nueva vida. No huyó al extranjero, como muchos otros, no escapó de las consecuencias de unos actos realizados en un arrebato o de una vida arruinada por los caprichosos golpes del destino, no se marchó con el agua al cuello, al abrigo de la noche de verano, con los ojos asustados y entornados, como hizo Jon. Mi padre no era marinero. Se quedó junto al río, de eso estoy seguro. Así es como quería vivir. Y si Lars no habla de él cuando viene a casa, si Lars no ha mencionado a mi padre en un sola frase desde que nos conocemos, tiene que ser porque pretende ahorrarme un mal trago, o porque él, como yo, no consigue ordenar todas sus ideas respecto a estas personas, él mismo y yo incluidos, porque no encuentra palabras para expresarlas. Lo entiendo perfectamente. A mí me ha pasado lo mismo durante la mayor parte de mi vida.

Pero no era en esto en lo que quería pensar ahora. Me levanto de golpe y sin querer golpeo la mesa de tal modo que se inclina y las tazas saltan y el café salpica el mantel y la jarrita amarilla se vuelca y se derrama toda la leche y se mezcla con el café, formando un riachuelo que se desliza hacia el regazo de Ellen, porque el suelo está inclinado. Hay un desnivel de cinco centímetros de una pared a otra. Hace ya mucho que lo medí. Había planeado arreglarlo de alguna manera, pero instalar un suelo nuevo supone mucho trabajo. Tendrá que esperar.

Ellen echa la silla hacia atrás rápidamente y se levanta

antes de que el pequeño arroyo alcance el borde de la mesa, y agarra la punta del mantel y lo dobla hacia arriba y detiene el flujo del líquido con dos servilletas.

—Lo siento. Creo que he sido un poco brusco —digo, y advierto que, para mi sorpresa, las palabras salen a trompicones, como si hubiera estado corriendo y estuviera sin aliento.

—No pasa nada. Pero más vale que quitemos el mantel este cuanto antes y lo enjuaguemos en el fregadero. No ha pasado nada que un poco de detergente no pueda arreglar.

Ella toma el control de la situación como nadie lo ha hecho antes aquí dentro, y yo no protesto; en un momento lo ha trasladado todo de la mesa a la encimera y ha colocado el mantel debajo del grifo y está lavando la parte manchada y lo retuerce con cuidado y lo cuelga en el respaldo de una silla al calor de la estufa de leña, para que se seque.

— Luego lo metes en la lavadora —dice.

Yo abro la tapa de la caja de la leña y echo un par de tarugos más a la estufa.

—No tengo lavadora —digo, y la frase me suena tan patética que se me escapa una risita, pero tampoco me sale muy bien, y esto no le pasa inadvertido a Ellen, me doy perfecta cuenta. Realmente me cuesta encontrar el tono apropiado para esta situación.

Seca la mesa con un trapo que escurre varias veces meticulosamente bajo el chorro de agua, porque está empapado en leche, y en esos casos conviene limpiarlo del todo para que no huela, y de pronto ella se pone rígida y me vuelve la espalda.

—¿Preferirías que no hubiera venido? —dice, como si se le acabara de ocurrir esa posibilidad. Pero es una buena pregunta.

No le respondo de inmediato. Me siento sobre la caja de leña mientras intento aclarar mis pensamientos, y entonces ella dice:

—Quizá lo único que quieres es estar tranquilo. Por eso estás aquí, ¿no es verdad?, por eso te has mudado a este sitio, porque quieres estar tranquilo, y yo voy y me presento en tu patio a primera hora de la mañana para molestarte, y quizá no es eso lo que tú querrías, si pudieras elegir, ¿no?

Todo esto me lo dice de espaldas a mí. Ha soltado el trapo en el fregadero y está apoyada en el canto con las dos manos, y no se da la vuelta.

—He cambiado de vida —digo—, eso es lo importante. Vendí lo que me quedaba de la empresa y me mudé aquí porque no me quedaba otro remedio, porque si no habría acabado fatal. No podía seguir así.

—Lo entiendo —dice—, de verdad. Pero ¿por qué no nos lo has explicado a nosotras?

—No lo sé, la verdad.

—¿Preferirías que no hubiera venido? —dice otra vez, insistiendo.

—No lo sé —digo, y eso también es verdad; no sé qué pensar de su visita, no formaba parte del plan, y entonces me asalta una idea: ahora se va a marchar y nunca regresará. Se apodera de mí un pánico tan repentino que me apresuro a decir—: No, no es verdad. No te vayas.

—No tengo ninguna intención de irme —dice ella entonces, y por fin se vuelve hacia mí—, al menos por el momento, pero me gustaría sugerirte algo.

—¿Qué?

—Que te consigas un teléfono.

—Lo pensaré —digo—, de verdad.

Se queda varias horas y, cuando sube a su coche, empieza a oscurecer otra vez. Ha sacado a pasear a *Lyra* ella sola, por iniciativa propia, mientras yo me echaba a descansar media horita en la cama. Ahora mi casa ofrece un aspecto distinto, y también mi patio. Ella pone en marcha el motor con la puerta abierta.

—Bueno, ahora sé dónde vives.

—Eso está bien —digo yo—, me alegra.

Se despide con la mano, y cierra de un portazo, y el coche empieza a rodar cuesta abajo. Yo subo la escalera y apago la luz del patio y atravieso el umbral y entro en la cocina. *Lyra* me viene siguiendo muy de cerca, pero, incluso con ella detrás de mí, siento que esto está un poco vacío. Dirijo la mirada a la ventana que da al patio, pero no veo más que mi propio reflejo en el cristal oscuro.

16

Una vez expedidos los troncos, Franz descendía con frecuencia por el camino para dejarse caer por casa. Se había tomado vacaciones, decía, y se echaba a reír. Se sentaba delante de la puerta, sobre la losa, con un cigarrillo y una taza de café, llevaba puestos pantalones cortos y tenía una pinta extraña con sus piernas tan blancas. El cielo estaba azul y azul; cabe decir que había pasado de azul claro y azul a sólo azul y azul en un tiempo récord, y a mí no me hubiera importado que lloviera un poco.

A mi padre tampoco. Seguía inquieto. A veces bajaba al río con un libro y se tumbaba allí a leer, bien en la barca amarrada, con la cabeza sobre un cojín que ponía en el último banco, bien sobre las rocas de la pendiente, bajo el pino de la cruz, y no parecía pensar en lo que había sucedido justamente en aquel lugar un día de invierno de 1944, o quizá fuera precisamente en eso en lo que pensaba, pero se forzaba a adoptar una expresión de indiferencia para mostrar el aspecto que podía presentar un hombre de ánimo tranquilo y equilibrado que simplemente disfrutaba del día. Pero no engañaba a nadie. Lo cierto es que pensaba en los troncos, yo lo sabía por el modo en que alzaba la cabeza y por las miradas que dirigía río abajo, y me irritaba que le concediera tanta importancia a eso.

Teníamos un pacto, ¿no? Yo estaba ahí, y había que aprovechar lo que quedaba de aquel verano antes de que acabara y se marchara para siempre.

El día siguiente a nuestra llegada en el autobús, él me había propuesto emprender una excursión de tres días a caballo; ¿no me parecía una buena idea? Y cuando le pregunté a qué caballos se refería, respondió que a los de Barkald, y yo me entusiasmé y me pareció una idea excelente. Ahora yo me había adelantado y había montado uno de aquellos caballos antes que él, pero aquella cabalgada con Jon allí arriba en el pastizal no había sido muy larga que digamos y no había terminado muy bien, al menos para mí, y tampoco para Jon, a la vista de lo que había sucedido justo antes y del curso que siguieron los acontecimientos después, y de todos modos no había oído una palabra más sobre el asunto desde ese día. Así que me llevé una buena sorpresa la mañana que abrí los ojos y oí resoplidos y el piafar de caballos a través de la ventana abierta, procedentes del prado que se extendía detrás de la casa, allí donde yo había realizado una labor tan deplorable y no me había atrevido a segar las ortigas con la guadaña corta porque temía hacerme daño. Y luego mi padre simplemente las había arrancado sólo con las manos y había dicho: tú eres quien decide cuándo te duele.

Me incliné sobre el borde de la litera hasta apoyar las manos contra el marco de la ventana, y al acercar la cara al cristal avisté dos caballos que pastaban en el prado. Uno era marrón y el otro negro, y enseguida los reconocí como los mismos dos que habíamos montado Jon y yo, aunque, si alguien hubiera venido a preguntarme aquella mañana, no habría sabido responder si aquello era buena señal o todo lo contrario.

Salté de la litera como solía y aterricé perfectamente en el suelo, sin lastimarme la pierna o alguna otra parte del cuerpo. De hecho, ya estaba mejor de la rodilla, al cabo de sólo un par de días, y saqué la cabeza por la ventana cuanto pude sin caerme. Observé a mi padre, que había salido de la leñera con una silla de montar en los brazos, y la estaba colocando sobre el caballete de serrar de tal manera que los estribos quedaban colgando a ambos lados, y grité:

—¿Has salido a robar esos caballos?

Él se detuvo y, por un momento, se tensó antes de volverse y verme asomado a la ventana y, cuando comprendió que bromeaba, sonrió y dijo en voz alta:

—Ven aquí inmediatamente.

—De acuerdo, jefe —grité yo.

Recogí la ropa de la silla y salí corriendo al salón y me vestí a toda prisa sin detenerme, andando a la pata coja, primero sobre una pierna y luego sobre la otra, mientras me ponía el pantalón, y sólo me paré por unos instantes para calzarme las zapatillas deportivas antes de salir a ciegas a la escalera, con las mangas agitándose sobre mi cabeza. Cuando conseguí sacar la cabeza por el cuello de la camisa, lo vi a él de pie junto a la puerta de la leñera, mirándome y riéndose, y en los brazos sostenía otra silla de montar.

—Ésta la vas a usar tú —dijo—. Si es que sigues interesado, claro. Porque creo recordar que estabas interesado.

—Claro que estoy interesado —dije—. ¿Nos vamos ya? ¿Adónde vamos?

—Vayamos a donde vayamos, habrá que desayunar

antes —dijo mi padre—, y luego hay que preparar los caballos. Lleva un poco de tiempo, porque hay que hacerlo bien, no podemos montar y marcharnos sin más. Nos los han prestado por tres días, ni un minuto más. Ya conoces a Barkald, es muy celoso de sus cosas. Ni siquiera sé por qué accedió a prestármelos.

Pero para mí eso no era ningún misterio. A Barkald le caía bien mi padre, siempre le había caído bien, y por lo que había oído contar a Franz, la relación de confianza entre ellos era mucho más estrecha de lo que me había imaginado en un principio. A lo mejor mi padre ni siquiera había pagado la cabaña en la que vivíamos, quizá Barkald simplemente se la había cedido, al finalizar la guerra, por mor de la buena amistad que habían entablado al compartir tantas vivencias. En ese caso, todo era muy distinto de cuando vinimos por primera vez, ¿no?, y el bosque y el río me resultaban desconocidos, y la explanada junto a la tienda era nueva, y el puente era nuevo para mí, y yo nunca antes había visto troncos bajar amarillos y relucientes arrastrados por la corriente, y Barkald era un hombre que me inspiraba desconfianza porque tenía propiedades y dinero, y nosotros no, y yo creía que a mi padre le causaba el mismo efecto. Pero quedaba claro que no, y cuando él decía cosas como la que acababa de decir, debía de ser para quitar hierro al asunto o para correr un velo sobre la situación real.

Esta suposición me perturbaba un poco, pero no era el momento de calentarse los cascos, porque el verano tocaba a su fin, al menos para nosotros, y la pesadez que me embargó el día que echamos los troncos al agua, que entorpecía mis movimientos y por poco me destroza la rodilla, misteriosamente había dejado de oprimirme el cuerpo y había desaparecido. Y ahora estaba tan inquieto como mi padre y ansioso por exprimir al máximo los días que nos quedaban y todo lo que había en el río y en el paisaje que lo rodeaba, antes de regresar a Oslo.

Y eso es lo que íbamos a hacer: aprovechar los últimos restos de calor de los senderos del bosque y del sol sobre las altas cumbres del Furufjell y contemplar los reflejos lanzados por los relucientes troncos de los abedules por entre los árboles como flechas disparadas por los arcos de los kiowas y zambullirnos entre los helechos verde intenso que se mecían a lo largo del angosto camino de gravilla como las palmas del Domingo de Ramos en la Biblia de la catequesis. Bajamos por el camino desde la cabaña con los caballos al paso, pasamos junto al viejo establo construido con troncos en el que, no hacía mucho, yo había pernoctado y sentido de pronto ardor en el cuerpo, y ahora sentía la calidez de los flancos del caballo contra los muslos, y el templado viento del sur en el rostro. Trotábamos a su encuentro por nuestra orilla, al este del río, y ya habíamos desayunado y llenado las alforjas y enrollado unas buenas mantas para hacer noche, y los chubasqueros iban atados junto con las mantas, y los caballos habían sido cepillados y tenían las crines lustrosas. Sobre la loma que se alzaba hacia el oeste, unas masas de nubes se deslizaban en el cielo, pero era poco probable que lloviera, según había dicho mi padre sacudiendo la cabeza antes de montar de un salto sobre su caballo.

Allá abajo, ante el establo, estaba la vaquera, lavando cubos y aperos con agua y sosa en el arroyo, y el sol fulguraba en el metal y en el agua helada que salpicaba al entrar y salir de los baldes, y nosotros la saludamos, y ella alzó la mano y nos devolvió el saludo, y entonces se elevó un centelleante chorro de agua que formó un arco antes de caer al suelo. Los caballos resoplaron y agitaron la cabeza, y ella se rió cuando me reconoció, pero no era con mala intención, y yo no me sonrojé.

Ella tenía una bonita voz, que tal vez sonaba como una flauta de plata, qué sabía yo, y mi padre se volvió en la silla y me miró, yo iba justo detrás de él, todavía liado intentando encontrar una postura cómoda en la silla. Mantén sueltas las caderas, había dicho mi padre, deja que se conviertan en parte del caballo. Tienes ahí un rodamiento de bolas, añadió, úsalo. Y yo sentí que en efecto lo tenía, que mi cuerpo estaba constituido de tal manera que nada me impedía montar bien, si yo quería.

—¿La conoces también a ella? —dijo mi padre.

—Desde luego, nos conocemos bastante bien —dije—, la he visitado varias veces. —Esto no era cierto en absoluto, pero no sabía a quién se refería con ese «también», quizás a la madre de Jon, y el modo en que lo dijo me llevó a preguntarme si seguiría enfadado conmigo por lo sucedido aquel día junto a las pilas de troncos.

—¿Y qué tal una chica de tu edad? —dijo.

—Si es que no hay ninguna por aquí —dije, y en eso al menos no mentía. Durante aquellos dos veranos no había visto una sola chica de mi edad en varios kilómetros a la redonda, y tampoco era algo que echara en falta. No necesitaba relacionarme con chicas de mi edad, ¿qué iba yo a hacer con ellas? Estaba bien tal y como estaba, y oí la tensión y la hostilidad en mi tono de voz, y él me clavó la mirada en los ojos y luego sonrió.

—En eso tienes toda la puta razón —dijo, y se volvió hacia delante, y lo oí soltar una carcajada.

—¿De qué te ríes? —le grité, y noté que yo también empezaba a cabrearme.

—Me río de mí mismo —dijo, manteniendo la vista al frente. Al menos creo que eso fue lo que dijo, y es muy posible que fuera verdad. Eso se le daba muy bien, reírse de sí mismo. Yo era un desastre para eso, mientras que él lo hacía a menudo. Pero yo no entendía por qué lo hacía justamente ahora. Luego picó ligeramente con los talones al caballo y éste aceleró hasta un trote ligero.

»¡Venga! —gritó, y yo, que iba detrás, tuve que concentrarme en que el rodamiento de bolas de las caderas rodara correctamente en la silla en el momento en que mi caballo también cambió el ritmo y siguió al otro, y el establo se perdió de vista entre los árboles a nuestras espaldas, y la vaquera se quedó de pie en el llano con las rodillas bronceadas y brillantes bajo la falda y sus fornidos brazos morenos en alto.

Continuamos descendiendo hasta que el camino se redujo a un sendero, pero no tomamos la curva que atravesaba la pradera hacia el río y el pequeño muelle situado entre las mimbreras por donde yo había caminado una noche bajo una extraña luz y visto a mi padre besar a la madre de Jon como si fuera lo último que hacía en esta vida. En cambio, condujimos los caballos por otra vereda que no tardó en girar hacia el este, y al cabo de un rato no era más que una senda de alces que serpenteaba entre esbeltos abedules viejos y, cuando echabas la cabeza hacia atrás y mirabas a través del follaje, oías susurrar sus altas copas, y yo cabalgué en esta posición hasta que me entró tortícolis en la nuca y me lagrimeaban los ojos, y vadeamos un profundo arroyo cuya agua parecía helada. Y lo estaba, como pude comprobar cuando me salpicó las perneras del pantalón entre el chapoteo de las patas de los caballos y me empapó la tela inmediatamente y algunas gotas me alcanzaron en la cara, y a los caballos les gustó que cambiara el terreno a medida que nos acercábamos al Furufjell. Sobre aquellas laderas el bosque de abetos se espesaba, libre de talas, y seguimos la senda hasta el final de la pendiente y nos detuvimos un momento en el punto más alto e hicimos dar media vuelta a los caballos para contemplar el paisaje que habíamos dejado atrás y, a través de los prados recién segados, el río discurría sinuoso y plateado entre los árboles, y las masas de nubes se extendían sobre la colina del otro lado del valle. Era algo digno de verse, más que el fiordo que dominábamos desde casa. En realidad, el fiordo me importaba una mierda, para ser sincero, y ésta era mi última oportunidad de disfrutar de una vista tan magnífica del valle en mucho tiempo, eso lo sabía perfectamente, y no me entristecía, como cabría suponer, sino que casi me irritaba y me enfadaba un poco. Quería seguir adelante. Me parecía que mi padre perdía demasiado tiempo ahí quieto, con el rostro vuelto hacia el oeste, y entonces hice girar al caballo de manera que volviese la grupa hacia el valle y dije:

—No podemos quedarnos aquí vagueando.

Me miró y sonrió débilmente, y luego también él le dio la vuelta al caballo y se encaminó derecho hacia el este, donde yo sabía que estaba Suecia. Cuando llegáramos allí, todo presentaría exactamente el mismo aspecto que a este lado de la frontera, pero me produciría una sensación distinta, de eso estaba seguro, porque nunca había visitado Suecia. Si es que era hacia allí hacia donde nos dirigíamos. Sobre eso mi padre no había dicho una palabra. Yo sólo lo suponía.

Y no me equivocaba. Bajamos la cuesta del otro lado,

por un angosto desfiladero con la vista obstruida en todas direcciones, y los caballos avanzaban con cuidado porque la cuesta estaba cubierta de gravilla y piedras sueltas, y era muy empinada. Así que me eché hacia atrás en la silla con las piernas tensas y los pies firmemente apoyados en los estribos, para no caer por encima del cuello del caballo y despeñarme sobre el pedregal, y el golpeteo de los cascos herrados de los caballos resonaba en las paredes de roca a ambos lados, y además había eco, así que no se puede decir que avanzáramos silenciosamente. Pero tampoco tenía mucha importancia, pensé, porque ahora nadie nos perseguía, ni patrullas alemanas con metralletas y prismáticos, ni la policía fronteriza con perros sabuesos, ni iba tras nuestras huellas un US Marshall, delgado y serio, montado en un caballo escuálido, día y noche, siempre a la misma distancia, ni más cerca ni más lejos, esperando pacientemente a que llegara el momento adecuado, a que tuviéramos los nervios completamente destrozados y bajáramos por un momento la guardia. Entonces atacaría. Sin vacilar. Sin piedad.

Me volví con cuidado en la silla y eché un vistazo hacia atrás para cerciorarme de que no viniese montado sobre su escuálido caballo gris, y agucé el oído, pero el ruido de nuestros propios caballos en el estrecho desfiladero era demasiado fuerte como para percibir cualquier otro sonido.

Al final de la pendiente llegamos a un prado, con las sombras de la loma detrás de nosotros y el sol en la espalda, y los caballos se pusieron a trotar de puro alivio, y mi padre señaló un cerro en el que descollaba un solitario pino retorcido, como una escultura sobre la cumbre, y gritó:

—¿Ves ese pino ahí arriba?

Tampoco había mucho más que ver justamente allí, así que respondí:

—Claro que lo veo.

—¡Ahí empieza Suecia! —dijo, sin dejar de señalar el pino, como si fuera difícil de distinguir.

—¡Está bien! —grité yo—, ¡a ver quién llega primero a ese pino! —Y arreé el caballo, que reaccionó inmediatamente y se lanzó al galope, y entonces las riendas se me escaparon de las manos y salí despedido de la silla hacia atrás a causa de la repentina sacudida, rodé sobre la grupa del caballo y di con mi cuerpo en tierra.

—¡Fantástico! ¡Otra vez! *Da capo!* —gritó mi padre a mis espaldas, y luego pasó galopando junto a mí y profirió una risotada y se alejó a toda velocidad en pos del animal despavorido. Al cabo de sólo cien metros lo alcanzó, y se inclinó hacia delante y pilló las riendas al vuelo y describió un gran semicírculo sobre el prado y puso al caballo al paso de nuevo como para demostrar a todo el mundo que también eso sabía hacerlo. Pero todo el mundo no estaba presente, sólo estaba yo, tirado como un saco de patatas entre la hierba crecida, viéndolo acercarse con las dos monturas, y en aquel momento no me dolía especialmente ninguna parte del cuerpo, pero de todos modos me quedé tumbado. Él se apeó de su caballo, vino hasta mí y se sentó en cuclillas y dijo:

»Siento haberme reído, pero es que ha sido tan jodidamente cómico… como algo del circo. Ya sé que para ti no ha tenido gracia. Ha sido una verdadera tontería por mi parte reírme. ¿Te duele algo?

—En realidad no —dije.

—¿Y el alma?

—Un poquito, quizá.

—Deja que se asiente, Trond —dijo—. Déjalo estar. No tiene ninguna utilidad para ti.

Me tendió la mano para ayudarme a incorporarme, y yo la tomé, y él me apretó con tanta fuerza que casi me hizo daño, pero no me levantó. En cambio se arrodilló de pronto y me rodeó con los brazos y me atrajo hacia sí. Yo no sabía qué coño decir, estaba verdaderamente sorprendido. Éramos buenos amigos, claro, al menos lo habíamos sido, y no me cabía duda de que volveríamos a serlo. Él era el adulto que más admiraba de todos, y seguíamos teniendo un pacto, de eso estaba convencido, pero no solíamos darnos abrazos. A veces nos peleábamos en broma y entonces nos abrazábamos y rodábamos como dos tontorrones por el prado de la cabaña, donde había suficiente espacio para ese tipo de niñerías, pero ahora no estábamos luchando. Al contrario. Él nunca antes había hecho algo así, que yo recordara, y no me parecía apropiado. Pero dejé que me estrechara entre sus brazos mientras pensaba dónde meter las manos, porque no quería apartarlo de mí, claro, pero tampoco iba a abrazarlo como él me abrazaba a mí, así que al final simplemente las dejé colgando a los costados. Pero no hube de preocuparme mucho, porque al poco rato me soltó y se enderezó y me tomó de nuevo la mano y tiró de mí hasta que me puse en pie. Sonreía, pero yo no sabía si era por mí, y no se me ocurría nada que decir. Él sencillamente me entregó las riendas de mi caballo, me quitó con cuidado las briznas de hierba de la pechera de la camisa, y volvió a ser el mismo de siempre.

—Pues habrá que entrar en Suecia —dijo—, antes de que el país entero se hunda y desaparezca, y nos quedemos sólo con la bahía de Botnia y con Finlandia al otro lado, ahora que Finlandia no nos sirve de gran cosa.

No entendí nada de lo que decía, pero lo vi meter el pie en el estribo y montarse, así que lo imité. Ni siquiera intenté adoptar un porte elegante porque tenía todo el cuerpo dolorido y entumecido, y a paso tranquilo subimos hasta el pino retorcido que semejaba una escultura y cruzamos la frontera con Suecia, y, tal como me había imaginado, todo se sentía distinto aunque se viera igual al otro lado.

Esa noche la pasamos bajo el saliente de una peña, donde ya había un lugar preparado para hacer fuego. Quedaban restos de dos montones de ramitas de abeto usados como colchón, pero todas las agujas se habían puesto marrones y se habían esparcido hacía mucho, así que despejamos el suelo y de los árboles de alrededor cortamos ramas nuevas con el hacha que yo había usado con tanto entusiasmo poco tiempo antes, y las distribuimos para improvisar dos blandos lechos al pie de la peña, y si te acostabas boca abajo, casi con la nariz metida entre las agujas, notabas un olor fuerte y agradable. Desatamos las mantas y encendimos una hoguera dentro del círculo de piedras y nos sentamos a comer cada uno a un lado de las llamas. Habíamos anudado las cuerdas para formar una más larga que habíamos tendido a manera de cercado entre cuatro abetos lo suficientemente separados entre sí, y habíamos dejado sueltos a los caballos en el interior. Desde al lado de la hoguera los oíamos muy levemente cuando caminaban por el suave asiento del bosque, y con toda claridad cuando sus cascos chocaban con una piedra, y también nos llegaban los sonidos suaves que emitían el uno contra el cuello del otro, pero no los veíamos muy bien, pues estábamos ya en agosto y las noches eran más oscuras. Las llamas arrojaban contra el techo de roca bajo el que me encontraba reflejos que tintaban mis pensamientos incluso después de que se me cerraran los ojos y conferían profundidad a mis sueños, y cuando me desperté por la noche, primero no recordaba dónde estaba ni por qué estaba allí. Pero había suficiente luz procedente de las brasas y de las llamas y de la aurora como para levantarme y acercarme con sigilo a los caballos y recuperar luego la memoria, todo en un lento fluir, mientras las raíces y las piedrecillas me raspaban las plantas desnudas de los pies, y por encima de la cuerda hablé en voz muy baja y sosegada con los caballos sobre cosas sosegadas que olvidé en cuanto las dije, y acaricié una y otra vez sus poderosos cuellos. Luego percibí su olor en los dedos y sentí en el pecho una gran tranquilidad y me alejé para hacer, tras una piedra berroqueña, aquello por lo que me había despertado. Al regresar iba tan adormilado que tropecé varias veces, y una vez bajo el saliente de la peña me tapé rápidamente con la manta y desaparecí de inmediato.

Esos días fueron los últimos. Ahora que estoy aquí sentado, en la cocina de la vieja casa a la que me he mudado para reformarla y convertirla en un sitio habitable donde pasar los años que me queden, y que mi hija se ha marchado tras su inesperada visita, llevándose consigo camino abajo su voz y sus cigarrillos y la luz amarilla de los faros del coche, ahora, al evocar aquellos días, advierto que cada uno de los movimientos a través del paisaje ha tomado el color de lo que sucedió después y no consigo separar una cosa de otra. Y algunos afirman que el pasado es una tierra extraña, que allí todo se hace de otro modo, y yo supongo que la mayor parte de mi vida también he tenido esa sensación porque no me ha quedado más remedio, pero eso ya no me pasa. Si me concentro lo suficiente, soy capaz de acceder al almacén de la memoria y encontrar el estante correcto con la película correcta y perderme en ella y revivir aquella excursión a caballo a través del bosque con mi padre; el ascenso que nos llevó muy por encima del río, hasta la cresta de la colina, y la bajada por la otra vertiente, el cruce de la frontera con Suecia y la cabalgada hacia el interior de lo que en verdad era una tierra extraña, al menos para mí. Puedo reclinarme y encontrarme de nuevo junto a la hoguera bajo la roca como aquella noche, cuando me desperté por un momento una segunda vez y vislumbré a mi padre tumbado con los ojos abiertos y fijos en el saledizo sobre él, completamente inmóvil, con las manos bajo la cabeza, un brillo rojizo de las brasas en la frente y la mejilla barbuda y, aunque me hubiera gustado, no alcancé a ver si llegó a cerrar los ojos antes del amanecer. En todo caso se levantó mucho antes que yo y ya había abrevado los caballos y los había cepillado a los dos, y estaba ansioso por reanudar la marcha; andaba febrilmente de un lado a otro, pero no se apreciaba un tono cortante en su voz. Así que recogimos las cosas y ensillamos los animales antes de que yo me hubiera arrancado los sueños de la cabeza y nos pusimos en camino mucho antes de que mi cerebro estuviera en condiciones de concebir pensamientos que no fueran muy simples.

Oí el río antes de verlo; rodeamos un cerro, y ahí estaba, casi blanco entre los árboles, y algo cambió en el aire, que ahora se respiraba con mayor facilidad. Al instante me percaté de que era nuestro propio río, sólo que más al sur y en pleno territorio sueco y, aunque no es posible reconocer el agua por el modo en que fluye, eso fue exactamente lo que hice.

Bajamos hasta la orilla y avanzamos en dirección al sur algo trabajosamente, y mi padre paseaba la vista río arriba y río abajo y hacia el otro lado, y primero sólo divisamos un tronco solitario atascado en una mimbrera, y luego varios más, varados en un remanso un poco más adelante. Entonces mi padre agarró el hacha y cortó dos pinos pequeños y fabricó con ellos unas pértigas robustas, y nos adentramos en el agua a pie sin descalzarnos; yo con mis zapatillas deportivas y mi padre con sus pesadas botas de cordones, y usando las pértigas como ganchos de maderero conseguimos empujar los troncos de nuevo a la corriente. Pero noté que mi padre estaba preocupado, porque había poco caudal, desde luego no el suficiente para transportar troncos, y quería continuar el trayecto inmediatamente. Así que nos encaramamos a las sillas con las largas pértigas en vertical contra el flanco de los caballos, como seguramente sujetaban sus lanzas Ivanhoe y su escudero cuando se dirigían a un torneo o a una batalla decisiva contra los traicioneros normandos de la vieja Inglaterra. Intenté mantener la fantasía a raya, pero no resultaba fácil mientras atravesaba la fronda de la ribera a lomos del caballo, porque el enemigo podía aparecer en cualquier momento. Llegamos a un meandro y tras rodearlo nos encontramos con un pequeño tramo de rápidos donde un tronco se había quedado atorado en medio de la corriente, entre dos piedras desnudas y secas que sobresalían de la superficie cada vez más baja del agua, y habían ido llegando más y más maderos que se habían amontonado tras el primero. Ahora había ahí una pila de troncos atascados. Esta visión no animó precisamente a mi padre. Se hundió un poco en su silla, y a mí me dolía verlo así, me inquietaba, así que salté del caballo y corrí hasta el agua y estudié la aglomeración de maderas, y corrí un poco a lo largo de la orilla sin apartar la mirada del río y retrocedí corriendo el mismo trecho y un poco más y daba saltitos, incapaz de estarme quieto, examinando el embrollo desde todos los ángulos posibles. Al final le grité a mi padre:

—Si conseguimos echarle un lazo a ese tronco de ahí —y señalé al que era la clave del problema—, y lo separamos aunque sólo sea un poco de la piedra, quedará libre, y entonces seguro que deshacemos el atasco.

—No va a ser fácil llegar hasta ahí —dijo, y ahora su voz sonaba monótona y apagada—, y no vamos a poder mover ese madero ni un milímetro —dijo.

—¡No, nosotros no! —grité yo—, ¡los caballos!

—De acuerdo —dijo, y sus palabras me produjeron un gran alivio. Corrí hasta mi caballo y desaté la cuerda de la silla, y luego tomé la de mi padre y las uní con un nudo e hice un lazo corredizo en un extremo y lo aflojé para agrandarlo y me lo pasé por encima de la cabeza y me lo ceñí bajo los brazos, en torno al pecho, y lo apreté un poco por detrás.

—¡Tendrás que encargarte de la otra punta! —le grité sin volverme para ver cómo se tomaría esta orden directa, y luego me alejé a toda prisa orilla arriba hasta que la distancia me pareció suficiente, y ahí me lancé directamente al agua para superar cuanto antes la sensación de frío. Al principio casi gateaba sobre el fondo, que luego descendía abruptamente, y empecé a nadar hacia el centro del río. Aunque aquí el agua no fluía muy rápida, me arrastraba de todos modos, y poco después me vi en medio de la corriente y enseguida comencé a bajar más deprisa. Me dejé llevar hasta que topé con la manos contra el primer madero, y comprobé que estaba firme y me aupé sobre él y conseguí apoyar las suelas de las deportivas contra el tronco. Ahí me quedé balanceándome hasta que recuperé la seguridad, y entonces me puse a saltar de tronco en tronco, con la cuerda alzada en una mano, yendo y viniendo por el atasco, y pegué unos brincos completamente innecesarios para transmitir ritmo a mis piernas y cerciorarme de que estuvieran ahí como antes, y algunos de los troncos rodaban cuando los pisaba y cambiaban de posición, pero para entonces yo ya estaba en otro sitio y no perdía el equilibrio, y mi padre gritó desde la orilla:

—¿Qué andas haciendo?

—¡Estoy volando! —le respondí.

—¿Cuándo has aprendido a hacer eso? —gritó él.

—¡Cuando no estabas mirando! —grité yo, y me reí y corrí hasta el tronco que había causado todo el problema, y allí descubrí que el extremo al que quería sujetar el lazo estaba bajo el agua.

»¡Tengo que zambullirme! —grité. Y antes de que mi padre rechistara, me había arrojado al agua y me había sumergido hasta tocar el fondo. Ahí noté que la corriente me golpeaba la espalda y me tiraba de los brazos, y abrí los ojos y vi la punta del tronco justo delante de mí, y entonces me quité el lazo pasándolo por encima de la cabeza y lo ajusté donde quería. Todo salió tan bien que me sentí capaz de permanecer ahí un buen rato más, casi ingrávido y conteniendo la respiración y abrazándome al madero. Pero luego lo solté y subí hasta la superficie. Mi padre tensó la cuerda, y yo simplemente me agarré a ella y alcancé la orilla impulsándome con los brazos. Salí chorreando del remanso, y mi padre dijo:

—Joder, eso no ha estado nada mal. —Y sonrió y enganchó la cuerda a las sillas con un arreglo que había improvisado mientras yo estaba en el río, y tomó las riendas y se puso delante del caballo y gritó ¡tira! Y el caballo tiró con todas sus fuerzas, y no pasó nada. Volvió a gritar ¡tira!, y el caballo tiró, y entonces oímos un chirrido que provenía del agua, y el chasquido de algo que se partía, y de repente todo el montón de troncos se derrumbó hacia delante. Los maderos caían uno tras otro y se deslizaban atrapados por la corriente en la parte baja de los rápidos. En ese momento mi padre rezumaba alegría, casi felicidad, y comprendí, por el modo en que me miraba, que lo mismo me ocurría a mí.

III

17

Era como si un telón hubiera caído y ocultado tras de sí todo lo que alguna vez supe. Era como nacer de nuevo. Percibía los colores de manera distinta, y también los olores, y la sensación que me producían las cosas en el fondo era distinta. No se trataba únicamente de la diferencia entre el calor y el frío, la luz y la oscuridad, el lila y el gris, sino de una diferencia en mi forma de asustarme o de ponerme contento.

Y a veces estaba efectivamente contento, incluso durante las primeras semanas después de marcharme de la cabaña. Estaba contento y expectante cuando me montaba en la bicicleta y bajaba por la empinada Nielsenbakken, pasaba por delante de la estación de Ljan y enfilaba Mosseveien y pedaleaba siete kilómetros hasta el centro de Oslo, pero al mismo tiempo estaba inquieto y en ocasiones me echaba a reír en alto sin motivo, y me costaba concentrarme. Todo lo que veía por el camino y en el fiordo lo conocía de antes, y sin embargo nada parecía igual. Ni el cabo de Nes ni el fiordo de Bunne en dirección a la playa de Ingier y la casa de Roald Amundsen, ni la isla de Ulv, con su bonito puente sobre el angosto estrecho, o la isla de Mallm justo detrás, ni el silo de grano del istmo de Vippe ni los muros grises del castillo que se alza al otro lado del puerto, donde estaba atracado el buque con destino a Estados Unidos. Ni el cielo de finales de agosto sobre la ciudad.

Me veo a mí mismo recorriendo en bicicleta todo el trayecto hasta la estación del Este bajo la luz casi blanca del sol; llevo pantalones cortos grises, y la camisa abierta ondea cuando paso por el barrio de Bekkelaget; tengo las vías de tren ahí a la izquierda y el fiordo a la izquierda, y la abrupta y rocosa ladera del Ekeberg a la derecha; llegan hasta mí los chillidos de las gaviotas y el olor a creosota de las traviesas del ferrocarril mezclado con el más intenso del agua salada en el aire vibrante. Todavía no habían bajado las temperaturas aunque, en realidad, el verano había terminado, era casi una ola de calor, y unas veces pedaleaba con todas mis fuerzas cortando el aire tórrido con el pecho desnudo empapado en sudor, otras simplemente navegaba en seco bajo el sol, y de cuando en cuando me oía a mí mismo cantar.

La bicicleta me la había regalado mi padre el año anterior, cuando resultaba imposible conseguir una nueva en todo el país. Había sido suya durante muchos años, pero había pasado largas temporadas guardada en el sótano porque él casi nunca estaba en casa, y ya no la necesitaba, ahora venían nuevos tiempos, decía, que exigían nuevos planes, y la bicicleta no formaba parte de ellos. Supongo que no era más que palabrería, pero yo me alegraba de que me la hubiera dado y la cuidaba con esmero. Me proporcionaba una libertad y una movilidad sin las que no hubiera querido pasar. La había desmontado y vuelto a montar varias veces tal y como me había enseñado mi padre. Cada pieza y rueda dentada estaba pulida y lavada y aceitada, y la cadena corría silenciosamente vuelta tras vuelta; desde el eje de los pedales hasta el centro de la rueda trasera y de regreso por dentro del reluciente cubrecadena, y eso desde el momento en que me montaba y rodaba por la cuesta de casa hasta que, igual de silenciosamente, llegaba a la estación del Este por el lado del mar y la dejaba en un aparcamiento de bicicletas y una vez más atravesaba las altas puertas para resguardarme de la hiriente luz del sol en el vestíbulo fresco, polvoriento y penumbroso para estudiar los horarios de llegadas. Me unía a la multitud que caminaba a lo largo de las barreras para mirar los letreros colocados ante los distintos andenes cuyo techo de cristal sucio formaba un arco elevado sobre las personas y los vagones de tren, pero me parece que yo era el único que le tiraba de la manga a un revisor uniformado y le preguntaba hasta el último detalle sobre todos y cada uno de los trenes que iban a llegar a Oslo procedentes de Elverum. Él me dedicaba una larga mirada, me conocía, ya lo había interrogado antes, en varias ocasiones, y se limitaba a señalar los letreros que yo ya había visto. No había información secreta disponible, ni letreros olvidados en ningún sitio.

Siempre era demasiado pronto. Me apostaba junto a una columna para esperar en la extraña penumbra que, en el gran vestíbulo de la estación, era la misma a cualquier hora del día o de la noche y al mismo tiempo no era adecuada en ningún momento; ni para el día ni para la noche ni para la mañana ni tampoco para la tarde, y resonaba el eco de los zapatos y de las voces de la gente, y por encima de todo imperaba un profundo silencio bajo la bóveda, y las palomas, posadas en largas filas, blancas y grises y moteadas de marrón, me contemplaban desde allá arriba. Habían construido nidos por doquier entre las vigas de hierro, y toda su vida se desarrollaba allí.

Pero él no llegaba.

No sé cuántas veces tomé aquella ruta durante el otoño de 1948 para esperar el tren de Elverum. Y cada vez me sentía igual de expectante y emocionado, casi contento, cuando me montaba en la bicicleta y descendía por Nielsenbakken y recorría todo el camino para esperarlo.

Pero él no llegaba.

Y luego por fin llegaron las lluvias que todos habían estado esperando, y yo seguí yendo a Oslo en bicicleta prácticamente cada dos días por si a él se le ocurría venir en el tren de Elverum justamente ese día. Llevaba puesto un suéter y un chubasquero, y parecía un pescador de Lofoten con mi atuendo amarillo, y llevaba también unas botas de goma, y las ruedas de la bicicleta me salpicaban por los dos lados y el agua caía en un torrente desde la cima del Ekeberg hasta las vías del tren del lado derecho del camino antes de sumirse en un túnel y reaparecer un poco más adelante por el lado izquierdo, y todas las casas y los edificios se tornaban más grises que nunca y se difuminaban bajo la lluvia, sin ojos, sin orejas, sin voz, ya no me decían nada. Hasta que me cansé. Un día no salí, y al día siguiente tampoco, y tampoco al otro. Era como si hubiera caído un telón. Era como nacer de nuevo. Era como si un telón hubiera caído y ocultado tras de sí todo lo que alguna vez supe. Era como nacer de nuevo. Percibía los colores de manera distinta, y también los olores, y la sensación que me producían las cosas en el fondo era distinta. No se trataba únicamente de la diferencia entre el calor y el frío, la luz y la oscuridad, el lila y el gris, sino de una diferencia en mi forma de asustarme o de ponerme contento.

Entrado el otoño llegó una carta. Llevaba matasellos de Elverum, y el nombre de mi madre escrito en el sobre, y debajo la dirección de Nielsenbakken, pero en el papel de carta que contenía figuraban los nombres de los tres, con apellido incluido, aunque todos teníamos el mismo. Daba una impresión extraña. Era una carta breve. En ella, él nos agradecía el tiempo que habíamos pasado juntos, lo rememoraba con alegría, pero ahora habían llegado nuevos tiempos, y era inevitable: no volvería a casa. En un banco en Karlstad, Suecia, estaba ingresado el dinero que nos habían pagado por los troncos que habíamos talado y enviado río abajo en verano. Remitía adjuntos una carta al banco y un poder por el que autorizaba a mi madre a sacar el dinero si acudía al banco y se identificaba. Vivid bien. Fin. Sin un saludo especial para mí. No sé. Lo cierto es que pensaba que me lo había ganado.

—¿Troncos? —fue todo lo que acertó a decir mi madre. Su cuerpo ya acusaba ese peso con el que cargaría el resto de su vida, no sólo en su manera de mover los brazos y las caderas y en sus andares, sino en la voz y en sus gestos, incluso los párpados le pesaban, como si estuviera a punto de dormirse y no fuera muy consciente de ello, y el caso era que yo no le había contado ni una palabra de lo que habíamos estado haciendo mi padre y yo ese verano. Ni una palabra. Sólo le había dicho que él volvería lo más pronto posible, cuando hubiese arreglado lo que había que arreglar.

Mi madre le pidió el dinero prestado al hermano que le quedaba, al que no había matado la Gestapo de un tiro cuando huía de una comisaría de Sørlandet en 1943. Tío Amund, lo llamábamos. Tío Arne se llamaba el que mataron. Eran gemelos. Habían estado siempre juntos, habían ido juntos al colegio, participado juntos en competiciones de esquí y salido juntos a cazar, pero ahora el tío Amund era un cazador solitario. Vivía en el piso que había compartido con Arne en el centro, en Vålerenga, y no estaba casado. Apenas pasaba de los treinta años en ese momento, pero el piso olía a hombre viejo, al menos eso me parecía a mí, cuando lo visitaba en la calle Småleng.

Con el dinero prestado, ella compró billetes para ir a Karlstad en el tren de Estocolmo. Yo había estudiado el recorrido de esa línea: salía temprano por la mañana desde Oslo Este, subía a lo largo del Glomma hasta Kongsvinger, luego torcía bruscamente hacia el sur, cruzaba la frontera con Suecia, pasaba por Charlottenberg y bajaba a Arvika junto al fiordo de Glaf y continuaba en la misma dirección hasta Karlstad, la capital de la provincia de Värmland, junto al gran lago de Vänern, tan grande, de hecho, que Karlstad era una ciudad portuaria. El regreso estaba previsto para esa misma tarde. Mi madre quería que yo la acompañara, mientras mi hermana se quedaba en casa. Como de costumbre, comentó mi hermana, y no le faltaba razón, pero eso no era asunto mío, joder.

Esta vez no me trasladé en bicicleta por Mosseveien hasta la estación del Este, sino en el tren local que partía de la estación de Ljan y bordeaba el fiordo, y en el fiordo ya no era verano, sino que había un cielo gris y bajo que casi rozaba la cresta de las olas y un viento recio que batía el agua formando encajes blancos en torno a las islas. Desde el andén vi que un sombrero de mujer pasaba volando por encima de las vías, y que los altos pinos que abundaban allá fuera donde vivíamos se cimbreaban y se inclinaban amenazadoramente cuando soplaban las peores rachas. Pero no se caían. De pequeño

me asaltaba a menudo el temor de que se vinieran abajo, con las raíces al aire, cuando estaba sentado ante la
ventana del primer piso mirando nerviosamente los esbeltos troncos rojiamarillos azotados por el viento entre
las casas de las colinas que dominaban el fiordo, y se
arqueaban peligrosamente, pero nunca se caían.

En la estación del Este sabía a qué andenes llegaban
todos los trenes y conocía el horario de las salidas, y guié
a mi madre a la vía correcta y encontré el vagón que nos
tocaba, y saludaba a diestro y siniestro a gente con la que
ya había hablado antes: porteros y revisores y la señora del
quiosco y dos hombres que sólo estaban ahí para beber un
líquido indeterminado y asqueroso de una botella que se
pasaban el uno al otro, y cada día los echaban, y cada día
regresaban con la misma seguridad.

En el compartimento me senté junto a la ventana de
espaldas a la dirección en que marchábamos, porque mi
madre se habría mareado en ese asiento, decía, y eso le
pasa a mucha gente, pero a mí no me afectaba en absoluto.
El tren traqueteaba a toda velocidad junto al Glomma, y
por fuera los postes se sucedían con un tictac, y pasamos
por la estación de Blaker y por Årnes; tic y tac y tic y tac,
y las ruedas atacaban rítmicamente las juntas de las vías;
dungadung, dungadung, dungadung, y me quedé dormido ahí sentado con una luz parpadeante contra los párpados, no el brillo del sol, sino un resplandor que arrojaba
el cielo sobre el río, y soñé que me dirigía a la cabaña, que
era en el autobús en lo que viajaba.

Me desperté y me volví con los ojos entornados hacia el Glomma y comprendí que no había perdido esa
atracción; me llevaba bien con el agua, con el agua corriente, sentía la llamada del gran río que corría en sentido contrario al nuestro, porque nosotros íbamos hacia

el norte, mientras que el río descendía hacia el sur, hacia las ciudades de la costa, y fluía caudaloso y ancho como suelen fluir los grandes ríos.

Desplacé la mirada desde el Glomma hasta mi madre, que iba sentada frente a mí en el compartimento, y posé la mirada en su rostro, iluminado de forma intermitente porque los mástiles y los postes, los puentes y los árboles obstruían la luz momentáneamente. Había cerrado los ojos, y sus pesados párpados descansaban sobre los mofletes redondos como si todo menos dormir fuera contra natura para ese rostro, y entonces pensé: él se ha largado sin más ni más, maldita sea, y me ha dejado con ella.

Ah, yo quería a mi madre, no digo lo contrario, pero el futuro que leía en la cara que tenía ante mí no era lo que me había imaginado. Bastaba con observar aquella cara durante más de tres minutos seguidos para que el mundo empezara a oprimirte los hombros por ambos lados. Se me aceleraba la respiración. No conseguía quedarme quieto. Me levanté del asiento, abrí la puerta y salí al pasillo para mirar por las ventanas que daban al otro lado, donde desfilaban rápidamente los prados, todos segados y pelados y amarillentos bajo la tenue claridad del otoño. Un hombre estaba allí, contemplando el paisaje. Había algo en su espalda que me llamó la atención. Fumaba un pitillo y estaba muy lejos. Cuando me acerqué a la ventana, se volvió, como sumido en una ensoñación, y sonrió. No se asemejaba en absoluto a mi padre. Me alejé por el pasillo a lo largo de la fila de puertas de los compartimentos hasta llegar al final del vagón y regresé por el mismo camino, y pasé por delante del hombre del cigarrillo con la vista baja, y seguí hasta el otro extremo, y allí encontré un compartimento vacío. Me metí y cerré la puerta y me senté junto a la ventanilla con el cuerpo orientado en la dirección en que avanzábamos, y ahora veía el río correr hacia mí y desaparecer a mis espaldas, y quizá lloré un poco con la cabeza contra el cristal. Luego cerré los ojos y dormí como un tronco hasta que el revisor abrió la puerta de un golpetazo y anunció que ya habíamos llegado a Karlstad.

Nos encontrábamos hombro con hombro sobre el andén. Detrás de nosotros el tren estaba ahora parado, pero pronto arrancaría de nuevo y proseguiría su camino hacia Estocolmo. Oíamos el rugido de un ventilador, oíamos el viento silbar entre los cables tensados entre los mástiles a lo largo de la estación, y un hombre sobre el andén le gritó «¡vamos, joder!» a su mujer, pero ella se quedó donde estaba con todas sus maletas. Mi madre parecía aturdida y tenía la cara hinchada de sueño. Nunca antes había estado en el extranjero. Yo sí, pero sólo en el bosque. Karlstad era diferente de Oslo. Aquí hablaban de otro modo, eso lo notamos enseguida, y no eran sólo las palabras lo que nos sonaba extraño, sino también la entonación. Desde la estación me dio la impresión de que la ciudad era más abarcable que Oslo y no estaba ni por asomo tan deteriorada. Pero no sabíamos adónde ir. Sólo llevábamos una bolsa, porque no teníamos la intención de pernoctar allí ni de emprender mayores excursiones. En realidad, sólo queríamos acercarnos al banco, el Wärmlandsbank, se llamaba, y estaba situado en algún sitio del centro de aquella ciudad, y luego tendríamos que comer. Suponíamos que almorzar en un café estaría al alcance de nuestras posibilidades, una vez que hubiéramos ido al banco a buscar el dinero de mi padre, pero sabía que mi madre había preparado comida y la había metido en la bolsa por si acaso.

Fuimos hasta el edificio de la estación y atravesamos su suelo enlosado y luego salimos y cruzamos el camino que discurría junto a las vías. Enfilamos Järnvägsgatan y llegamos al centro. Nos fijábamos en las casas que flanqueaban la calle, buscando el letrero del banco, cuya dirección constaba en la carta que habíamos traído en la bolsa, pero no lo veíamos, y a intervalos regulares nos preguntábamos el uno al otro: ¿lo ves tú? Y entonces respondíamos que no alternativamente.

Yo era quien llevaba la bolsa bajo el brazo mientras recorríamos la calle hasta que resultó imposible continuar porque acababa directamente en el río Klara, que bajaba desde el norte y de los grandes bosques de allá arriba y aquí se bifurcaba en torno a una lengua de tierra, la lengua de tierra en la que nos hallábamos en esos momentos, y los dos brazos del río atravesaban Karlstad y dividían la cuidad en tres partes, y finalmente desembocaba en el gran lago de Vänern formando una especie de delta.

—Qué bonito es esto —dijo mi madre, y quizá tuviera razón, pero también había una corriente de aire gélido que venía del río. Yo estaba aterido tras haber dormido en el tren y salido al frío y el viento otoñales, y deseaba que ya hubiésemos despachado el asunto que nos había llevado hasta allí: queríamos cancelar las cuentas para siempre, y que alguien trazara dos rayas debajo de la respuesta. Tanto tenías. Tanto diste. Tanto te queda.

Dimos media vuelta y nos alejamos del río y bajamos por una calle paralela a aquella por la que habíamos subido.

—¿Tienes frío? —dijo mi madre—. En la bolsa hay una bufanda, si quieres. No es una bufanda de mujer ni nada, así que no tienes por qué avergonzarte.

—No, no tengo frío —dije, y percibí en mi voz un deje de impaciencia, de irritación. El mismo que me han criticado más tarde en la vida, sobre todo las mujeres, y eso porque ha sido contra las mujeres contra quienes lo he usado. Lo admito.

Poco después saqué la bufanda de lana de la bolsa. Había pertenecido a mi padre, pero me la enrollé al cuello y me la anudé por debajo de la barbilla y remetí las largas puntas en la parte delantera de la chaqueta de modo que me tapasen la mayor parte del pecho. Enseguida me sentí mejor y dije, con decisión:

—Tenemos que preguntarle a alguien. No podemos seguir vagando así por las calles.

—Bueno, seguro que lo encontraremos —dijo mi madre.

—Seguro que sí, al final, pero es una tontería perder tanto tiempo.

Sabía que ella temía que si pedía indicaciones la gente no la entendiera, y que eso la confundiera y que los demás la tomaran por una campesina desamparada y perdida en la ciudad, tal como lo había expresado en alguna ocasión, y quería evitar a toda costa que sucediera algo así. Para mi madre los campesinos constituían un sector atrasado de la población.

—Ya lo pregunto yo —dije.

—Si te empeñas, hazlo. De todos modos, seguro que lo encontramos pronto —dijo—. Tiene que estar por aquí cerca.

Bla, bla, bla, pensé yo, y me dirigí al primer hombre con el que nos cruzamos en la acera y le pregunté si podía ayudarnos a encontrar el Wärmlandsbank. Parecía un tipo completamente normal y no un borrachín, porque llevaba la ropa limpia y un abrigo nuevo, a juzgar por su aspecto. Estoy seguro de que fui claro en la elección de las palabras y en la pronunciación, pero él se quedó mirándome con la boca abierta como si yo viniera de la China y llevara un sombrero acabado en punta y tuviera los ojos rasgados, o quizá como si sólo tuviera un ojo en medio de la frente, justo encima de la nariz, como los cíclopes sobre los que he leído. De pronto la ira me subió como una columna incandescente por el pecho, y se me acaloró el rostro, y me ardía la garganta.

—¿Estás sordo o qué?

—¿Qué? —Sonaba como el ladrido de un perro.

—¿Estás como una tapia? —dije—. ¿No oyes cuando la gente te habla? ¿Te pasa algo en las orejas? ¿Puedes decirnos dónde está el Wärmlandsbank? Tenemos que encontrar ese banco. ¿No lo entiendes?

No lo entendía. No entendía una sola palabra. Era ridículo. Se limitaba a contemplarme boquiabierto, volviendo la cara de un lado a otro con expresión nerviosa, como si la persona que tenía delante fuera un idiota escapado del manicomio, y no le quedara otra alternativa que hacer tiempo hasta que llegaran los guardias y se llevaran al prófugo a rastras antes de que alguien resultara herido.

—¿Quieres que te parta la cara? —dije. Si él no entendía lo que decía, nada me impedía decir lo que se me antojara, ¿no? Además, era tan alto como él y estaba en buena forma tras aquel verano, porque había ejercitado el cuerpo en todo tipo de actividades a un ritmo intenso. Lo había estirado y doblado en todas las direcciones, y había levantado casi todos los objetos imaginables y había arrastrado piedras y madera y remado tanto río abajo como a contracorriente, había cubierto en bicicleta la distancia entre Nielsenbakken y la estación del Este incontables veces a finales del verano. Ahora me sentía fuerte e invencible de un modo extraño, y aquel hombre no parecía precisamente un atleta, pero es posible que entendiera la última frase mejor que las anteriores, porque los ojos se le habían puesto como platos y él se había puesto en guardia. Repetí la oferta:

»Si quieres que te parta la cara, lo hago inmediatamente, porque me muero de ganas de partírtela —dije—. No tienes más que decirlo.

—No —dijo en sueco.

—¿Qué? —dije.

—No —dijo—, no quiero que me partas la cara. Si me pegas, llamo a la policía. —Hablaba con una dicción perfecta, como un actor. Eso me irritó un barbaridad.

—Eso lo averiguamos enseguida —dije, y sentí que se me cerraba el puño automáticamente. Lo notaba caliente y raro y tenso en todas las articulaciones, y no sabía de dónde salían todas aquellas bravatas que me oía decir a mí mismo. Nunca le había espetado cosas así a nadie, ni a conocidos míos ni mucho menos a extraños. Y caí en la cuenta de que en el adoquín sobre el que me encontraba arrancaban líneas en varias direcciones, como en un diagrama dibujado meticulosamente, en cuyo centro me encontraba yo, en medio de un círculo, y hoy, más de cincuenta años después, si cierro los ojos, veo nítidamente esas líneas, como flechas luminosas, y aunque quizá no las veía igual de nítidas aquel día de otoño en Karlstad, de todos modos sabía que estaban ahí, de eso estoy convencido. Y esas líneas eran los caminos que podía tomar, y una vez que hubiera elegido una de ellas, la reja de hierro caería de golpe, y alguien subiría el puente levadizo, y se pondría en marcha una reacción en cadena imparable, y ya no habría manera de retroceder, de volver sobre mis pasos. Y una cosa era segura: si golpeaba al hombre que tenía delante, habría hecho una elección.

»Jodido idiota —dije, y entendí enseguida que, a pesar de todo, había elegido dejarlo en paz. El puño derecho se me relajó dolorosamente, y una sombra de clara decepción cruzó el rostro del hombre. Seguramente, por razones que se me escapaban, hubiera preferido llamar a la policía, pero en ese mismo momento oí la voz de mi madre, que había continuado andando calle abajo.

—¡Trond! —me llamó—. ¡Trond! Lo estoy viendo, es aquí. ¡El Wärmlandsbank está aquí! —gritó, un poco más alto de lo que yo hubiera querido. Afortunadamente no se había enterado de lo que había estado a punto de suceder con mi vida en mi lado de la calle, y entonces salí del círculo, las flechas luminosas dejaron de brillar, y los diagramas y las líneas se fundieron en un fino reguero gris que corrió por el bordillo y desapareció por la alcantarilla más cercana. Las uñas me habían dejado marcas rojas en la palma de la mano derecha, pero la elección estaba hecha. Si hubiera golpeado al hombre de Karlstad, habría llevado una vida diferente, y yo sería otro hombre. Y me parecería una tontería afirmar, como sostienen muchos, que todo habría resultado en lo mismo. No es cierto. He tenido suerte. Ya lo he dicho antes. Pero es verdad.

No me apetecía entrar en el banco, así que me quedé esperando fuera, de pie entre las ventanas, con un hombro apoyado en la pared de cemento gris y la bufanda de lana de mi padre alrededor del cuello; la conciencia de que octubre me abofeteaba la cara, del río Klara que fluía a mis espaldas y de todo lo que arrastraba, y de un estremecimiento en la tripa, como el que sientes tras una larga carrera, cuando ya has recuperado el aliento pero el esfuerzo sigue contigo. Como una lámpara que alguien ha olvidado apagar.

Mi madre entró con la autorización que le había extendido mi padre en la mano; decidida y dispuesta a cumplir con la misión, pero también cohibida por sus inhibiciones lingüísticas. Estuvo casi media hora dentro. Joder, hacía tanto frío en la calle que yo estaba seguro de que caería enfermo. Para cuando por fin salió mi madre, con expresión aturdida, casi soñadora, era como si el rocío helado del Klara me hubiera recubierto el cuerpo con una fina película de alguna sustancia desconocida y me hubiera convertido en una persona un poco más distante, más curtida. Me enderecé y dije:

—¿No ha ido bien ahí dentro? ¿No te han entendido, no han querido darte el dinero? ¿O es que no existía ninguna cuenta?

—Oh, no, nada de eso —dijo—, ha ido estupendamente. Había una cuenta, y me han entregado el dinero que había en ella. —Acto seguido soltó una risa nerviosa y dijo—: Pero sólo eran ciento cincuenta coronas. No sé, ¿no te parece más bien poco? Yo no tengo ni idea de esto, la verdad, pero ¿cuánto crees que pagan por la madera?

A mis quince años, no era ningún experto, pero no me cabía duda de que aquello valía diez veces más. Franz nunca había ocultado lo que pensaba: que los troncos no se mandaban río abajo como pretendía hacerlo mi padre, que era un proyecto desesperado, que sólo había participado en la empresa y le había prestado su apoyo a mi padre porque era su amigo, y porque sabía por qué estaba tan desesperado. Y aunque mi padre y yo habíamos deshecho una aglomeración en los rápidos antes de vernos obligados a dar la vuelta y regresar a casa, eso no era suficiente. El río había echado el freno implacablemente; tras el temporal de lluvias, el caudal del río había descendido a toda velocidad hasta su nivel normal de julio, y seguramente los troncos habían chocado y se habían atravesado y amontonado en grandes atascos que sólo la dinamita podría despejar llegado el momento, o se habían empotrado contra orillas pedregosas o atorado en el fondo poco profundo, y menos de una décima parte de los maderos habían llegado a la serrería antes de que fuera demasiado tarde. Y eso por un valor de no más de ciento cincuenta coronas suecas.

—No lo sé —dije—. No sé cuánto dinero se paga por la madera. No tengo la menor idea.

Estábamos en la acera, ante el Wärmlandsbank, sin mirarnos el uno al otro; yo hosco y distante, como solía estar, y ella aturdida y desconcertada, aunque por una vez sin amargura. Se mordió el labio, sonrió súbitamente y dijo:

—Bueno, al menos hemos hecho un viaje juntos, tú y yo, eso no pasa todos los días, ¿no? —Y luego rompió a reír—. ¿Sabes qué es lo más divertido?

—¿Hay algo divertido? —dije.

—Tenemos que gastar el dinero aquí. No nos está permitido llevárnoslo a Noruega así, sin más. —Soltó una carcajada—. Tiene algo que ver con las restricciones de divisas. Debería haberme informado sobre eso. Me temo que no he estado muy atenta. A partir de ahora no me queda más remedio que espabilar.

En realidad, nunca lo consiguió. Era demasiado soñadora por naturaleza, se abismaba en sus pensamientos casi todo el tiempo. Pero esa vez, de pronto, se había despertado. Volvió a reírse en alto, me sujetó por el hombro y dijo:

—Ven. Te voy a enseñar algo que he visto por el camino.

Bajamos por la calle juntos en dirección a la estación de ferrocarril. Ya se me había pasado bastante el frío. Tenía las piernas agarrotadas de pasar tanto tiempo quieto, y todo el cuerpo entumecido, pero me sentí mejor en cuanto empezamos a movernos.

Nos detuvimos ante una tienda de ropa.

—Aquí es —dijo, y me hizo pasar primero por la puerta. Un hombre salió de una habitación situada detrás del mostrador, nos saludó con una reverencia y se puso a nuestra disposición. Mi madre sonrió y dijo, articulando con todo cuidado—: Queremos un traje para este joven. —Y en sueco no se decía traje, claro, sino de un modo completamente distinto que no podíamos adivinar, pero ahora ella se lo tomó con sencillez, sin avergonzarse; en un momento de elegancia, se fue derecha con un taconeo hacia donde colgaban los trajes y tomó uno de la barra y le dio vuelta a la percha y se lo colocó sobre el brazo derecho para mostrarlo, asintió con la cabeza y dijo:

»Uno como éste, para ese de ahí. —Y sonrió, y lo devolvió a su sitio, y el hombre sonrió y asintió y me midió la cintura y la distancia desde la entrepierna hasta abajo y preguntó por mi talla de camisa, cosa en la que yo nunca había pensado, pero mi madre sí. Luego se dirigió a la barra y seleccionó un traje azul marino que suponía que me vendría bien, y señaló el probador, al fondo del local, sin dejar de sonreír. Me metí en el probador y colgué el traje de un perchero y empecé a desvestirme. Allí dentro había un espejo de cuerpo entero y un taburete. Hacía tanto calor en la tienda que noté un hormigueo en la piel de la tripa y de los brazos. Amodorrado, me senté en el taburete y apoyé las manos sobre las rodillas y la cara sobre las manos. Sólo llevaba puesta mi camisa azul y los calzoncillos, y probablemente me habría quedado dormido en esa posición si mi madre no hubiera gritado:

—¿Va todo bien ahí dentro, Trond?

—¡Sí, sí! —grité, y me levanté y comencé a ponerme el traje; primero el pantalón y luego la chaqueta sobre la camisa azul. Me sentaba como un guante. Me quedé de pie, contemplándome en el espejo. Me agaché y me calcé los zapatos y me enderecé y me miré de nuevo. Parecía otro. Me abroché los dos botones de arriba de la chaqueta. Me restregué la cara con el dorso de las manos una y otra vez, y me pasé los dedos hacia atrás por el cabello muchas veces y me aparté el flequillo y me coloqué el pelo de las sienes tras las orejas. Me froté la boca con las puntas de los dedos, me cosquilleaban los labios y la piel del rostro, y me pegué varias tortas. De nuevo dirigí la vista al espejo. Tensé la boca y entorné los ojos. Me volví hacia un lado mientras me miraba en el espejo por encima del hombro y luego me volví hacia el otro lado. Parecía una persona totalmente distinta de la que había sido hasta ese día. Mi aspecto no era en absoluto el de un chico. Me atusé el pelo un poco más antes de salir del probador, y juraría que mi madre se sonrojó cuando me vio. Se mordió rápidamente el labio y se acercó con el mismo andar enérgico de hacía unos instantes al hombre que había regresado a su sitio tras el mostrador.

—Queremos éste.

—Son noventa y ocho coronas en total —dijo él, ahora con una sonrisa de oreja a oreja.

Yo estaba quieto, de espaldas al probador. Vi a mi madre inclinarse sobre su bolso, oí el ruido de la caja registradora y al hombre, que dijo:

—Muchas gracias, señora.

—¿Puedo dejármelo puesto? —dije en voz alta, y ambos se volvieron hacia mí y asintieron al mismo tiempo.

Me metieron la ropa vieja en una bolsa de papel que yo enrollé y me coloqué bajo el brazo. Al salir a la calle y reanudar la marcha hacia la estación, con el propósito, quizá, de detenernos en un café para comer, mi madre enlazó el brazo con el mío, y así echamos a andar, de bracete como una pareja, a paso ligero, y mi estatura casaba bien con la suya, y aquel día sus tacones resonaban en las paredes a ambos lados de la calle, tan ligera como si la ley de la gravedad se hubiera anulado en parte. Era casi como bailar, pensé, aunque yo no había bailado en toda mi vida.

Nunca volvimos a caminar juntos de esa manera. Cuando regresamos a Oslo, la pesadez se apoderó de ella otra vez y ya nunca la abandonó. Pero aquel día en Karlstad bajamos por la calle del brazo. Mi traje nuevo me quedaba muy bien y se adaptaba a mi cuerpo con toda naturalidad con cada paso que daba. El viento gélido seguía soplando entre las casas desde el río, y yo sentía la mano hinchada y dolorida en los puntos en que me había clavado las uñas al cerrar el puño con tanta fuerza pero, de todos modos, en esos momentos todo parecía perfecto; el traje estaba bien, y la ciudad era un lugar agradable para caminar por la calle adoquinada, y somos nosotros quienes decidimos cuándo nos duele.